CE MOIS-CI
6 BEST-SELLERS À L'AFFICHE

Saga, thriller, médical, SUSPENSE sont au programme.

4 BEST-SELLERS INÉDITS...

- *La mémoire dévoilée*, de Nell Brien (Best-Sellers n° 119)
- *Zone interdite*, de Howard Simon (Best-Sellers n° 121)
- *L'héritage des Robeson*, d'Emilie Richards (Best-Sellers n° 122)
- *La fugitive*, de Debbie Macomber (Best-Sellers n° 123)

... ET 2 SUCCÈS SPÉCIALEMENT RÉÉDITÉS

- *Oasis*, de Patricia Matthews (Best-Sellers n°5)
- *La femme bafouée*, de Penny Jordan (Best-Sellers n°27)

La fugitive

DEBBIE MACOMBER

La fugitive

HARLEQUIN

LES BEST-SELLERS

Si vous achetez ce livre privé de tout ou partie de sa couverture, nous vous signalons qu'il est en vente irrégulière. Il est considéré comme « invendu » et l'éditeur comme l'auteur n'ont reçu aucun paiement pour ce livre « détérioré ».

Cet ouvrage a été publié en langue anglaise
sous le titre :
MOON OVER WATER

Traduction française de
FLORENCE GODEBSKA

Illustrations de couverture
Femme : © IMAGE BANK / DAVID DE LOSSY
Paysage : © PIX / GARY RANDALL
Mer : © PIX / F.P.G. J GLEITER

83-85, boulevard Vincent-Auriol, 75013 Paris — Tél. 01 42 16 63 63
Service Lectrices — Tél 01 45 82 47 47
ISBN 2-280-16536-8 — ISSN 1248-511X

Note de l'auteur

Au fil de mon métier d'écrivain, l'expérience m'a enseigné que tout arrivait à point nommé à qui savait attendre. J'avais imaginé l'intrigue de *La fugitive* dans les années 80, au tout début de ma carrière. En compagnie d'autres projets — tous les auteurs ont ce genre de manie —, je l'avais fourré dans un tiroir et quasiment oublié.

Et puis, l'année dernière, dans un grand sursaut d'énergie, j'ai décidé de ranger le contenu d'un vieux bureau. C'est là que je suis tombée sur le dossier contenant ces fameux projets en souffrance. Immédiatement, *La fugitive* se détacha du lot et s'imposa : son temps était venu. Sa rédaction a représenté pour moi une aventure quotidienne. Jack m'en a fait voir de toutes les couleurs, et Lorraine, à son tour, m'a fait enrager plus d'une fois. Au cours d'un atelier d'écriture, un merveilleux professeur m'avait dit un jour : « Quand un auteur verse des larmes en racontant une histoire, le lecteur en fait autant. » Eh bien, je tiens à vous en avertir : cela a été le cas avec ce roman : j'ai ri, j'ai pleuré, j'ai poussé des cris de désespoir... et de victoire. J'ai remis cent fois l'ouvrage sur le métier, et passé des heures et des heures à discuter des développements de l'intrigue avec mon éditeur qui, entre nous soit dit, mérite un prix d'excellence pour son infinie patience. Enfin, à l'issue d'une gestation de plus de vingt ans, le résultat, le voici : *La fugitive.* J'espère sincèrement que vous prendrez plaisir à cette aventure autant que moi !

Les auteurs souhaitent en général adresser des remerciements lorsque leurs nouveaux livres paraissent. *La fugitive* ne fait pas exception à la règle. Pour ma part, je veux redire encore et toujours ma reconnaissance à Wayne, mon mari, qui continue à m'aimer depuis plus de trente ans. Ses encouragements constants, son indéfectible soutien et son affection, sont pour moi le carburant qui permet de faire tourner le moteur. Ma gratitude va également à Dianne Moggy et Paula Eykelhof, qui me donnent la possibilité d'écrire avec bonheur pour Mira. Merci de m'avoir permis de réaliser mes rêves les plus chers. Grâce soit rendue tout spécialement à mon agent, Irene Goodman, négociatrice-née et battante de talent, qui sait si bien entretenir la flamme de l'enthousiasme. Sans oublier Renate Roth et Jenny LaCombe, mes deux assistantes de choc, sans qui il me serait impossible de rester à peu près saine d'esprit ! Enfin, je dois beaucoup au Dr Stephen Fredrickson pour ses avis médicaux éclairés. Il m'a démontré avec insistance qu'il ne fallait surtout pas extraire cette fameuse balle de l'épaule de mon héros.

A chaque nouveau livre, j'attends toujours avec impatience les commentaires de mes lecteurs et lectrices. N'hésitez pas à m'en faire part à l'adresse suivante : P.O. BOX 1458, Port Orchard, Wa98366.

A Liz Curtis Higgs
Qui parle et écrit merveilleusement,
et qui est une amie extraordinaire.

1.

— Accorde à ta servante, ô Seigneur, le repos éternel...

Lorraine Dancy ferma les yeux tandis que la première pelletée de terre frappait le cercueil de sa mère. Le son s'amplifia en un écho insoutenable, noyant les paroles du prêtre.

La jeune femme avait été prévenue, le soir du 1er avril, que sa mère avait été victime d'un terrible accident de la route. D'abord, elle avait cru à quelque monstrueuse plaisanterie, à un canular d'un goût plus que douteux. Mais, à présent, devant le trou béant où reposait le cercueil, la sinistre réalité s'imposait dans toute son horreur et lui arrachait littéralement le cœur.

A force de ravaler ses larmes, elle avait la poitrine broyée dans un étau, et de sourds gémissements s'échappaient de ses lèvres agitées d'un tremblement convulsif, tandis qu'elle écoutait les dernières paroles du prêtre, dans la grisaille de l'après-midi.

Les amis venus assister aux obsèques commencèrent à se disperser. Le père Darien vint serrer chaleureusement les mains de Lorraine et lui offrir quelques paroles de réconfort d'un ton sincèrement ému. La jeune femme dut puiser dans ses dernières ressources pour réussir à le remercier.

Mais elle n'arrivait pas à quitter le cimetière.

— Ma chérie, murmura Gary Franklin, son fiancé, en la prenant par la taille, il est temps de rentrer.

Elle résista fermement lorsqu'il tenta de l'entraîner vers la limousine qui les attendait. Elle ne se sentait pas prête à abandonner sa mère.

« Encore quelques instants. Par pitié. Encore quelques instants... »

C'était trop cruel et définitif de tourner le dos ainsi et de s'en aller.

Ce n'était pas possible. Ce n'était pas vrai. Et pourtant, comment nier la réalité ? La fosse ouverte, la boue sous la semelle de ses souliers... Une peur irraisonnée l'assaillit brusquement. Elle n'était pas certaine d'arriver à survivre sans l'amour de sa mère. Virginia avait été son modèle, son soutien. La meilleure des mères.

— Ma chérie, je sais combien c'est difficile, mais tu ne peux pas rester ici.

Gary essaya de nouveau de la faire bouger.

— Je sais, dit-elle d'une voix blanche.

Ce qui rendait les choses particulièrement difficiles, et d'autant plus douloureuses, c'était la soudaineté de l'événement. Lorraine avait parlé au téléphone avec sa mère le week-end précédent. Elles étaient si proches ; elles avaient toujours fait équipe toutes les deux contre le reste de l'univers, aussi loin que Lorraine pût s'en souvenir. Pas un jour sans qu'elles ne communiquent, d'une manière ou d'une autre, à travers une conversation, une visite ou même un fax. Le samedi précédent, elles avaient passé plus d'une heure au téléphone pour discuter du mariage.

Sa mère avait été ravie que Lorraine eût accepté la proposition de Gary. Elle l'avait toujours apprécié, et encouragé, depuis le début. Oui, Gary et sa mère s'étaient vraiment bien entendus.

Dire que, quelques jours plus tôt, Virginia était si gaie, si vivante. Durant leur dernier coup de fil, elles avaient discuté de la cérémonie : depuis la robe de mariée jusqu'aux demoiselles d'honneur, en passant par les fleurs et les invitations. Jamais Lorraine n'avait entendu sa mère aussi excitée. Dans son enthousiasme, Virginia avait même évoqué son propre mariage, bien des années auparavant, et le seul homme qu'elle eût jamais aimé. Elle parlait rarement du père de Lorraine. C'était même l'unique domaine qu'elle ne partageait pas avec sa fille, du moins pas depuis que Lorraine était adolescente. Virginia avait conservé ces souvenirs-là dans son jardin secret, tout au long de ses interminables années de veuvage.

Lorraine ne se souvenait pas de son père. Elle avait à peine trois ans quand il était mort. Mais sa mère l'avait aimé d'un tel amour que, visiblement, elle n'avait jamais songé à se remarier.

Aucun homme, avait-elle confié un jour à Lorraine, n'arriverait jamais à la cheville de celui qu'elle avait perdu.

L'histoire d'amour de ses parents était sans doute la plus romantique que Lorraine eût jamais entendue. Lorsqu'elle était enfant, sa mère la lui racontait souvent, en parlant de Thomas comme d'un être exceptionnel. Et puis, elle avait cessé d'évoquer ce sujet, mais Lorraine avait gardé gravées au fond de sa mémoire ces merveilleuses anecdotes : comment son père avait été décoré pour sa conduite héroïque pendant la guerre, et comment ses parents avaient dû imposer leur union à leur entourage.

Ces épisodes avaient profondément marqué Lorraine. C'était même l'une des raisons pour lesquelles elle avait attendu l'âge de vingt-huit ans avant de s'engager elle-même. Durant des années, elle avait cherché un homme à l'image de son père. Noble, droit, courageux. Un homme intègre, aux idéaux élevés. Sa quête s'était révélée vaine jusqu'au jour où Gary Franklin avait croisé son chemin.

— Lorraine, tout le monde est parti.

Gary la prit doucement par la taille pour tenter de l'entraîner.

— Laisse-moi encore un peu de temps, je t'en prie.

Elle ne pouvait se résoudre à laisser sa mère dans cette tombe froide et humide, alors qu'elle n'avait même pas cinquante ans. La douleur était au-delà de ce que pouvait supporter la jeune femme. Elle était au supplice. Les larmes, à présent, inondaient son visage.

— Viens, ma chérie; laisse-moi t'emmener, lui murmura Gary d'une voix tendre.

Lorraine fit un pas en arrière. Elle ne voulait pas de Gary. Elle ne voulait personne à côté d'elle, à part sa mère. Et sa mère était dans la tombe, sous la terre du Kentucky.

— Oh, maman! gémit-elle en éclatant en sanglots.

Gary l'entoura de ses bras protecteurs et la tint serrée contre lui.

— Ne te retiens pas, ma chérie. Pleure autant que tu voudras.

Lorraine enfouit son visage au creux de son épaule et pleura sans retenue. C'était la première fois qu'elle s'autorisait à craquer depuis le soir fatal où l'agent de police s'était présenté à sa porte avec cette tragique nouvelle.

Gary la laissa sangloter tout son soûl. Puis, quand elle fut un peu calmée, il reprit la parole.

— La maison va se remplir de monde, lui rappela-t-il. Il faut que tu y sois.

— Oui, allons-y, répondit-elle en se mouchant.

Elle était soulagée à l'idée que la voisine de Virginia, Mme Henshaw, serait présente pour accueillir les premiers arrivés.

Elle se sentait plus calme, à présent, et plus assurée. Les gens allaient sans doute lui parler de sa mère, et elle allait devoir supporter cette épreuve sans faillir.

Lorraine se laissa entraîner vers la voiture, abandonnant sa mère derrière elle. L'unique parent qu'elle eût jamais connu.

Sa seule consolation, aussi infime fût-elle, c'était la certitude qu'après vingt-cinq ans de séparation, son père et sa mère étaient enfin réunis.

Lorraine n'arrivait pas à dormir, mais cela ne la surprenait pas outre mesure. Pourtant, elle était épuisée. La semaine qui venait de s'écouler avait été la plus grande épreuve de sa vie. Mais, malgré sa fatigue, elle se sentait trop nerveuse pour s'abandonner au sommeil.

Gary n'avait pas approuvé sa décision de passer la nuit dans la maison de sa mère. Sans doute avait-il raison... mais Lorraine reconnaissait volontiers qu'elle avait perdu son bon sens, depuis l'annonce de la tragédie.

La veillée funèbre s'était déroulée sur les lieux mêmes.

Des paroissiens de St. John's Church, ainsi qu'un groupe nombreux de voisins, de collègues et d'amis s'étaient longuement attardés. Comme Lorraine, ils avaient tous des difficultés à accepter cette soudaine disparition.

Pendant vingt ans, Virginia avait fait partie des membres actifs de la paroisse St. John. Elle avait chanté dans la chorale et œuvré sans relâche pour sa famille spirituelle.

Quant à ses relations professionnelles, elles avaient été riches, elles aussi. Virginia avait rempli la fonction d'agent de change au sein d'une importante société nationale, et elle avait su se faire un nom dans le monde des affaires.

En ce jour de tristesse, la foule s'était donc montrée dense, et la maison avait été pleine à craquer.

Contrairement à ce que Lorraine craignait, personne ne lui avait demandé de jouer les hôtesses. Amis et voisins étaient arrivés, les bras chargés de plats, de saladiers et de sandwichs qui avaient très vite recouvert la grande table de la salle à manger.

La jeune femme avait éprouvé une réelle reconnaissance envers chacun d'eux, avec une mention spéciale décernée à Gary pour sa gentillesse et son efficacité. Et pourtant, tout au long de la soirée, elle n'avait eu qu'un désir : se retrouver seule pour se recueillir en paix. Mais c'était impossible, bien sûr. Et, peu à peu, elle s'était rendu compte que tous ces gens avaient, eux aussi, besoin de réconfort. Elle avait alors fait de son mieux pour recevoir leurs condoléances et se montrer à la hauteur de sa tâche.

Au bout d'un moment, comme elle se sentait vide et sans énergie, elle s'était laissée tomber dans le fauteuil favori de Virginia. Ce simple détail l'avait aidée à se rapprocher de cette mère qu'elle adorait, et avait allégé la sensation de solitude qui pesait sur ses épaules au milieu de la pièce pleine de monde.

Le fleuve sans fin, que venaient continuellement grossir les mots de sympathie et les bons conseils, avait alors menacé de la submerger.

« J'imagine que vous garderez la maison... »

Lorraine avait acquiescé.

« Bien entendu, vous mettrez la maison en vente... »

Lorraine avait continué d'acquiescer.

« Votre mère était une femme merveilleuse... »

« Elle va nous manquer tellement... »

« Elle est certainement plus heureuse, là-haut... »

« ... Quel drame affreux, absurde. »

Lorraine avait été d'accord avec chacun d'entre eux.

Quand, enfin, tout le monde avait été parti, la nuit était déjà tombée. Gary l'avait aidée à ranger et à nettoyer, tout en la pressant de regagner son appartement. Il ne semblait pas comprendre qu'elle eût besoin de rester là. Mais comment aurait-il pu ? Il n'avait jamais perdu un proche.

— Tu devrais rentrer chez toi, maintenant, lui avait-elle conseillé. Je me sens mieux.

— Ma chérie, tu ne devrais pas rester seule. Pas ce soir.

— C'est ce que je désire, pourtant, avait-elle répliqué, impatiente de le voir partir.

C'était un sentiment incongru, et qu'elle avait du mal à accepter. Elle aimait Gary, et elle comptait bien passer le reste de son existence à ses côtés. Pourtant, en cet instant, elle s'était sentie impatiente de le voir partir. Sans doute devait-elle faire son deuil et affronter son chagrin à sa manière.

— Alors, tu n'as pas besoin de moi ? lui avait demandé Gary d'un air surpris et légèrement soucieux.

— Si, bien sûr. Mais par pour le moment.

Ses beaux yeux bruns avaient reflété sa déception, et il s'était finalement résigné à la laisser seule, comme elle le souhaitait.

— Tu me téléphoneras si tu changes d'avis, n'est-ce pas ?

Lorraine le lui avait promis.

Il l'avait embrassée sur le front, et s'était éloigné.

Elle était restée un moment sur le perron, observant les feux arrière de la voiture qui remontait l'allée.

Puis elle avait terminé la vaisselle et avait erré dans la maison, s'arrêtant longuement sur le seuil de chacune des pièces. Elle avait caressé avec révérence les objets qui avaient été jadis les compagnons favoris de sa mère. Puis, fermant les yeux, elle avait imaginé les retrouvailles de ses parents, et leur bonheur d'être enfin réunis.

Lorraine avait trouvé un certain réconfort à l'idée que Virginia avait été vraiment heureuse durant les dernières semaines de sa vie. L'annonce des fiançailles de sa fille et la perspective d'un grand mariage officiel l'avaient enthousiasmée. A peine Lorraine avait-elle accepté la proposition de Gary que Virginia s'était lancée à corps perdu dans des projets mirifiques pour l'importante cérémonie qui devait avoir lieu au mois d'octobre. Elle tenait aux traditions et avait montré un léger dépit en découvrant le petit collier d'émeraudes que sa fille avait choisi à la place de la rituelle bague de fiançailles.

— Tu dois être contente, maintenant, avait dit Lorraine à haute voix, en contemplant l'alliance de Virginia qui ornait désormais son annulaire gauche.

A l'intérieur de l'anneau, elle avait découvert ces mots gravés : « A toi, pour toujours, mon amour. Thomas. »

Le directeur des pompes funèbres la lui avait remise le matin même, juste avant de fermer le cercueil. Lorraine l'avait passée à son doigt en se jurant de ne pas l'enlever avant son propre mariage. Sa mère avait porté cette alliance depuis le jour où Thomas Dancy la lui avait offerte et, en souvenir, elle la porterait à son tour.

— Que vais-je faire sans toi, maman ? s'était-elle écriée dans le silence de la nuit.

Ses yeux, de nouveau, s'étaient emplis de larmes, et elle avait été surprise qu'il lui en restât encore.

Ensuite, elle s'était mise à réfléchir à son passé et aux occasions manquées, aux différents moments où elle avait déçu sa mère. Elle avait, par exemple, laissé tomber ses études de médecine en deuxième année pour une formation d'infirmière. Virginia n'avait rien dit, sur le moment, mais Lorraine savait qu'elle avait regretté sa décision. La jeune femme se consolait en se disant qu'elle avait rattrapé son erreur en rencontrant Gary, qui vendait du matériel médical au groupe Wellness où elle travaillait.

Le fait qu'elle eût cessé de pratiquer avait également contrarié sa mère, mais Lorraine n'avait jamais pu s'investir dans la religion de la même manière que Virginia. Elle fréquentait bien de temps en temps un groupe charismatique, mais sa mère aurait préféré, et de beaucoup, qu'elle se contentât d'obéir aux règles de l'Eglise.

« Pardonne-moi, maman, pour toutes les fois où je t'ai déçue. »

Au terme de son examen de conscience, et de son pèlerinage à travers la maison, Lorraine avait pris une douche brûlante et enfilé une chemise de nuit, celle qu'elle avait offerte à Virginia pour son dernier Noël. Puis, après un instant de réflexion, elle avait décidé de dormir dans la chambre de sa mère plutôt que dans la sienne. Lorsqu'elle avait peur, quand elle était enfant, c'était là qu'elle venait toujours se réfugier, dans le grand lit de maman... Et, à présent, Lorraine avait très peur : peur du futur, peur de vivre sans Virginia, orpheline.

Allongée sur le lit, sans trouver le sommeil, elle rassembla ses souvenirs, à la recherche des instants de bonheur qu'elles avaient vécus ensemble. La vie au quotidien ne s'était pas montrée avare de plaisirs partagés : celui d'expérimenter des recettes de cuisine raffinées, de regarder de vieux films classiques qu'elles adoraient toutes les deux, ou de s'échanger leurs livres favoris. Virginia travaillait aussi pour différentes œuvres de charité, et Lorraine passait volontiers ses soirées à préparer avec elle des colis de nourriture pour des familles en difficulté, ou à remplir des enveloppes.

Virginia avait été une femme exceptionnelle, et Lorraine était fière d'elle. Elle avait eu une vie spirituelle intense ; elle avait travaillé dur tout en restant ouverte aux autres. Elle avait su se montrer aussi intelligente que généreuse.

Au bout d'une heure environ, Lorraine renonça définitivement à dormir. Elle s'assit et prit la photo encadrée de ses parents qui ornait la table de nuit. Sur le cliché, Virginia apparaissait dans tout l'éclat de sa jeunesse et de sa beauté. Elle portait une robe longue et une couronne de fleurs tressées. Ses longs cheveux lui arrivaient à la taille. Elle tenait un petit bouquet de fleurs des champs, et son autre main était serrée dans celle de son époux. La joie brillait dans son regard tandis qu'elle regardait l'objectif en souriant.

Sur la photo, Thomas Dancy était grand, barbu, et portait une queue-de-cheval. Il couvait sa femme d'un regard passionné. Au premier coup d'œil, on devinait immédiatement que ces deux-là étaient vraiment amoureux l'un de l'autre.

Pas plus tard que le week-end précédent, lorsqu'elles avaient discuté du mariage de Lorraine, la jeune femme avait taquiné sa mère à propos de la photo, traitant ses parents de hippies. Virginia l'avait pris avec humour, et avait déclaré simplement :

« Oui, ça date un peu, je te le concède. »

Ce cliché était malheureusement le seul où Lorraine pût voir ses parents ensemble. Tous les autres avaient été détruits au cours d'un incendie, lorsqu'elle était au collège. Lorraine se rappelait le désastre, mais elle n'avait compris que des années plus tard tout ce qu'elle y avait perdu. Les photos et les lettres de ses parents, les médailles de son père...

Lorraine savait que Virginia O'Malley avait rencontré Thomas Dancy lors de sa première année d'Université et qu'ils étaient tout de suite tombés amoureux l'un de l'autre. La guerre du Viêt-nam les avait séparés lorsque son père s'était engagé dans l'armée en 1970. Il était rentré sain et sauf, et avait été fêté comme un héros. Toutefois, un an plus tard, lors d'une visite médicale de routine, les médecins avaient découvert quelque chose d'anormal dans ses analyses de sang. Il s'agissait d'une leucémie. Six mois plus tard, Thomas mourait, laissant Virginia veuve avec une petite fille.

Pendant des années, la jeune femme avait été soutenue financièrement par ses parents, mais ils étaient morts au début des années 80. Il lui restait un frère cadet, mais il était tombé dans la toxicomanie, et les liens s'étaient distendus au fil du temps. La dernière fois que Virginia avait eu des nouvelles de lui, c'était cinq ans plus tôt : il lui avait téléphoné pour lui réclamer de l'argent, afin de pouvoir payer sa caution et sortir de prison. Virginia avait refusé de l'aider.

Lorraine savait qu'elle avait aussi un cousin, quelque part en Californie, mais elle ne l'avait pas revu depuis l'été de ses treize ans.

Quant à la famille de son père, elle n'en avait jamais rencontré aucun membre.

En d'autres termes, Lorraine était seule. Définitivement et complètement seule au monde.

La sonnerie du téléphone la surprit soudain, et elle se retourna brusquement pour décrocher.

— Allô ! dit-elle, le souffle court, ne sachant à quoi s'attendre.

C'était Gary.

— Je voulais simplement vérifier que tout se passait bien.

— Ça va, je te remercie, répondit-elle.

— Veux-tu que je vienne ?

— Non.

L'attitude de Gary agaça la jeune femme, d'autant qu'elle était inhabituelle.

— Je pense que ce n'est pas une bonne idée que tu restes seule en ce moment, reprit-il.

Il le lui avait déjà dit, et à plusieurs reprises.

— Le choc est terrible, je le comprends, mais la pire des choses, dans le cas présent, c'est de t'isoler.

— Gary, je t'en prie ! J'ai enterré maman cet après-midi. Je... je n'ai plus personne au monde.

Un silence gêné accueillit ces mots.

— Tu m'as, moi, répliqua-t-il d'une voix un peu triste.

Elle regretta son étourderie, mais elle était contrariée par le fait que Gary s'acharnât à forcer la porte de son jardin secret.

— Excuse-moi, j'ai parlé sans réfléchir. Mais comprends que la situation est encore très douloureuse. J'ai besoin de temps pour retrouver mes marques.

— As-tu pris une décision pour la maison ?

Lorraine n'arrivait pas à comprendre pourquoi

cette question intéressait tellement les gens autour d'elle. Chacun la pressait de questions à ce sujet.

— Non..., je ne sais pas encore.

— Ce serait plus raisonnable de la mettre en vente, tu ne crois pas ?

Elle ferma les yeux et pesa ses mots avant de répondre :

— Je suis incapable de prendre ce genre de décision pour le moment. Laisse-moi souffler un peu.

Gary avait dû percevoir son impatience car il reprit immédiatement d'un ton contrit :

— Tu as raison, ma chérie. C'est trop tôt. Nous nous en occuperons plus tard. Promets-moi seulement de m'appeller en cas de besoin.

— Je te le promets, murmura-t-elle.

Après quelques mots d'adieu, elle mit fin à la communication. Lorsqu'elle raccrocha, son regard tomba sur le cadran du radio-réveil, et elle découvrit avec stupeur qu'il n'était que 21 heures.

Elle se rallongea et garda les yeux fixés au plafond, tout en laissant ses pensées vagabonder vers l'avenir. Sa mère ne serait pas présente à son mariage, et elle ne connaîtrait pas ses petits-enfants...

Plutôt que de continuer à se lamenter sur ce qu'elle avait perdu, Lorraine se mit à penser au coup de téléphone imprévu de Gary. Il avait soulevé plusieurs problèmes auxquels elle allait devoir faire face.

Celui de la maison, d'abord. Si personne ne l'occupait, elle allait se détériorer. Sans parler des vandales ou des squatters... Gary avait raison : il fallait prendre une décision à ce sujet. L'aspect financier et juridique de la question était un autre casse-tête. Elle n'avait aucune idée de ce que contenait le testament de sa mère.

Une chose à la fois, décida-t-elle. C'était un conseil que Virginia lui répétait souvent, dans son enfance, et elle l'avait toujours appliqué avec succès. Un pas d'abord, puis un autre.

Une semaine après les obsèques, alors qu'elle avait déjà repris le travail, Lorraine reçut un coup de fil du notaire de la famille, et ils convinrent d'un rendez-vous.

La jeune femme arriva à l'heure prévue, et Dennis Goodwin vint la chercher à la réception.

— Lorraine, quelle joie de te voir ! lui dit-il d'une voix chaleureuse en l'entraînant vers son bureau.

Lorraine savait combien Virginia appréciait Dennis. Ils s'étaient connus par hasard, des années auparavant, tout simplement parce que leurs bureaux de Louisville étaient voisins, et ils étaient très vite devenus des amis.

— Alors, comment t'en sors-tu ? demanda-t-il à la jeune femme.

— Pas trop mal, étant donné les circonstances, lui répondit Lorraine avec un soupir.

Elle ne sentait plus la nécessité de cacher sa peine pour réconforter les autres. La semaine qui avait suivi l'enterrement avait été vraiment difficile. Et, sans le soutien constant de Gary, elle aurait eu beaucoup plus de mal à s'en sortir.

— Comme tu le sais, commença le notaire en se penchant vers elle, je connaissais ta mère depuis bien des années. Elle était l'un des agents de change les plus brillants que j'aie jamais rencontré. Au début des années 80, elle m'avait conseillé de prendre des actions dans une petite entreprise de Seattle que personne ne connaissait : Microsoft. Eh bien, grâce à elle, je pourrai prendre une retraite anticipée d'ici à deux ans. A la vérité, je pourrais même me contenter des dividendes de cet investissement pour vivre.

— Maman adorait son métier.

— De son côté, elle avait réalisé quelques investissements judicieux, précisa-t-il. Et tu n'auras pas de problèmes financiers pendant de longues années.

Lorraine songea que ces nouvelles auraient dû la réjouir, mais aucune somme d'argent ne pouvait remplacer la présence de sa mère à ses côtés.

Elle croisa les mains sur ses genoux, et attendit la suite.

— Ta mère était venue me consulter, il y a quatre ans, et elle m'avait demandé de rédiger son testament, annonça Dennis.

Il recula son fauteuil à roulettes pour s'emparer d'un dossier.

— D'après les dispositions de l'acte, tu es l'unique héritière. Et, normalement, je n'aurais même pas dû avoir besoin de te convoquer.

Lorraine fronça les sourcils.

— Mais, en cas de décès prématuré, Virginia m'avait demandé de te parler personnellement.

Lorraine se percha sur le bord de sa chaise.

— Maman t'avait demandé de me parler ? Mais à quel propos ?

— A propos de tes études de médecine.

La jeune femme poussa un profond soupir.

— Je vois ! C'est un sujet sur lequel nous n'avons jamais été d'accord, maman et moi.

Le notaire la dévisagea avec surprise.

— Que veux-tu dire ?

— Maman a été très déçue quand j'ai décidé d'abandonner.

— Et pourquoi l'as-tu fait ?

— Pour plusieurs raisons, murmura Lorraine en baissant les yeux sur ses mains croisées. J'aimais cette profession, et j'aurais pu y accéder sans difficulté. Mais, ce qui me manquait, c'était l'ambition. Je détestais l'esprit de compétition qui régnait à l'Ecole de médecine — le triomphe de ceux qui avaient les dents les plus longues. Je n'arrivais pas à m'y faire. Peut-être suis-je paresseuse, je ne sais pas au juste, mais j'ai l'impression d'avoir tout ce que je désire, à présent.

— Comment cela ?

Elle eut un bref sourire.

— Je fais pratiquement le même travail qu'un médecin, la fortune et la gloire mises à part.

— Je crois que ta mère le comprenait, affirma Dennis à Lorraine, qui pour sa part en doutait un peu. Mais elle voulait que tu saches où trouver les fonds, au cas où tu voudrais reprendre tes études.

Lorraine sentit les larmes lui monter aux yeux.

— Vous avait-elle prévenu que je venais de me fiancer ?

— Non. Toutes mes félicitations.

— Merci. Gary et moi, nous venions juste de l'annoncer à...

Lorraine laissa sa phrase en suspens. Le notaire

attendit patiemment, mais elle ne put terminer sa phrase.

— Si jamais tu changes d'avis à propos de la médecine, sache que je ferai tout ce qui est en mon pouvoir pour t'aider, reprit Dennis.

Son offre surprit la jeune femme.

— Merci infiniment, mais il n'y a aucun risque que cela se produise.

— Eh bien, j'avais promis de t'en toucher un mot si l'occasion se présentait. Je suis simplement désolé qu'elle se soit présentée de cette façon.

Dennis en termina rapidement avec l'aspect technique de leur rendez-vous, puis il tendit une feuille à sa visiteuse.

— Qu'est-ce que c'est?

— L'inventaire du coffre. Je suis allé à la banque, hier après-midi, pour en récupérer le contenu. Tout est ici.

Il se leva pour aller chercher une grosse enveloppe en papier bulle.

— Je souhaiterais que tu vérifies que le contenu correspond bien à la liste.

Sachant que c'était la procédure légale, Lorraine obtempéra et vida l'enveloppe sur le bureau. Elle balaya d'un regard rapide les documents qu'elle avait déjà vus, pour la plupart. Puis elle remarqua une enveloppe décachetée adressée à sa mère. Etrange, songea-t-elle en contemplant les timbres étrangers.

— Savez-vous quelque chose à propos de cette lettre? demanda-t-elle au notaire.

— Non. Cela me paraît même curieux que Virginia ait déposé quelque chose d'aussi personnel au milieu de ses papiers d'affaires.

— Elle vient du Mexique.

— Oui, je l'ai remarqué.

— Elle a été postée il y a sept ans.

La jeune femme sortit de l'enveloppe un unique feuillet qu'elle parcourut, puis elle le retourna pour en lire la signature. Elle sursauta et releva la tête vers Dennis Goodwin.

— Vous êtes... certain de ne pas savoir de quoi il s'agit ?

Elle avait visiblement du mal à dissimuler son trouble.

— Lorraine, je t'assure que j'ignore tout du contenu de cette lettre. Je n'étais que le notaire de ta mère, pas son confident. Ce qu'elle avait choisi de déposer au coffre ne me regardait absolument pas.

Lorraine se tassa sur sa chaise, et porta la main à sa gorge.

— Puis-je avoir un verre d'eau ? demanda-t-elle d'une voix rauque.

Sa bouche était sèche, et un léger vertige s'était emparé d'elle. Ce n'était pas vrai. Pas possible. C'était aussi incroyable que fou.

— Je vais te le chercher, dit Dennis en se hâtant.

Il revint avec un gobelet rempli à ras bord. Lorraine le vida d'un trait, puis elle ferma les yeux.

— Je suis navré de te voir aussi bouleversée, lui dit Dennis.

— Vous ne l'avez jamais lue ? Vraiment ?

— Bien sûr que non ! Cela aurait été tout à fait contraire au code moral.

Lorraine attendit d'être un peu rassérénée pour annoncer de sa voix la plus neutre :

— Il semble que, finalement, mon père ne soit pas mort.

2.

Thomas Dancy fut tiré du sommeil par un cauchemar. Il ouvrit les yeux et prit une profonde inspiration, comme si sa vie en dépendait.

La brise pénétrait par la fenêtre ouverte, et la pleine lune projetait ses rayons argentés dans la chambre.

« Ce n'était qu'un rêve », se dit-il.

L'un de ces rêves tenaces qui revenaient le hanter régulièrement, bien qu'il se fût écoulé une trentaine d'années, depuis les événements qu'ils évoquaient.

Thomas revivait chaque fois les mêmes détails atroces, et il se réveillait toujours au même moment, claquant des dents, terrorisé.

En prenant conscience qu'il ne s'agissait que d'un rêve, Thomas ressentit un soulagement sans nom. Comme toujours, il se répéta que le pire était passé. Il avait traversé l'enfer, jadis, et il avait survécu.

Il rejeta le drap et s'assit sur le bord du mince matelas. L'obscurité de la nuit, au lieu de l'apaiser, exacerbait les effets du cauchemar, comme s'il s'était trouvé plongé dans un gaz asphyxiant. Thomas avait beau être totalement réveillé, la peur refusait de le lâcher. Elle s'était infiltrée, une fois pour toutes, au plus profond de son cœur.

Son existence avait basculé au début des années 70 et, à cette occasion, il avait perdu gros. Mais la perte la plus cruelle avait été celle de sa femme et de sa fille... Pourtant, son rêve ne les concernait pas.

Dans un effort pour combattre l'état dépressif qui suivait toujours ses cauchemars, il s'attacha à faire revivre la dernière image de Ginny et de la petite Raine, telles qu'il les avait vues le jour de son départ pour le Viêt-nam. Ginny était si jeune, et si radieuse, malgré son visage ruisselant de larmes, au moment où elle serrait sa petite fille dans ses bras. En dépit de tout ce qui avait mal tourné, depuis, cette image si particulière n'avait jamais manqué de lui redonner espoir.

Ginny l'avait accompagné à l'aéroport pour assister à son embarquement. Il partait livrer une guerre qu'il ne comprenait pas et à laquelle il n'avait aucune envie de participer. Cela l'avait presque anéanti de quitter sa famille, ce jour-là. Mais, ensuite, c'était lui qui avait tué et anéanti les autres.

La culpabilité resurgit brutalement, et il secoua la tête, refusant de laisser ses pensées dégringoler vers ce gouffre. Il se passa les mains sur le visage comme s'il pouvait effacer ainsi les derniers résidus de son cauchemar.

Mais c'était impossible.

Ses tremblements reprirent. Alors, il préféra se lever et aller se poster derrière la fenêtre pour se plonger dans la contemplation de la nuit. Au loin, la lune se reflétait sur les eaux calmes de la baie. Il avait besoin de ce spectacle pour se rappeler que la guerre et ses terribles conséquences étaient loin derrière lui.

Son angoisse cédait peu à peu, ses visions s'estompaient, et il se mit à penser à Ginny. Malgré les années, et bien qu'il l'eût abandonnée, il l'aimait toujours. Depuis, il s'était reconstruit une nouvelle existence à El Mirador, et il considérait désormais le Mexique comme son pays. Il était devenu un homme simple, menant une vie modeste. Jamais il ne serait riche mais, après tout, quelle importance ? Ginny avait toujours été d'accord avec lui sur ce point.

Ginny...

Plus tôt, cette nuit-là, avant que son rêve ne vînt lui rappeler le bruit et la fureur de cette guerre odieuse, son épouse était venue à lui. Il l'avait vue clairement, comme à l'époque de ses vingt ans, et l'amour qui les liait lui avait semblé aussi réel que l'appui de la fenêtre qu'il sentait à présent sous ses doigts.

Il se rappela alors leur première rencontre sur le campus de l'Université. Il l'avait jugée sans ménagement : « Une oie blanche, collet monté. Rien à en tirer ! » Mais le cliché à propos des contraires qui s'attirent avait dû fonctionner dans leur cas...

Ils s'étaient retrouvés par hasard dans le même cours de littérature anglaise, et Thomas était aussitôt parti à l'assaut de cette forteresse apparemment imprenable. Ginny représentait un défi auquel il ne pouvait résister. Cependant, avant même de s'en apercevoir, il était tombé amoureux d'elle.

Et elle de lui.

Un lent sourire détendit les muscles crispés de son visage tandis qu'il se rappelait la première fois qu'ils avaient dormi ensemble. Elle était vierge et innocente et, bien que ce fût loin d'être le cas pour lui, il avait eu l'impression, cet après-midi-là, de faire l'amour pour la première fois. La plénitude de cette expérience charnelle avait été une révélation et l'avait changé pour toujours. Il avait compris, du même coup, qu'il l'aimerait toujours.

Il souhaitait l'épouser. Ses sentiments n'avaient pas grand-chose à voir avec la religion : c'était un impératif du cœur. Chaque jour, après les cours, ils se retrouvaient et dormaient ensemble.

Après qu'ils eurent goûté aux joies de l'amour, il leur fut impossible de s'arrêter, et leur désir dicta sa loi.

Thomas comprit que Ginny était enceinte bien avant qu'elle ne s'en rendît compte elle-même. En bonne catholique, elle avait refusé d'utiliser un moyen contraceptif. Dieu sait pourtant qu'il avait fait tout son possible pour lui éviter une grossesse. Mais Ginny avait une manière passionnée de nouer ses jambes autour de lui qui le rendait pratiquement fou, et l'empêchait de se retirer à temps. On aurait dit qu'inconsciemment, elle souhaitait que cela arrivât.

A cette époque, il louait un petit deux pièces en ville. Son unique mobilier consistait en un matelas passablement fatigué, roulé dans un coin. Mais l'absence de biens matériels leur importait peu. Ils étaient trop amoureux pour y attacher de l'importance.

La famille conformiste de Ginny fut horrifiée par le changement qui s'était opéré chez leur fille lorsqu'elle avait débarqué pour les vacances, accompagnée de son amoureux. Ses cheveux lui tombaient jusqu'à la taille, et elle était attifée de longues robes de cotonnade informes et de spartiates monacales.

Les parents avaient encore moins apprécié le jeune homme, surtout lorsqu'ils avaient découvert que le barbu à queue-de-cheval avait — en plus ! — déshonoré leur fille adorée, l'étudiante modèle, porteuse de tous les espoirs du clan familial.

Thomas ne fut donc pas surpris de l'opposition farouche de sa belle-famille à leur mariage, mais, plus tard, il regretta sincèrement d'avoir été la cause d'une brouille entre sa compagne et ses parents.

Ginny insista pour trouver un prêtre qui accepterait de bénir leur union, et ils s'engagèrent devant Dieu sans aucune appréhension.

Ils avaient allègrement péché par amour avant le mariage, mais, après, leur entente charnelle atteignit des sommets inégalés.

Avec une femme à nourrir et un bébé en route, Thomas avait été obligé d'abandonner ses études et de prendre un travail à plein-temps. Pendant un moment, il avait sérieusement songé à embrasser la carrière médicale. Mais ce n'était qu'un rêve condamné d'avance. Ginny et lui en étaient bien conscients. D'autant que sa seule chance de poursuivre des études de médecine reposait sur l'attribution d'une bourse. Et, comme ses notes avaient sérieusement dégringolé depuis qu'il avait rencontré Ginny, cette attribution était devenue hautement improbable. N'empêche, il n'aurait pas échangé son statut d'homme marié contre des études gratuites dans la meilleure Ecole de médecine du pays.

Ils avaient beau se trouver en dessous du seuil de pauvreté, Thomas et Ginny vivaient au septième ciel.

A la naissance de Lorraine, quand la sage-femme était venue l'avertir qu'il était papa d'une petite fille, Thomas avait fondu en larmes. Jamais il n'aurait imaginé pouvoir connaître un bonheur aussi parfait.

Deux jours après avoir ramené Lorraine de l'hôpital, Thomas s'était rendu dans un bureau de recrutement de l'armée, en pensant qu'il n'avait pas d'autre choix. Il était alors loin de se douter du cours qu'allait prendre sa vie, et de l'étendue de son erreur.

⁂

Ses cauchemars concernaient toujours le Viêt-nam. Nuit après nuit, il revivait le moment où il avait tenu David Williams dans ses bras, au milieu d'une rizière rougie de sang, et l'avait regardé mourir. Impuissant, face à l'horreur de la situation, il n'avait pu que hurler longuement sa colère et sa rage.

Il avait écrit à Ginny, à propos de David, mais les mots étaient incapables de décrire l'étendue de son chagrin. Ce n'était pas seulement son ami qui était mort, ce jour-là. C'était aussi une partie de Thomas Dancy. Le jeune homme de vingt et un ans, qui croyait à la suprématie de l'amour et à la non-violence, avait péri, lui aussi, dans cette rizière sanglante. Et, à partir de cet instant, Thomas était devenu une machine à tuer.

Il était parti à la guerre comme un enfant, essayant de faire au mieux pour subvenir aux besoins de sa famille. C'était dans la peau d'un assassin qu'il en était rentré. Il avait fallu tout l'amour de Ginny pour effacer le traumatisme de ces longs mois au Viêt-nam. A mi-parcours de son service militaire, il avait profité d'une permission pour s'envoler vers Hawaii, et il n'était pas revenu sur le champ de bataille. Il haïssait ce qu'il était devenu.

Vis-à-vis de l'armée, il avait été porté déserteur, mais lui, il savait qu'il n'avait fait que sauver sa peau. Il serait sans doute devenu fou s'il avait dû retourner là-bas. Pendant un moment, il s'était réfugié à San Francisco. Ginny était venue l'y rejoindre et l'avait choyé de son mieux. Peu à peu, l'amertume et la haine qu'il avait accumulées s'étaient estompées, et il avait recouvré sa santé mentale, au point de laisser derrière lui les atrocités de la guerre. Enfin, presque. En revanche, il s'était senti investi de l'obligation morale d'éviter aux autres ce qu'il avait vécu. Au lieu de s'envoler vers le Canada, comme tant d'autres l'avaient fait avant lui, il avait décidé d'œuvrer pour la fin de la guerre. Dans cette perspective, il avait rejoint les rangs d'un groupe d'extrémistes, et il était devenu l'ami du leader, José Delgado, un révolutionnaire dont la famille se trouvait au Mexique.

Comme il parlait couramment l'espagnol, José avait insisté pour qu'ils communiquent exclusivement dans cette langue et, ce qui était, au départ, une mesure de sécurité était devenu plus tard une nécessité.

— Thomas ?

Il tourna la tête à contrecœur.

— Tu as encore fait un cauchemar ? lui demanda Azucena de sa voix grave et douce.

Il acquiesça sans un mot. Il ne voulait pas lui dire qu'il était en train de penser à Ginny et à sa petite fille qu'il n'avait pratiquement pas connue.

La jeune femme se glissa hors du lit et s'approcha de lui.

— Reviens te coucher, lui dit-elle en espagnol, tout en lui entourant la taille de ses bras.

— Tout à l'heure, murmura-t-il car il souhaitait rester encore un peu en compagnie de ses souvenirs.

— Viens, lui répéta-t-elle d'une voix câline, en posant les mains sur son torse. Je vais t'aider à oublier tes mauvais rêves.

— Azucena...

Pour toute réponse, elle l'embrassa dans le cou et se pressa contre lui.

Il avait besoin d'elle, à cet instant. Malgré le stade avancé de sa grossesse, il l'embrassa sans ménagement, et elle lui répondit avec une fougue qui éveilla immédiatement son désir. Sans lui laisser le temps de réfléchir, elle l'entraîna vers le lit.

Tout en l'étreignant, il ne put s'empêcher de penser qu'elle méritait un homme meilleur que lui. Elle méritait quelqu'un qui l'eût aimée sincèrement, pour elle-même. Un homme qui pourrait donner son nom à l'enfant qui grandissait en son sein. Il avait bien quelques scrupules à l'idée qu'elle n'avait que deux ans de plus que sa propre fille, mais cela ne l'empêcha pas de plonger entre ses cuisses. Au moment de l'orgasme, il cria le nom de Ginny. Ce n'était pas la première fois, et sans doute pas la dernière.

Lorraine avait lu la lettre tant de fois qu'elle la savait par cœur. Dédaignant son appartement, elle avait définitivement élu domicile dans la maison de sa mère où elle passait des nuits agitées, assise dans le salon, à réfléchir, à chercher des explications...

Il s'était écoulé environ deux semaines depuis ce fameux rendez-vous avec Dennis Goodwin.

Un nouveau jour se levait, une vive clarté inondait déjà la pièce, et pourtant, Lorraine n'avait pas encore dormi. Elle avait vaguement somnolé une heure par-ci par-là. C'était tout ce qu'elle était capable de faire. Car le profond sommeil, l'apanage de ceux qui sont en paix dans l'existence, semblait l'avoir définitivement quittée.

La mère qu'elle avait connue et aimée avait disparu. Virginia — où celle qu'elle avait prétendu être — était désormais un personnage hors d'atteinte. La manière dont elle avait agi dépassait l'entendement de Lorraine, et elle ne voyait pas comment elle pourrait jamais lui pardonner. Elle avait l'impression que le monde s'était effondré sous ses pieds.

Bien qu'elle connût la lettre par cœur, elle la sortit de son enveloppe et la relut une fois de plus.

« Ma chère Ginny,

» Aujourd'hui, c'est l'anniversaire des vingt et un ans de notre fille. Comme les années ont filé, c'est incroyable... Il me semble qu'hier encore, je faisais sauter la petite Raine sur mes genoux et que je lui chantais des berceuses pour l'endormir. Quelle tristesse de songer à tout ce que j'ai manqué !

» Je sais que tu n'as pas envie d'entendre cela, mais je ne peux m'empêcher de te répéter que je n'ai jamais cessé de t'aimer ni d'avoir besoin de toi. J'aurais tant souhaité que les choses se déroulent différemment pour nous ! Tout ce que je te demande, à présent, c'est de révéler la vérité à Raine.

» Nous avions décidé ensemble de lui dire que j'étais mort, je m'en souviens très bien. A l'époque, cette solution nous était apparue comme la meilleure, mais, depuis, je n'ai pas cessé un seul jour de le regretter. Tu le sais bien. Tu sais aussi que je suis un homme de parole. J'ai fait ce que tu m'avais demandé, je me suis toujours tenu loin de vous, mais aujourd'hui, je t'en supplie, dis la vérité à Raine. Toute la vérité. Elle est majeure, désormais, et elle pourra se faire sa propre opinion.

» J'enseigne dans une modeste école à El Mirador, un village situé sur la côte du Yucatan. Tu peux m'y joindre par téléphone, au numéro indiqué en bas de la page. L'école me fera suivre ton message.

» Comment vas-tu, Ginny ? T'arrive-t-il, à toi aussi, de rester éveillée au cœur de la nuit et de penser à moi, comme cela m'arrive si souvent ? Es-tu heureuse ?

» J'espère de tout mon cœur que tu as pu trouver enfin la paix intérieure.

» A toi pour toujours, avec tout mon amour.

Thomas. »

Chaque fois que Lorraine parcourait la lettre, trois éléments la frappaient avec la même force. Tout d'abord, en dépit de ce qu'on lui avait raconté, son père était vivant et en bonne santé. Secundo, il l'aimait. Tertio — et c'était la partie la plus difficile à accepter — sa mère lui avait menti pendant toutes ces années.

Un coup frappé à la porte d'entrée la tira brusquement de ses pensées.

Elle ne fut pas surprise de découvrir Gary sur le seuil.

— Je pensais bien te trouver là, dit-il en lançant un regard inquiet sur le désordre qui régnait dans le salon.

— Quelle heure est-il ? demanda Lorraine pour meubler le silence.

— Tu devrais être au travail depuis une heure.

— Il est si tard que ça ?

Elle s'agita soudain, et se mit à ranger livres, papiers, cassettes vidéo... Tout était bon pour éviter de le regarder. Pour gagner du temps avant de le mettre au courant...

— Je ne sais plus quoi faire pour t'aider, dit-il avec un geste d'impuissance.

Comme elle ne lui répondait pas, il se dirigea vers la cuisine, ouvrit un placard et en sortit le café.

Lorraine l'avait suivi.

— Tu ferais peut-être mieux de t'habiller pour aller travailler, suggéra-t-il d'un ton lourd de sous-entendus.

Elle ne se le fit pas dire deux fois et, plutôt que de se quereller avec lui, elle fila prendre sa douche et enfiler son uniforme, bien qu'elle n'eût aucune intention de se rendre à la clinique.

Quand elle regagna la cuisine, un arôme de café frais l'accueillit. Gary lui tendit une chope fumante et s'en servit une.

— Asseyons-nous et parlons un peu, lui dit-il en lui faisant signe de prendre place à la table.

Une fois encore, elle obéit sans discuter, car l'énergie qu'il aurait fallu déployer pour s'opposer à Gary lui manquait.

Il s'assit en face d'elle.

— Ma chérie, je comprends à quel point c'est douloureux, mais il faut que tu te secoues.

Elle comprenait son point de vue et abonda dans son sens.

— Tu as tout à fait raison.

— Voilà un bon début, dit-il en avalant une gorgée de café.

Puis il laissa échapper un profond soupir, comme s'il redoutait la confrontation.

— Tu n'es plus toi-même depuis ce rendez-vous avec le notaire, reprit-il.

— C'est vrai.

Il hésita, comme s'il se demandait jusqu'où il pouvait aller.

— Je me doute à quel point cette lettre a dû te bouleverser. Bon sang ! Elle aurait fait le même effet à n'importe qui d'autre, mais tu dois reprendre pied dans la réalité. Passer tes nuits ici, à regarder des vieux films, ça ne peut pas t'aider à t'en sortir.

Il marqua une pause et, devant le mutisme de sa compagne, il décida de changer de tactique.

— Un mois a passé depuis la mort de ta mère, et tu en es toujours au même point.

— Tu as raison, répéta-t-elle en serrant sa tasse entre ses mains pour les réchauffer un peu.

Elle avait réussi à reprendre son travail, même si elle arrivait régulièrement en retard. Mais, le soir, elle restait prostrée devant l'écran de télévision, à regarder ses films favoris. Des films que sa mère avait aimés, elle aussi : des histoires d'amour, des aventures ou des policiers — tout ce qui pouvait lui permettre d'oublier les mensonges que Virginia lui avait racontés. Des mensonges que ses parents avaient concoctés ensemble.

— Qu'est-ce que tu fabriques ici, tous les soirs, hein ? reprit Gary. A part regarder Humphrey Bogart et Cary Grant ?

— Ce que je fabrique ? répéta Lorraine en écho.

L'état des lieux était suffisamment éloquent, lui sembla-t-il, pour qu'elle n'y ajoutât aucun commentaire.

D'ailleurs, Gary regardait la pièce d'un air soucieux.

Lorraine tenta de se mettre à sa place et d'imaginer ce qu'il ressentait. Force était d'admettre que les apparences ne plaidaient pas en sa faveur. Le choc que ce chaos pouvait produire sur Gary était facile à deviner. Jusque-là, sa fiancée s'était révélée parfaitement ordonnée, voire même méticuleuse, comme sa mère l'avait été. Toutes deux passaient pour des maîtresses de maison hors pair, et pourtant, Lorraine n'avait pas hésité, récemment, à fouiller systématiquement toutes les pièces. La confusion et la pagaille la plus totale régnaient actuellement dans la maison. Une chatte n'y aurait pas retrouvé ses petits.

— Qu'est-ce que tu cherches à prouver? lui demanda-t-il soudain.

Lorraine fut stupéfaite de son manque de compréhension.

— Je n'essaye pas de prouver quelque chose. Je cherche à découvrir ce que ma mère a bien pu me cacher d'autre. Imagine que je trouve des squelettes dans les placards !

Gary regardait droit devant lui, d'un air absent, comme s'il avait du mal à comprendre ses paroles.

— Ne le prends pas mal, s'il te plaît, mais as-tu songé à consulter quelqu'un ? demanda-t-il d'une voix prudente.

Il risqua ensuite un regard dans sa direction.

— Tu veux dire... un psy ?

— Eh bien, oui.

Lorraine ne put s'empêcher d'éclater de rire.

— Tu crois que je suis en train de devenir folle ?

Comme son hilarité tournait au fou rire, elle se demanda si, après tout, il n'avait pas raison. Si le violent sentiment de trahison qu'elle éprouvait n'était pas en train de la faire basculer. L'idée que ses parents, et sa mère en particulier, eussent choisi de lui mentir sur un point aussi important demeurait pour elle une énigme... révoltante.

— Je sais combien cette période est difficile pour toi, enchaîna Gary rapidement, de crainte d'être interrompu. J'essaye de te comprendre, crois-moi, et tes collègues du groupe Wellness en font autant, mais il y a tout de même des limites à la patience de chacun.

— Tout à fait d'accord avec toi.

Gary la dévisagea d'un air suspicieux.

— Vraiment ?

— Je prends un mois de congé.

— Un mois ?

Elle vit à quel point il était déconcerté par la nouvelle.

— Pourquoi si longtemps ? Je pensais qu'une semaine ou deux seraient largement suffisantes.

— Pas pour ce que j'ai en tête.

— Nous avions pourtant décidé de garder nos congés pour notre lune de miel, et...

Il s'arrêta net, le regard fixe.

— Qu'as-tu en tête ?

— Je vais aller voir mon père.

Il lui fallut un moment pour réagir.

— Quand ?

— Mon avion décolle à 7 heures, mardi matin.

Gary regarda sa fiancée comme s'il ne la reconnaissait plus.

— Quand as-tu pris cette décision ?

Sa voix était d'un calme inquiétant, ce que Lorraine reconnut comme un signe de colère certain.

— La semaine dernière.

En achetant son billet, elle savait que Gary désapprouverait son projet. C'était l'une des raisons pour lesquelles elle avait évité d'en discuter avec lui.

— Je vois, dit-il d'un ton de petit garçon boudeur.

Il saisit sa chope et but une longue gorgée de café.

— J'ai téléphoné à l'école où il enseigne, et j'ai parlé à la secrétaire.

La communication n'avait pas été simple. Heureusement, la secrétaire parlait mieux anglais que Lorraine ne parlait espagnol.

Le silence de Gary était hautement réprobateur, mais Lorraine profita de son mutisme pour lui fournir une foule de bonnes raisons, espérant ainsi désamorcer le conflit avant son départ pour le Mexique.

Elle lui expliqua qu'elle n'avait nullement voulu l'offenser, mais qu'elle devait absolument rencontrer son père pour lui parler face à face. Elle voulait savoir ce qui les avait séparés, sa mère et lui, et pourquoi ses parents lui avaient fait croire qu'il était décédé. Il y avait sûrement une explication logique à ce mensonge. En tout cas, elle l'espérait.

De tous les sentiments que révélait sa lettre, le plus évident était l'amour infini qu'il avait pour Virginia et pour elle. Alors, pourquoi cet amour avait-il été étouffé pendant toutes ces années ?

— As-tu parlé à ton père ? demanda Gary d'une voix dénuée d'émotion, lorsqu'elle eut terminé sa plaidoirie.

Elle hésita un instant avant de répondre, sachant que Gary allait réagir négativement.

— Non, pas directement, lui avoua-t-elle finalement.

— Je vois.

— Le numéro de téléphone est celui de l'école où il travaille, précisa-t-elle.

— Oui, j'avais compris, répliqua-t-il d'un ton de profond ennui.

— Et il était en train de faire cours quand j'ai appelé, continua-t-elle. J'ai laissé un message pour qu'il vienne me chercher à l'aéroport.

— Et il t'a rappelée ?

De nouveau, elle marqua une hésitation.

— Pas vraiment.

Gary faillit s'étrangler.

— Lorraine, la question est pourtant simple. Il t'a rappelée, oui ou non ?

Décidément, la discussion tournait en rond.

— Ton attitude me contrarie, Gary. J'espérais que tu me soutiendrais.

Il laissa échapper un long soupir exaspéré.

— Et moi, je regrette que tu ne m'aies pas consulté avant de prendre une telle décision.

— Je suis navrée, lui dit-elle. Je reconnais que ce n'est pas très gentil de ma part, mais je dois absolument découvrir ce qui s'est passé entre mes parents. Mon père est vivant, et j'ai la chance de pouvoir faire sa connaissance. Je vais enfin lui parler, et savoir pourquoi ils ont jugé bon de me tromper. Tu peux comprendre mon désir, n'est-ce pas ?

Il hésita, puis répondit finalement :

— Oui, bien sûr, je comprends. Mais j'aurais quand même préféré que tu me tiennes au courant. Nous sommes fiancés et, avant de te voir prendre une telle décision, j'aurais aimé que nous y réfléchissions ensemble.

— Je vais voir mon père ; je ne quitte pas mon travail !

— Prendre un mois de congé, ça peut avoir des conséquences, dit-il d'un ton pénétré.

— Quel genre de conséquences ?

— Sur notre lune de miel. Wellness ne va pas t'accorder un mois maintenant, plus deux semaines supplémentaires aussitôt après.

— Mais nous ne nous marions que dans cinq mois !

— Peu importe.

— Gary, je t'en prie. Essaye de comprendre mon point de vue.

— Et toi, mets-toi un peu à ma place.

— Chéri, je suis désolée, répliqua Lorraine. Je ne pensais pas que cela ferait une telle histoire. Je dois faire ce voyage pour tirer les choses au clair. C'est important pour mon avenir — pour notre avenir.

Il hocha lentement la tête, comme s'il se rendait à ses arguments.

— N'empêche, reprit-il, si tu m'avais prévenu avant, j'aurais pu changer mon emploi du temps et t'accompagner.

L'accompagner ? Pas un instant il ne lui était venu à l'idée de demander à Gary de venir avec elle. De toute façon, c'eût été impossible : il venait d'obtenir de l'avancement, et il était en train de former son remplaçant.

En fait, elle aimait Gary, mais elle ne voulait pas de lui pour ce voyage. C'était une aventure personnelle, qu'elle ne pouvait accomplir que seule.

Il n'avait pas été facile pour Gary Franklin de laisser partir sa fiancée. Mais il l'aimait, et il avait admis qu'elle traversait une période troublée. Au nom de cet amour, il avait donc accepté de passer outre son ego froissé et de la voir s'envoler seule pour le Yucatan. Il avait même poussé la magnanimité jusqu'à se lever à 4 heures du matin pour l'accompagner à l'aéroport.

Il jeta un coup d'œil à sa montre. 4 h 45. Ils avaient discuté et rediscuté de ce voyage un nombre incalculable de fois, depuis le fameux matin où elle lui avait annoncé la nouvelle de but en blanc, et il restait convaincu qu'elle commettait une grossière erreur. Mais Lorraine n'avait rien voulu entendre, et elle avait cessé de l'écouter.

Son intention était seulement de la protéger, de la mettre en garde contre les difficultés qui l'attendaient, mais elle avait résolument ignoré ses conseils de prudence, s'obstinant à considérer cette rencontre avec ce père inconnu comme une fête.

Habituellement, Gary admirait Lorraine pour son bon sens, mais, cette fois, elle manquait totalement de perspicacité.

Gary était profondément attaché à Virginia, et son décès brutal l'avait bouleversé. Il admirait son habileté dans le monde des affaires, et la manière dont elle avait su se faire une réputation dans un domaine habituellement réservé aux hommes. Qui plus est, il avait toute confiance en son jugement. Et, si elle avait choisi de mentir à Lorraine au sujet de son père, il se doutait qu'elle avait de bonnes raisons de le faire. Il craignait donc une grave déconvenue pour sa fiancée. Qui sait si elle ne rentrerait pas de ce voyage le cœur brisé ?

Outre le refus de Lorraine d'écouter ses conseils, il avait été blessé par la manière dont elle l'avait écarté. Elle n'avait même pas cherché à lui cacher qu'elle préférait faire ce voyage sans lui...

Il gara la voiture et tenta de cacher sa contrariété avant de sonner à la porte d'entrée.

— Tu es prête ? lui lança-t-il lorsqu'elle apparut sur le seuil.

Elle fit signe que oui. Au moins, elle ne s'était pas encombrée de bagages inutiles, songea-t-il en remarquant sa petite valise à roulettes.

Elle portait un élégant tailleur-pantalon de lin blanc, et avait ramassé ses longs cheveux blonds en queue-de-cheval.

Malgré son air légèrement inquiet, elle semblait déterminée à affronter l'inconnu, quoi qu'il pût arriver.

— Tu as ton passeport ?

— Oui.

— Tes traveller's chèques ?

Elle acquiesça.

— Ton anti moustiques ?

— Gary ! Franchement, j'ai l'impression d'être une enfant qui part pour un camp scout.

— Excuse-moi, dit-il avec un petit sourire penaud.

Comme il y avait très peu de circulation à cette heure matinale, le trajet s'effectua en un temps record. Il insista pour l'accompagner jusqu'à la porte d'embarquement, et ils restèrent là, à attendre, sans savoir quoi se dire.

— Je ne veux pas que tu t'inquiètes, murmura la jeune femme pour briser le silence qui se prolongeait.

— J'essayerai. Tu me téléphoneras ?

Elle hésita et haussa les épaules avec désinvolture.

— Je ne sais pas si ce sera possible, depuis El Mirador. J'ai l'impression que l'école est le seul endroit où il y ait un téléphone en état de marche.

Elle regretta aussitôt d'avoir souligné ce détail.

— Je t'écrirai, promit-elle, et je téléphonerai si c'est possible.

— Génial ! s'exclama Gary avec un enthousiasme forcé.

Il allait devoir se contenter de cela.

Le vol fut annoncé, et il patienta avec elle dans la file des voyageurs. A l'entrée de la passerelle télescopique, ils s'embrassèrent. Il la retint serrée contre lui un moment, puis elle s'écarta et s'engouffra dans le long tunnel qui menait à l'avion. Sans se retourner une seule fois.

Gary resta un long moment sans bouger, longtemps après qu'elle eut disparu.

En dépit de l'optimisme affiché par la jeune femme, il ne pouvait se défaire du pressentiment que tout, dans son existence comme dans celle de sa fiancée, était sur le point de basculer.

3.

Jack Keller ne s'était jamais pris pour un pêcheur exceptionnel, et pourtant, il vivait sur un cabin-cruiser de 12 mètres, muni d'un double moteur Diesel.

Il avait longtemps exercé le dangereux métier de mercenaire, et il avait pris une retraite plus qu'anticipée tellement il était écœuré par les opérations de sauvetage à la petite semaine dans lesquelles s'était spécialisée Deliverance Company. Jack en avait eu marre de lutter contre des groupes de terroristes fanatisés et des gouvernements corrompus qui prenaient des innocents en otage et n'hésitaient pas à les sacrifier sur l'autel de la cupidité et de la vengeance.

Bien entendu, il avait été largement rétribué pour ses talents, et il avait su mettre de côté un bon pécule. Il en avait sagement investi la majeure partie et, en y ajoutant le produit de la vente de son appartement de Kansas City, il avait de quoi vivre confortablement au Mexique pour le reste de ses jours. Vieillir sous les tropiques était un programme qui convenait parfaitement à son goût de l'indépendance. « Libre comme l'air », telle aurait pu être sa devise.

Le bateau avait été un plus, une sorte de prime surprise. Il l'avait hérité de Quinn McBride, un ami dont il avait sauvé la vie dix ans auparavant. Jack vivait à bord du *Scotch on Water* depuis trois ans, maintenant. Il avait mis ce temps à profit pour croiser dans le golfe du Mexique, jetant l'ancre ici ou là, au hasard de ses amitiés. Thomas Dancy, un autre Américain expatrié, qui vivait dans la petite cité côtière d'El Mirador, était ainsi devenu son meilleur ami.

Bien que Thomas fût son aîné de quinze ans, les deux hommes partageaient une camaraderie sans faille et un profond amour de leur pays d'adoption. Thomas était un homme qui gardait ses secrets, mais cela ne dérangeait pas Jack outre mesure, d'autant plus qu'il ne se livrait pas aisément, lui non plus. C'était la présence de Thomas et d'Azucena qui avait retenu Jack au Yucatan, pendant ces dernières semaines.

Il songeait, toutefois, à reprendre la mer. Il comptait se diriger vers les Keys de Floride, et s'arrêter en route dans l'un de ces merveilleux petits paradis des Caraïbes. Il avait entendu dire que les habitants s'y montraient accueillants, et que les femmes y étaient magnifiques, ce qui ne gâtait rien.

Ensuite, il retournerait probablement à Belize. Il avait relâché dans le port de Belize City plus d'une fois, et avait toujours été impressionné par la beauté du pays. Et puis, une ravissante *señorita* de sa connaissance serait certainement enchantée de le revoir. Jack ne se souvenait pas précisément de son prénom, mais nul doute que la mémoire lui reviendrait en temps utile.

La Floride ou Belize ? Il ne lui restait plus qu'à se décider. Mais, avant de partir, il avait besoin d'embarquer des vivres et, dans la foulée, il songea qu'il ferait bien de s'enquérir de son courrier. Non qu'il attendît une lettre en particulier. Il n'avait pas eu de nouvelles de Cain, de Murphy ni de Mallory depuis des semaines, mais il devait reconnaître que les relations épistolaires avec ses vieux amis n'étaient pas son fort à lui non plus. Son existence de mercenaire était loin derrière lui et, depuis qu'il avait adopté ce nouveau mode d'existence, il partageait peu de chose avec ces hommes qui avaient appartenu jadis à Deliverance Company. Ses amis étaient maintenant mariés et, d'après ce que Jack avait compris, ils s'étaient installés dans de confortables vies de famille. Ce qui n'était pas son cas, loin de là.

Campé sur la passerelle du *Scotch on Water*, le soleil sur son visage, avec une petite brise qui faisait battre les pans de sa chemise contre son torse hâlé, Jack mit le cap vers l'ouest. Un coup d'œil sur la carte lui apprit qu'il n'était pas loin d'El Mirador. Cela faisait au moins deux mois qu'il n'avait pas bu une bonne bière en compagnie de Thomas. Azucena devait être sur le point d'accoucher, si ses souvenirs étaient bons. Peut-être arriverait-il à temps pour célébrer dignement l'heureux événement avec le papa.

Ce serait leur troisième enfant en six ans. Sacrebleu ! Thomas faisait une concurrence éhontée à Cain et à Murphy, mais lui, au moins, il avait une excuse. En bonne catholique, Azucena refusait toute méthode contraceptive. Les relations sexuelles en dehors du mariage, oui ; la contraception, non. Une logique pour le moins déroutante, songea Jack avec un sourire. Au cours de l'une de ses visites, Thomas lui avait confié combien il avait été contrarié, la première fois qu'Azucena s'était trouvée enceinte. Depuis, apparemment, il avait fini par s'habituer à la paternité. Jack se serait certainement retrouvé dans la même situation s'il avait vécu avec une femme au tempérament de feu comme Azucena. Mais Thomas ne pouvait pas l'épouser, et cela pour des raisons mystérieuses qu'il ne semblait pas vouloir révéler à ses amis.

Quelques années auparavant, inconscient comme il l'était, Jack s'était sérieusement posé la question du mariage. Il avait peine à le croire, à présent, mais il avait bien failli fonder une famille et s'installer dans un pavillon de banlieue. Dieu soit loué, il avait échappé au désastre — de justesse. Quoique, sur le moment, il ne l'eût pas si bien pris. A la vérité, il avait salement dégusté quand Marcie avait refusé sa proposition. Et, ce qui l'avait achevé, c'est qu'elle lui avait préféré un plombier du nom de Clifford. Il n'en était toujours pas revenu qu'une femme aussi intelligente et sexy que Marcie eût pu trouver le bonheur dans les bras d'un être aussi fruste que le brave Clifford.

Le plus curieux, c'est qu'ils avaient l'air heureux. Il avait reçu des cartes de vœux les deux années précédentes. La première montrait son ex-dulcinée, se tenant fièrement au côté de son balourd de mari, avec un ventre qui pointait jusqu'au milieu de la pièce. Elle semblait au dixième mois de sa grossesse. La photo de l'année suivante en donnait l'explication : des jumeaux. Il ne se rappelait pas exactement les prénoms des bambins. Billy et Bobby, quelque chose dans ce goût-là. Mais, ce qui l'avait frappé, c'était la joie rayonnante de Marcie qui présentait à l'objectif un marmot malicieux, tandis que sa copie conforme se tortillait dans les bras de Clifford. Jack avait gardé la photographie parmi les papiers du bateau pour se rappeler que Marcie avait fait le bon choix en refusant de l'épouser.

Après ce bref coup de folie, Jack avait compris qu'il n'était pas fait pour le mariage. Ça ne l'intéressait pas du tout de s'installer avec une femme et de se taper toutes les corvées domestiques. Il jouissait de sa vie insouciante et ne tenait pas à ce que quelqu'un vînt lui embrouiller les idées, ou lui chavirer le cœur— si, toutefois, il en avait un.

Pas de doute : tout était pour le mieux dans le meilleur des mondes. Marcie avait bien fait d'épouser Clifford. Jack, lui, aurait fait un piètre mari, à n'en pas douter. Mais il y avait des moments — rares, bien sûr — où il se demandait tout de même ce qui serait arrivé si Marcie l'avait épousé, lui.

Il décida d'aller boire une bière à sa santé. A Marcie, et à la chance qu'il avait eue d'échapper à une telle catastrophe.

Le Boeing 767 atterrit à Mérida, dans la presqu'île du Yucatan, tôt cet après-midi-là. Dès qu'elle descendit de l'avion, Lorraine chercha son père des yeux. La seule photographie de lui qu'elle possédait, était celle qui avait été prise le jour de son mariage. Il y apparaissait barbu, avec des cheveux longs. Il devait avoir la cinquantaine, à présent, et Lorraine se demandait si elle serait capable de le reconnaître.

La carte géographique soigneusement pliée dans son sac lui avait appris qu'El Mirador était situé à 25 kilomètres environ de Mérida, vers le nord. Elle scruta les alentours d'un regard impatient. L'attente à la douane était interminable, et de nombreux voyageurs se plaignaient de la lenteur des services. D'après ce que Lorraine put comprendre, les fonctionnaires de la sécurité étaient débordés à cause d'une histoire de vol dans un musée. Et les douaniers s'acharnaient à vérifier tous les bagages des ressortissants qui quittaient le pays.

Après ce qui lui sembla une éternité, elle finit par passer. Ayant récupéré sa valise, elle examina attentivement la petite foule qui accueillait les nouveaux arrivants, mais elle ne vit personne qui correspondît, de près ou de loin, à l'homme de la photo.

— Déclenchement du plan B, murmura-t-elle à mi-voix, tout en se félicitant d'avoir prévu une stratégie de secours.

Elle se fraya un chemin jusqu'au comptoir de location de voitures.

— Vous désirez? lui demanda l'employée.

— Ouf! dit-elle en sortant son permis de conduire de son sac, vous parlez anglais.

— Oui, dit la jeune femme avec un éblouissant sourire.

— Je souhaite louer une voiture.

— Très bien.

— J'ignore encore pour combien de temps. Un mois, peut-être. A moins qu'il y ait une agence où je puisse la rendre, du côté d'El Mirador.

Le sourire commercial s'évanouit comme par enchantement lorsque Lorraine mentionna le nom de la ville. L'employée lui tourna le dos et héla sa collègue. Celle-ci vint la rejoindre immédiatement, et elles se mirent à parler ensemble dans un espagnol rapide. Lorraine reconnut çà et là quelques mots, mais le sujet de leur conversation lui échappait complètement.

A la fin de leur discussion, la fille au sourire Colgate tourna vers Lorraine un visage serein, et annonça :

— Désolée, mais ma chef me signale que nous n'avons pas de voiture disponible pour cette période.

Lorraine n'en croyait pas ses oreilles.

— Mais, il y a une minute à peine, vous étiez tout à fait disposée à m'en louer une.

— Oui.

Elle ne démentait pas.

— Pourquoi refusez-vous, à présent ?

— Il n'y a pas de routes à El Mirador.

— Pas de routes ?

La jeune femme s'empara d'un prospectus, le parcourut silencieusement du regard et, après en avoir souligné un paragraphe, elle le tendit à Lorraine.

Dans la file qui s'était formée derrière elle, les gens commençaient à protester. Lorraine quitta donc le comptoir et alla s'asseoir à l'écart pour lire le passage souligné. A l'aide de son dictionnaire, elle finit par comprendre ce dont il s'agissait. Les voitures de location n'étaient apparemment pas habilitées à circuler sur des routes non goudronnées. En d'autres termes, El Mirador était situé loin des sentiers battus, et les voies d'accès consistaient en quelques pistes de terre ou de gravier. Le voyage n'allait pas être une partie de plaisir.

« Pas de problème : attaquons le plan C. »

Seul inconvénient, le plan en question restait à définir. Impossible qu'il n'existât aucun autre moyen pour se rendre à El Mirador. Peut-être y avait-il un car ? Mais où se trouvait la gare routière ?

D'un air décidé, elle saisit sa valise et quitta l'aéroport... et l'air conditionné. La brusque chaleur la fit chanceler. Elle eut l'impression qu'on venait de lui jeter une serviette brûlante sur la tête. Immédiatement, son tailleur de lin devint moite et lui colla au corps comme une seconde peau. Certains étés à Louisville pouvaient être suffocants, mais jamais elle n'avait expérimenté quelque chose d'approchant — et on n'était qu'au mois de mai !

Lorraine jeta un regard navré à son pantalon froissé et à sa veste auréolée de sueur, et regretta de ne pas s'être habillée de façon plus décontractée.

Elle rejoignit l'interminable file qui attendait pour un *colectivo* — un taxi. Malheureusement, lorsque son tour arriva, elle s'aperçut que le chauffeur ne comprenait pas l'anglais. Elle se servit des phrases toutes faites de son lexique de poche pour faire passer son message. L'homme hocha la tête à toutes ses questions, puis il chargea son bagage dans le coffre qu'il maintint fermé avec un morceau de corde effilochée.

Lorraine se glissa sur la banquette arrière et chercha la ceinture de sécurité. Il n'y en avait pas. Dès qu'il prit le volant, son aimable conducteur se transforma en un redoutable chauffard. Lorraine fut brinquebalée comme un vulgaire sac de pommes de terre, tandis qu'il se faufilait dans la circulation. Il passait d'une file à l'autre, fonçant vers les voitures qui remontaient en sens inverse à une allure démente.

Lorraine aurait aimé pouvoir se raccrocher à quelque chose de rassurant. Peine perdue ! La situation lui échappait totalement. L'unique avantage était que, pendant ce temps, elle était trop terrifiée pour se soucier de la chaleur monstrueuse qui régnait dans l'habitacle.

En arrivant enfin à la gare routière, elle remercia le ciel d'avoir survécu au trajet. Elle avait des bleus aux épaules à force de s'être cognée contre les portières, et les muscles de ses mâchoires étaient devenus douloureux tant elle avait serré les dents. Elle régla la course sans discuter, et sans laisser de pourboire, puis elle déchargea sa valise sur le trottoir crasseux.

Son arrivée ne passa pas inaperçue. Tous les regards se fixèrent immédiatement sur elle. En adoptant une allure qu'elle espérait désinvolte, elle se dirigea vers le guichet d'un air de routarde chevronnée.

— Je voudrais un billet pour El Mirador, lança-t-elle dans son plus bel anglais.

L'employé la dévisagea d'un regard vide.

Lorraine renouvela sa demande. Sans succès. L'employé la regardait toujours sans comprendre.

Puis il s'adressa à elle. Lentement, d'abord, puis de plus en plus fort comme si cela pouvait l'aider à comprendre. Au bout de cinq minutes, elle en aurait hurlé.

— Je peux peut-être vous aider.

Lorraine tourna la tête et découvrit un homme avenant qui lui souriait.

— Bonjour. Je m'appelle Jason Applebee.

— Lorraine Dancy.

Elle lui tendit la main et remarqua qu'il portait un bandage.

— Vous êtes américain ?

Il acquiesça.

— Difficile à cacher, n'est-ce pas ? Dans un endroit pareil, cela se voit comme le nez au milieu de la figure.

— J'imagine que vous parlez l'espagnol ?

— Couramment. Où voulez-vous vous rendre, au juste ?

— A El Mirador.

— Sans blague ? s'exclama Jason avec un visage réjoui. J'y vais aussi.

— Incroyable ! Je pensais qu'il s'agissait d'un trou perdu.

— En fait, je vais dans les environs, mais j'ai l'intention de passer la nuit à El Mirador.

— Vous voulez dire qu'il y a un hôtel ?

— Si on peut appeler ça un hôtel, répondit Jason avec une expression comique qui les fit tous deux éclater de rire.

Lorraine acheta son billet, et Jason en fit autant. Ensuite, ils s'assirent à l'ombre pour attendre le bus, « prévu une demi-heure plus tard », précisa Jason.

— Allez-vous descendre à l'hôtel ? demanda-t-il à la jeune femme, en posant son sac à dos près de lui.

— Je l'ignore encore, marmonna Lorraine.

Elle sentait le poids de la fatigue après ce long voyage, ponctué d'un retard de trois heures sur l'horaire prévu.

— Combien de temps faut-il pour se rendre à El Mirador ?

— Une heure, au moins — en admettant que le car ne tombe pas en panne pendant le trajet.

Lorraine poussa un long soupir à l'idée des obstacles qui pourraient encore surgir.

— Hé, ne vous plaignez pas, dit Jason. Si vous aviez été dans le coin où je me trouvais la semaine dernière...

Il lui expliqua qu'il était maître-assistant en archéologie dans une petite université du Missouri dont Lorraine n'avait jamais entendu parler. Il faisait des recherches pour sa thèse de doctorat, et il se trouvait au Mexique depuis un mois, lui dit-il, tout en précisant que ce n'était pas son premier voyage dans ce pays.

Lorraine jugea qu'il devait avoir une trentaine d'années. Il avait des cheveux bruns coupés court ; il portait des lunettes noires et une chemisette de coton soigneusement rentrée dans un pantalon kaki. En remarquant la fraîcheur de sa tenue, Lorraine se sentit d'autant plus misérable dans son tailleur sale et froissé.

— Et vous avez travaillé sur un site archéologique ?

— Oui. C'était fantastique. En dehors de cela, ajouta-t-il en montrant son bras bandé.

Pendant l'heure suivante, alors qu'ils attendaient toujours le bus, Jason lui raconta ses aventures, sans oublier de lui décrire de façon circonstanciée l'accident au cours duquel il avait été blessé. C'était en portant secours à l'un des assistants mexicains, aux prises avec deux voleurs armés de couteaux : la bagarre avait mal tourné, et il avait pris un mauvais coup. Lorraine frémit aux accents dramatiques de son récit.

Elle éprouvait une réelle sympathie pour Jason. Difficile de faire autrement : il était vif, intelligent et gai, sans parler de la générosité dont il avait fait preuve en lui venant en aide.

Il s'absenta un moment pour aller acheter des tranches de pastèque à un vendeur ambulant, et ils les mangèrent tous les deux. Lorraine n'avait pas vraiment faim, mais le fruit étancha sa soif grandissante.

Elle ne s'était jamais liée d'amitié aussi rapidement. Elle attribua cette facilité déconcertante à la personnalité de Jason : sa simplicité et son exubérance encourageaient aux confidences et à la camaraderie.

Dans un nuage de gaz d'échappement et le bruit des grincements de la boîte de vitesses, l'autocar franchit enfin victorieusement le seuil de la station. Les prédictions de Jason concernant l'état du véhicule s'avérèrent en dessous de la réalité. On aurait juré, à le voir, que le vieux tas de ferraille parcourait les routes depuis la seconde Guerre Mondiale. Sa couleur n'était plus identifiable, et la moitié des fenêtres manquait. Mais, avec cette chaleur, c'était sans doute une bénédiction.

A l'instant même où le véhicule pénétra dans la cour, des gens sortirent de tous les coins. Des adultes, des enfants, des poulets en cage... Un homme portait même sous son bras un porcelet récalcitrant.

— Allez-y, montez et gardez deux places, dit Jason en poussant Lorraine vers la porte. Je m'occupe des bagages.

Deux hommes grimpèrent sur le toit, tandis que Jason et un autre passager leur passaient les colis.

Dix minutes plus tard, Jason, essoufflé, monta à bord et s'effondra près de la jeune femme.

— Vous disiez que vous alliez dans les environs d'El Mirador ? lui demanda-t-elle, une fois qu'il eut repris sa respiration.

— Je vais rejoindre un autre chantier de fouilles, dit-il en se poussant pour lui laisser davantage d'espace sur l'étroite banquette.

— Ah ! Il y a un site archéologique près d'El Mirador ?

Elle avait effectué des recherches à la bibliothèque concernant la petite ville côtière, et aussi sur Internet, mais elle n'avait pas appris grand-chose. Le nombre d'habitants n'atteignait pas le millier, et l'économie, comme on pouvait s'y attendre dans ces modestes ports de la péninsule, était essentiellement basée sur la pêche. Lorraine ne se souvenait pas d'avoir lu quoi que ce fût concernant des ruines mayas à proximité d'El Mirador, mais cela n'avait rien de surprenant.

— De fait, expliqua Jason, « notre » El Mirador a été baptisé d'après « le » El Mirador du Guatemala, l'un des plus importants et des plus anciens sites mayas. Mais, côté mexicain, il existe aussi un temple à quelques kilomètres de la petite ville. Il a été découvert il y a quelques années, mais les fouilles viennent seulement de se mettre en place. C'est pourquoi j'aimerais y passer quelques semaines avant de rentrer chez moi.

— Chez vous, c'est le Missouri, si je ne me trompe ?

— Oui, Jefferson City, précisa-t-il. Et vous ? Qu'allez-vous faire à El Mirador ? Ce n'est pas une destination touristique, habituellement.

Lorraine prit son temps avant de répondre. Elle se demandait ce qu'elle pouvait confier à cet homme qu'elle ne connaissait que depuis une heure.

— Mon père vit là-bas, dit-elle sans s'étendre sur le sujet.

— A El Mirador ? reprit Jason en écarquillant légèrement les yeux. Que fait-il là-bas ?

— Il est professeur.

— Dans le cadre de la coopération ?

Lorraine détourna les yeux et regarda par la fenêtre. Etant donné le trac qu'elle ressentait à l'idée de rencontrer son père, elle aurait dû se réjouir de pouvoir parler de lui avec quelqu'un.

Elle décida donc de raconter toute l'histoire à Jason. De son côté, il lui ferait sans doute des confidences sur son propre passé. Peut-être même lui donnerait-il de sages conseils. Elle avait l'impression qu'elle pouvait lui faire confiance. Elle prit une profonde inspiration avant de se lancer.

— A la vérité, Jason, je n'en sais rien. Je ne l'ai pas vu depuis l'âge de trois ans. On m'avait dit qu'il était mort de leucémie. J'ai découvert qu'il était en vie il y a seulement un mois et, depuis, je n'ai plus qu'une idée en tête : aller le rejoindre. Faire sa connaissance. Mon fiancé pense que je file un mauvais coton. Il n'a peut-être pas tort. Je ne sais plus vraiment où j'en suis.

Elle termina ses confidences en racontant l'accident de sa mère, la découverte de la fameuse lettre parmi les objets mis au coffre, puis elle parla abondamment de Gary.

Jason demeura un instant pensif, comme s'il lui fallait un peu de temps pour assimiler toutes ces informations.

— Votre père sait-il que vous venez ?

— Evidemment, rétorqua la jeune femme sur un ton un peu agressif.

Puis elle soupira et finit par avouer :

— En fait, je n'en suis pas certaine.

Ne l'ayant pas trouvé à son arrivée à l'aéroport de Mérida, elle ne savait plus que penser.

— Mais vous êtes entrée en contact avec lui ?

— Oh, oui !

Lorraine avait ressenti de l'irritation lorsque Gary lui avait posé les mêmes questions. Mais Jason, lui, semblait s'intéresser réellement à son cas, alors que Gary s'était montré simplement paternaliste.

— J'ai téléphoné et j'ai laissé un message à l'école, mais il ne m'a pas rappelée. Alors, je lui ai écrit. J'espérais le trouver à l'aéroport... mais il n'y était pas.

— Quand avez-vous posté votre lettre ?

— Au début de la semaine dernière.

Jason secoua la tête.

— Désolé de vous décevoir, mais il ne l'a sans doute pas reçue. Le courrier...

A cet instant, le passage d'une ornière fit dangereusement tanguer l'autobus. Jason et Lorraine furent tous deux projetés en l'air. La jeune femme eut l'impression que sa mâchoire allait se décrocher sous le choc, et elle entendit le cri de douleur de Jason au moment où son crâne heurta la tôle. Le porcelet s'échappa des bras de son maître et remonta l'allée en couinant lamentablement. Le conducteur, aucunement impressionné par l'incident, ne daigna même pas ralentir.

Le vacarme cessa peu à peu, et Jason put terminer sa phrase.

— ... le courrier est particulièrement lent dans cette partie du monde.

— Oh, non !

— Vous devez vous attendre que votre père ne soit pas prévenu de votre arrivée.

Les mots de Jason dégrisèrent Lorraine. Elle venait de faire 2000 kilomètres, dont les derniers dans des conditions particulièrement pénibles, et elle avait toutes les raisons de croire que son père ne s'attendait absolument pas à son arrivée.

Depuis la nuit où son mauvais rêve l'avait éveillé, Thomas Dancy n'avait pu s'empêcher de penser continuellement à Ginny. Il se dit que c'était sans doute dû au fait qu'Azucena allait mettre au monde leur troisième enfant d'un instant à l'autre.

Il n'avait pas voulu tomber amoureux d'Azucena ; il ne souhaitait pas fonder une seconde famille. Mais, parmi ses principaux défauts, il y avait la faiblesse. Il était trop faible pour résister à la tentation d'aimer une seconde fois, de vivre une nouvelle vie.

Habituellement, il parvenait à s'arranger avec ses remords et le dégoût qu'il avait de lui-même. Mais, de temps à autre, les souvenirs de son ancienne existence revenaient le harceler.

Il était assis à son bureau dans sa salle de classe vide, et regardait sans les voir les copies qu'il était censé corriger. Il pensait à Ginny et à leur fille, qu'il ne connaissait pas. Les regrets le taraudaient, et la culpabilité l'envahissait dès qu'il songeait aux vœux sacrés qu'il avait trahis.

Son intention avait toujours été de demeurer fidèle à Ginny. Pendant les premières années de sa fuite au Mexique, Ginny et lui s'étaient arrangés pour se retrouver secrètement à Mexico ou à Veracruz. Et il vivait dans l'attente de ces quelques jours de passion trop brefs. Puis, Raine était entrée au lycée, et les visites de Ginny s'étaient espacées, puis avaient cessé complètement. Et pourtant, Thomas lui avait renouvelé ses promesses d'amour et de fidélité. Il les lui avait même écrites.

Son fardeau moral se trouvait encore alourdi par Azucena et ce bébé qui allait naître. Il avait la cinquantaine, à présent, et il vivait avec la jeune femme depuis bientôt huit ans. Parfois, il avait le sentiment d'avoir droit au bonheur qui passait à sa portée, le bonheur que lui offrait Azucena. Mais, la plupart du temps, il priait le ciel que Ginny n'apprît jamais sa liaison avec une compagne tellement plus jeune que lui.

Il ne désirait pas avoir d'autres enfants, mais Azucena était têtue, et elle mourait d'envie d'être mère. Son cœur était grand et généreux, et Thomas n'avait pas eu le courage de la décevoir, alors qu'elle avait tant fait pour lui. Très bientôt, il serait père d'un troisième enfant, et il se demanda si ce serait encore un garçon, comme les deux premiers.

En fait, il adorait ses fils et, de l'avis d'Azucena, il les gâtait beaucoup trop. En effet, la présence d'Antonio et d'Hector lui rappelait perpétuellement à quel point sa fille lui manquait. Raine était adulte, maintenant, mais, dans son esprit, elle demeurait une enfant. Elle était si petite lorsqu'il avait dû fuir! Ginny lui apportait des photographies, lors de ses rares visites. La dernière était un portrait pris à l'école. Sur ce cliché, Raine avait de grands yeux rieurs; il lui manquait plusieurs dents, et elle portait ses cheveux blonds en queue-de-cheval. Elle avait huit ans.

Quelqu'un frappa à la porte.

— Excusez-moi de vous déranger, lui dit l'un de ses grands élèves. Il y a un homme qui vous demande.

— Comment s'appelle-t-il?

— Jack Keller.

Thomas sourit.

— Dis-lui que j'arrive tout de suite.

Il avait peu de chose en commun avec l'ex-mercenaire, mais il l'aimait sincèrement. Et puis, ça lui faisait toujours plaisir de passer un moment en compagnie d'un Américain qui apportait invariablement des nouvelles du pays et du reste du monde. Le côté moins positif, c'était la tendance de Jack à se montrer grande gueule et à jurer comme un charretier, sans parler du fait qu'il fût un incorrigible coureur de jupon. Mais Thomas lui pardonnait volontiers ces petits travers, et il considérait Jack comme un très bon ami, lui qui en possédait si peu.

Il fourra sa pile de copies dans sa serviette de cuir et se dirigea vers le secrétariat de l'école. Il y trouva Jack affalé dans un fauteuil branlant, en train de feuilleter un vieux magazine.

Son apparence était des plus négligées. Ses cheveux en bataille, décolorés par le soleil et les embruns, lui arrivaient aux épaules, et il était grand temps qu'Azucena les lui coupât. Apparemment, il ne s'était pas rasé non plus depuis plusieurs jours. Pour peaufiner le tableau, son jean effrangé était coupé à mi-mollet, et il portait des tennis sans lacets.

— Jack ! s'écria Thomas avec enthousiasme en lui tendant la main.

— Salut, Thomas.

Jack jeta son magazine et sauta sur ses pieds. Il échangea une ferme poignée de main avec Thomas et lui donna une chaleureuse accolade.

— Tu commences à ressembler à un vieux loup de mer.

— Et toi, tu as l'air en forme. Est-ce qu'on peut voir ton troisième fils ?

— Pas encore, mais ça ne saurait tarder.

Azucena n'envisageait pas de mettre son bébé au monde ailleurs qu'à la maison, et Thomas ne pouvait s'empêcher de se faire du souci pour elle, malgré la facilité de ses deux précédentes maternités.

— As-tu le temps de prendre une bonne bière ? demanda-t-il à Jack.

— Evidemment.

Il enverrait l'un de ses élèves prévenir Azucena. Et elle insisterait certainement pour que Jack vînt dîner chez eux. Non seulement elle l'appréciait sincèrement, mais elle se faisait un point d'honneur de recevoir ses amis comme des rois. Et si Thomas n'avait pas ramené Jack à la maison, nul doute qu'il aurait eu droit à une sérieuse scène de ménage.

Il laissa donc des instructions à Alfonso, puis il entraîna Jack à la *cantina* du port. A peine avaient-ils trempé leurs lèvres dans leur chope de bière qu'un Alfonso hors d'haleine se précipitait dans l'estaminet.

— *Señor* Dancy ! s'écria-t-il. *Señor* Dancy !

— Que se passe-t-il ? demanda Thomas qui pensa tout de suite à Azucena.

— Il y a une femme à l'école qui vous demande, lança Alfonso d'une voix entrecoupée.

— Une femme ?

Thomas ignora le regard ironique de Jack.

— *Si.* Elle dit qu'elle s'appelle Lorraine Dancy. Elle dit qu'elle est votre fille.

4.

Lorraine était incapable d'attendre calmement son père. Elle avait quitté son siège pour arpenter nerveusement l'entrée de l'école, et ses talons cliquetaient sur le sol dallé de pierre. Un document encadré au mur, écrit en espagnol et en anglais, annonçait que l'école était sponsorisée par un groupe de paroisses texanes. On pouvait lire ensuite le nom du directeur et des trois professeurs. Puis il était précisé que les uniformes des écoliers étaient obligeamment fournis par la Women's Missionary Society. La jeune femme relut les informations deux fois et se remit à faire les cent pas.

En arrivant à près de 6 heures du soir, elle s'était bien doutée qu'elle avait peu de chances de trouver Thomas Dancy à l'école. Mais, malgré l'insistance de Jason qui l'incitait à prendre une chambre dans l'unique hôtel du village, elle était partie à la recherche de son père.

Par chance, le bâtiment était encore ouvert et, lorsqu'elle avait prononcé le nom de Dancy, un jeune élève en uniforme avait hoché la tête d'un air entendu, puis lui avait posé quelques questions dans un anglais approximatif. Ensuite, il lui avait suggéré d'attendre pendant qu'il irait chercher le professeur.

Lorraine avait d'abord éprouvé un intense sentiment de soulagement. Puis, aussitôt après, elle s'était sentie envahie par une angoisse mortelle, mêlée d'une excitation presque intolérable qui lui avait donné la chair de poule.

En entendant des pas derrière elle, elle se retourna.

Thomas Dancy se tenait dans l'entrée, auréolé par la brillante lumière du soleil.

— Raine, chuchota-t-il.

— Thomas Dancy ? demanda-t-elle d'un ton hésitant.

Puis elle ajouta aussitôt :

— Papa ?

Il l'appelait Raine dans ses lettres, mais sa mère avait toujours insisté pour qu'on n'écourtât pas son prénom.

Son regard, à lui seul, apportait une confirmation à sa question. Il avait des yeux d'un bleu profond, exactement de la même couleur que les siens. Il fit un pas vers elle, et elle reconnut sans hésitation l'homme qui figurait au côté de sa mère sur la photo. Il la regarda un long moment, d'un air à la fois respectueux et intimidé. Puis il sourit avec des yeux si brillants qu'elle crut y voir des larmes.

— Raine, répéta-t-il. Si seulement j'avais su...

— Tu n'as pas reçu ma lettre ? demanda-t-elle.

— Non.

— J'ai aussi téléphoné à l'école. Je t'ai laissé un message.

Il fronça les sourcils.

— On ne me l'a pas transmis.

— Alors, tu ne savais pas que je venais ?

— Non. Mais je remercie le ciel que tu sois là.

Ils se tenaient à un mètre à peine l'un de l'autre, et Thomas ne pouvait détacher son regard du visage de sa fille.

— Comme tu ressembles à ta mère, murmura-t-il. Si belle...

Il leva la main comme pour la toucher, puis, se ravisant, il laissa retomber son bras. L'amour qui brillait dans ses yeux était indicible.

En l'entendant prononcer le nom de sa mère, Lorraine sentit les larmes lui monter aux yeux.

— Raine, que se passe-t-il ?

Un instant, il sembla sur le point de la serrer contre lui, mais il se retint.

De son côté, elle faillit se jeter dans ses bras, et n'osa pas.

— Maman a été... tuée, le 1er avril, dit-elle d'une voix tremblante.

Thomas la regarda comme si elle venait de lui planter un poignard dans le cœur. Il écarquilla les yeux, puis, très lentement, comme si ses jambes ne le portaient plus, il alla s'effondrer sur une chaise.

— Tuée ? Comment ? Seigneur, dis-moi ce qui est arrivé !

— Elle rentrait de son travail. Il avait plu toute la journée et la chaussée était glissante. D'une manière inexplicable, les roues et les freins de sa voiture se sont bloqués, et elle est partie en dérapage sur la voie de droite. Elle a percuté un semi-remorque de plein fouet. Le chauffeur n'a rien pu faire pour l'éviter. Personne n'aurait pu.

Son père ferma les yeux.

— A-t-elle souffert ? demanda-t-il d'une voix si basse qu'elle dut faire un effort pour le comprendre.

— Non. L'inspecteur de police m'a assuré que la mort avait été instantanée.

Thomas hocha la tête. Les larmes ruisselaient à présent sur ses joues.

— Le 1er avril, m'as-tu dit ?

— Oui.

Il tira un mouchoir de sa poche et s'essuya les yeux.

— Je me suis réveillé, cette nuit-là.

Il marqua une pause. On voyait qu'il était perdu très loin dans ses pensées.

— Ma Ginny est partie pour toujours, dit-il à mi-voix, comme s'il avait besoin d'entendre les mots pour s'assurer de leur réalité.

Lorraine s'assit sur une chaise à côté de lui.

— Maman m'avait dit que tu étais mort.

— Je sais. Nous... nous avions pensé que c'était mieux ainsi.

— Pourquoi ?

Si seulement il pouvait répondre à cette simple question !...

Thomas prit une inspiration profonde et tourna la tête vers elle. Il lui saisit les deux mains et les serra dans les siennes. C'est alors qu'il remarqua son alliance.

— C'était celle de maman. Je la porte depuis le jour de son enterrement.

Elle le mit au courant de ses projets de mariage avec Gary, puis se tut pour lui laisser la parole.

Il caressait tendrement l'anneau d'or du bout des doigts.

— « A toi, pour toujours, mon amour », murmura-t-il, répétant les mots gravés à l'intérieur.

Il plongea son regard dans celui de sa fille.

— Je vous ai aimées, ta mère et toi, de tout mon cœur, de toute mon âme, Lorraine. Je ne veux pas que tu aies le moindre doute à ce sujet.

— Alors, pourquoi nous as-tu abandonnées ? s'écria-t-elle.

Maintenant qu'elle était en sa présence, elle brûlait de connaître la vérité. Pendant plus de vingt ans, sa mère l'avait fait vivre dans le mensonge, et elle devait à présent découvrir pourquoi. Elle n'arrivait pas à imaginer ce qui avait pu pousser ses parents à choisir une solution aussi draconienne. La droiture et l'honnêteté étaient les traits de caractère dominants de sa mère. C'était, du moins, ce que Lorraine pensait avant de découvrir cette incroyable situation.

— Maman t'aimait, elle aussi. Elle n'a jamais cessé de t'aimer, pendant tout ce temps. Mais elle ne pouvait pas parler de toi. Dès qu'elle prononçait ton nom, elle se mettait à pleurer.

— Je sais, je sais...

Lorraine pleurait à chaudes larmes, depuis quelques instants.

— Elle m'avait dit que tu étais mort de leucémie.

Thomas eut un semblant de sourire.

— C'était un scénario que nous avions mis au point ensemble.

— Mais tu es vivant !

Elle voulait entendre la vérité à tout prix, pendant qu'elle était assez forte pour la supporter.

— Je t'en prie, parle-moi ! s'écria-t-elle dans un sanglot désespéré.

— Tout a commencé au Viêt-nam, dit-il d'une voix étranglée par l'émotion. L'homme que j'étais aurait dû mourir là-bas.

— Mais tu as été décoré comme héros ! Maman regrettait tellement d'avoir perdu tes médailles dans l'incendie...

Thomas releva brusquement la tête.

— C'est ce qu'elle t'a raconté ?

Son étonnement était teinté d'amertume, de regret.

— J'étais loin d'être un héros, Lorraine. J'ai déserté au milieu de ma période de service. Je ne pouvais plus supporter le carnage, la mort...

Lorraine refusait de croire ce qu'elle entendait. Cela ne pouvait pas être vrai. Non. Impossible.

— Mais...

— Je suis rentré aux Etats-Unis et j'ai milité dans un groupe de pacifistes. Ils m'ont aidé à me cacher. Dès l'instant où j'ai tourné le dos à l'armée, j'ai consacré ma vie à tenter d'empêcher d'autres jeunes gens de mourir stupidement, au combat. J'ai voulu leur éviter le spectacle de leurs amis déchiquetés par des bombes pour des raisons qui n'avaient rien à voir avec nous ni même avec notre pays.

— Mais, à présent, tu pourrais revenir. Il y a bien eu une amnistie, n'est-ce pas ?

Toute sa vie, elle avait idolâtré son père, et elle n'arrivait pas à comprendre comment ses parents avaient pu vivre dans un tel univers de mensonges. Et puis, l'histoire de Thomas lui paraissait plutôt embrouillée.

— Je n'ai pas seulement déserté.

Il détourna le regard et baissa la tête.

— Comme je te l'ai dit, j'ai rejoint les rangs d'un groupe d'antimilitaristes. Quelques-uns parmi nous ont décidé de faire sauter le bâtiment des cadets militaires de l'université du Kentucky. Nous n'avions pas l'intention de blesser qui que ce soit. Le gardien n'était pas censé se trouver dans les parages.

— Il est mort dans l'explosion ?

Thomas acquiesça.

— Deux militants de notre groupe ont été arrêtés presque aussitôt en tentant de passer la frontière canadienne. José et moi, nous avons alors compris que nous subirions le même sort. Ce n'était qu'une question de temps.

— José ?

— José Delgado, mon meilleur ami, à l'époque. Nous nous sommes donc réfugiés au Mexique avant qu'un mandat d'arrêt ne soit lancé contre nous.

— Qu'est-il devenu ?

— José ? Nous avons vagabondé à travers le pays pendant un moment, puis il a trouvé une autre cause. Nous nous sommes querellés, puis séparés. Je ne l'ai pas vu depuis des années. La dernière fois que j'ai eu de ses nouvelles, il avait rejoint une faction de guérilleros, quelque part en Amérique centrale.

— Mais, trente ans ont passé ! Tu pourrais rentrer au pays, à présent !

— Non, dit Thomas sans pouvoir cacher son amertume. La prescription ne s'applique pas en cas d'assassinat. Dès l'instant où je passerais la frontière américaine, je serais poursuivi pour meurtre, et jugé, sans aucune circonstance atténuante. Raine, bien que j'aie fait partie de ce commando clandestin, sache que je suis contre la violence. Je n'ai jamais cru que les attentats à la bombe pourraient aider notre cause. Mais je n'ai pas eu le courage de m'opposer à la majorité. Cela a été mon plus grand péché, et Dieu sait que je l'ai payé cher, tout au long de ces années.

— Que sont devenus les deux hommes arrêtés ?

Thomas baissa les yeux, une fois encore.

— Rick s'est suicidé en prison, et Ginny m'a dit que Dan avait été libéré sous caution au bout de six ans.

Les questions se bousculaient dans l'esprit de Lorraine, et rien ni personne n'aurait pu l'arrêter dans sa quête de la vérité.

— Pourquoi maman ne t'a-t-elle pas rejoint ? J'imagine qu'après cinq ou dix ans, elle aurait pu le faire sans attirer les soupçons.

— C'est ce que nous avions prévu au début. Ta mère s'était installée à Louisville, et elle venait me voir à peu près tous les six mois. Nous restions en contact grâce à une amie commune.

— Qui ?

— Elaine Wilson.

— Tante Elaine ?

Elle était décédée lorsque Lorraine avait neuf ans.

— Oui. Malheureusement, après la mort d'Elaine, tout s'est compliqué, reprit Thomas. Ginny m'écrivait qu'elle allait venir, mais, chaque fois, elle trouvait une excuse pour remettre sa visite. Et puis, petit à petit, elle a cessé de me faire des promesses que, manifestement, elle ne pouvait pas tenir.

— Et si nous avions émigré au Mexique ? Au moins, nous aurions été réunis.

Il hésita.

— Ginny craignait de ne plus être capable de rentrer si elle quittait son pays. Elle se faisait du souci pour ses parents. Et pour toi, aussi. Ta mère t'aimait au-delà de tout. Elle souhaitait que tu reçoives la meilleure éducation et tous les avantages qu'offre l'Amérique.

— Mais, enfin, elle m'a tout de même raconté que tu étais mort !

Lorraine se demandait si elle arriverait jamais à pardonner à ses parents une telle trahison.

— Tu n'étais qu'une enfant, beaucoup trop jeune pour partager le fardeau de notre secret.

— Mais je suis adulte depuis déjà pas mal de temps, et il n'y avait plus aucune raison de continuer à me cacher la vérité !

Pourquoi Virginia ne lui avait-elle rien dit ? Pourquoi ne lui avait-elle pas laissé une chance de se faire sa propre opinion, de prendre ses décisions en connaissance de cause ?

— La faute m'incombe entièrement, Raine, dit-il en lui effleurant la joue. C'est moi qui ai fichu la pagaille. C'est moi qui ai été impliqué dans un attentat qui a coûté la vie d'un innocent.

— Mais moi, j'avais tant besoin de toi ! dit Lorraine en étouffant un sanglot.

— Si tu savais comme tu m'as manqué, toi aussi, avoua-t-il en la prenant impulsivement dans ses bras.

Ils restèrent enlacés un long moment.

Lorsqu'il l'eut libérée de son étreinte, Lorraine tenta de remettre un peu d'ordre dans ses pensées.

— Tu dois être épuisée, lui dit son père. Et affamée, aussi.

Effectivement, son estomac criait famine et elle se sentait vannée.

Thomas s'empara de sa valise et l'entraîna dehors. Le long du court trajet qui menait chez lui, il lui parla de sa vie au Mexique. Pendant des années, il avait survécu grâce à des petits boulots de toutes sortes. Et puis, neuf ans auparavant, il avait eu l'opportunité de venir enseigner les sciences et les mathématiques dans cette école privée. Un métier qui le comblait.

— Ça peut paraître bizarre, mais j'avoue qu'il m'a fallu plus de quarante ans pour trouver ma voie.

Lorraine savait déjà qu'elle n'aurait aucun mal à aimer cet homme. Certes, il avait été un militant acharné, dans sa jeunesse, mais, en dépit des conséquences tragiques de ses actions, il avait rejoint les rangs des pacifistes pour des raisons humanitaires. Il s'était repenti de ses erreurs, et en avait payé le prix, tout en demeurant un homme plein de compassion : un homme à la recherche de lui-même.

Alors, elle ne songea plus qu'à remercier le destin qui lui avait permis de le retrouver.

L'arrivée de Lorraine à El Mirador avait été un choc pour Thomas. Mais l'un des plus heureux de son existence. Sa fille était bien telle qu'il l'imaginait : belle, intelligente, sensible. Tout le portrait de sa mère...

D'ailleurs, elle ressemblait tant à Ginny qu'au premier regard, il avait eu l'impression de faire un bond dans le passé et de retrouver sa jeune épouse de dix-neuf ans.

L'annonce de la mort de Ginny lui avait brisé le cœur, et il aurait besoin de temps pour faire son deuil. De temps et de solitude.

Il n'avait pas menti à Raine en lui disant combien il avait aimé sa mère. Certes, elle l'avait blessé. Déçu, même. Mais il lui avait pardonné. Il ne pouvait pas lui en vouloir du tour tragique qu'avait pris son existence.

Son logis était loin d'être luxueux, et il espéra que Lorraine comprendrait la situation. Le village était pauvre, et son salaire de professeur était modeste.

Antonio et Hector jouaient dans la cour. Habituellement, ses fils faisaient la course pour venir au-devant de lui, mais, comme ils étaient timides et le voyaient rarement en compagnie d'étrangers, ils se contentèrent de s'arrêter de jouer et de le regarder de loin.

Antonio, l'aîné, son ballon de foot serré contre sa poitrine, l'observa sans piper mot tandis qu'il s'effaçait sur le seuil pour laisser entrer sa visiteuse.

Azucena s'affairait à ses fourneaux, dans la cuisine, et une généreuse odeur d'ail flottait dans la maison. Thomas posa la valise de Lorraine dans le salon, tout en cherchant le meilleur moyen d'expliquer la situation aux deux femmes. Lorraine allait être surprise, choquée sans doute...

Azucena pénétra dans le salon, un sourire accueillant aux lèvres. Mais, dès qu'elle vit Lorraine, son expression changea, et elle jeta un coup d'œil interrogateur à Thomas. Azucena parlait à peine l'anglais et ne manifestait aucun désir de l'apprendre. Quant aux enfants, ils obéissaient à la loi du moindre effort, et n'en comprenaient que quelques mots.

— C'est ma fille, expliqua Thomas en espagnol.

Azucena écarquilla les yeux, et il vit qu'elle était troublée. Il lui avait pourtant parlé de sa famille et de l'existence de Raine, mais il comprit qu'elle se sentait menacée. Il voulut la rassurer, sans bien savoir comment.

— Où est Jack Keller? demanda-t-elle brusquement.

— Il a dû regagner son bateau, j'imagine. Je l'ai quitté quand j'ai appris que Raine était à l'école.

— Tu savais qu'elle allait venir?

Ses beaux yeux noirs étaient accusateurs.

— Non.

Il eut envie de prendre Azucena dans ses bras et de lui faire des excuses, mais il n'osa pas.

— Sa mère est morte le mois dernier, et elle vient seulement de découvrir que j'étais vivant.

Azucena hocha la tête d'un air un peu rassuré.

— Présente-moi comme ta gouvernante, lui conseilla-t-elle avec sa sagesse habituelle. Ta fille a déjà reçu suffisamment de chocs comme ça.

— Je ne veux plus lui mentir. Je préfère qu'elle sache.

— Alors, nous lui parlerons ensemble, dit rapidement Azucena. Plus tard. Elle a fait un long voyage, et elle doit être exténuée.

Il hésita, puis acquiesça d'un bref hochement de tête.

— Dis-lui de s'asseoir. Je vais vous servir le repas.

— Et toi? Et les enfants?

L'idée de dîner sans eux ne lui plaisait pas. Toutefois, en voyant Raine rompue de fatigue et brisée par les émotions, il ne voulut pas l'accabler par de nouvelles révélations qu'elle aurait peut-être acceptées difficilement. Il redoutait aussi sa colère, son jugement. Il ne voulait pas risquer de la perdre juste au moment où il venait de la retrouver. Il se rangea donc à l'avis d'Azucena et accepta la solution qu'elle proposait provisoirement.

— Ne t'inquiète pas, nous dînerons plus tard, ajouta-t-elle.

Thomas remarqua que Raine les écoutait sans rien comprendre.

— Tu ne nous as pas présentées, dit-elle finalement en regardant Azucena avec attention.

— C'est ma gouvernante, répondit Thomas, mal à l'aise.

— La maison est tenue à la perfection, déclara la jeune femme en admirant le modeste intérieur luisant de propreté et décoré avec goût.

Thomas tenta de voir sa maison à travers le regard de sa fille. Il savait pertinemment qu'elle était habituée à davantage de confort, mais il refusa de se confondre en excuses. Il gagnait sa vie modestement mais de façon honnête, et c'était cela qui importait à ses yeux.

— Tout est prêt, si tu veux dîner maintenant. Azucena est une cuisinière hors pair. Elle a préparé des *camarones con ajo :* des crevettes à l'ail, si tu préfères.

— Hmm, ça a l'air délicieux. Remercie-la pour moi, répondit Lorraine.

— Je n'y manquerai pas.

Thomas montra la salle de bains à sa fille pour qu'elle pût se rafraîchir un peu.

Elle revint quelques minutes plus tard. Le couvert était dressé pour deux, et de délectables fumets de riz, de tomates et de crevettes épicées s'échappaient des plats.

— Quand ta gouvernante doit-elle accoucher? demanda Lorraine en s'asseyant à table.

— D'un jour à l'autre, répondit Thomas.

— Les garçons qui jouent dehors sont ses fils?

Il hocha la tête.

— Je trouve que son nom est ravissant.

— Il signifie la fleur de lis.

L'ironie de la situation ne lui échappait pas. Au début, en effet, Azucena n'avait été que son employée. Il avait demandé, à l'école, qu'on lui trouvât quelqu'un pour tenir sa maison, et, pendant les six premiers mois de son service, il n'avait pratiquement pas remarqué la jeune Mexicaine. Son intérieur était impeccable, et il trouvait ses repas prêts chaque soir. Ce qui lui convenait à merveille car, pour sa part, il était absorbé par son nouveau métier de professeur et y consacrait toute son énergie. Il n'avait pas cherché à entraîner Azucena dans son lit. D'abord, parce qu'il se considérait comme un homme marié, même si personne à El Mirador ne connaissait l'existence de son épouse américaine. Et puis, parce qu'il répugnait à adopter une conduite qui aurait été vue d'un très mauvais œil par ses employeurs, et jugée scandaleuse par l'Eglise qui — il ne l'oubliait pas — finançait l'école.

C'était Azucena qui, au bout de six mois, avait fait les premiers pas. Et, Thomas avait fini par succomber à ses charmes...

Le repas était succulent. Azucena avait cuisiné

tout ce qu'il préférait, et il put voir que Raine appréciait, elle aussi.

— Un véritable cordon-bleu ! s'écria la jeune femme, tandis qu'Azucena posait un plat de tortillas croustillantes sur la table.

Il n'était pas facile pour Thomas de dissimuler la tendresse qu'il ressentait pour sa compagne. Et Lorraine avait sans doute surpris le sourire ému qu'il avait échangé avec elle...

A cet instant, leur soirée fut interrompue par des coups violents frappés à la porte. Les deux femmes tournèrent vers Thomas un regard interrogateur.

Il posa sa serviette et alla ouvrir. La manière de frapper n'étant pas celle d'un ami, il s'attendait à des ennuis.

Deux policiers en uniforme se tenaient sur le seuil. Il ne les avait jamais vus, alors qu'il connaissait pratiquement tout le monde à El Mirador.

— Puis-je vous être utile ? leur demanda-t-il en s'efforçant de parler sur un ton d'autorité.

— Nous sommes à la recherche de Lorraine Dancy.

— Puis-je savoir pour quel motif ?

— Papa ? demanda Lorraine derrière lui. J'ai entendu prononcer mon nom.

Thomas ne lui répondit pas.

— Pourquoi cherchez-vous ma fille ?

— Pour lui poser certaines questions, répondit le plus grand et le plus musclé des deux hommes.

— A quel sujet ?

— Jason Applebee, répondit l'autre. Nous désirons savoir quelles relations elle entretient avec cet homme.

— Papa ? Que se passe-t-il ? demanda Raine qui les avait rejoints.

— Connais-tu quelqu'un du nom de Jason Applebee ?

Elle fit signe que oui.

— C'est un Américain que j'ai rencontré à Mérida. Il m'a aidée à me débrouiller pour mon billet d'autocar. J'espère qu'il ne lui est rien arrivé ?

Voyant que Lorraine semblait s'en soucier sincèrement, Thomas s'enquit du sort du jeune homme. Les policiers répondirent quelque chose que Thomas traduisit en anglais pour Lorraine.

— Ils le retiennent au commissariat, mais ils refusent de me dire pourquoi.

— Oh, non ! s'écria la jeune femme en réprimant un petit cri. Il a sûrement des ennuis. Il faut que nous l'aidions.

Thomas vivait au Mexique depuis assez longtemps pour savoir que les relations avec la police n'y étaient pas des plus simples. Et il se sentit obligé d'agir pour éviter de pénibles ennuis au nouvel ami de Raine.

— Ils veulent que tu les accompagnes au commissariat, expliqua-t-il à sa fille.

— Moi ?

Raine semblait l'interroger du regard.

— Je viens avec toi, dit-il.

— D'accord. Je suis certaine qu'il s'agit d'un simple malentendu que nous allons pouvoir éclaircir en un clin d'œil.

Thomas était loin de partager son optimisme, mais il ferait tout ce qui était en son pouvoir pour la protéger.

***

Quand il vit Lorraine pénétrer dans le petit bâtiment, Jason se leva d'un bond, en affichant un soulagement des plus sincères.

— Lorraine! s'écria-t-il comme s'il accueillait son sauveur.

— Que se passe-t-il?

Jason lança un regard aux inspecteurs qui se tenaient près de la porte, et Lorraine ne reconnut qu'un seul des deux hommes qui étaient venus la chercher chez son père.

— C'est mon épouse, déclara-t-il en désignant la jeune femme.

Lorraine voulut protester, puis elle se ravisa.

Thomas la regarda d'un air stupéfait. Les deux policiers, eux, remarquèrent immédiatement qu'elle portait une alliance.

— Est-ce vrai? demanda le plus âgé des deux inspecteurs.

Il était grand, avec une allure distinguée et une épaisse chevelure blanche.

Tout le monde retenait son souffle en attendant la réponse de Lorraine. Le regard de Jason la suppliait de ne pas le contredire. Avec un petit sourire forcé, elle hocha brièvement la tête.

On entendit alors des clameurs de protestation. C'était le policier en uniforme qui les avait escortés, elle et son père jusqu'au commissariat: il semblait affirmer qu'elle mentait, mais Lorraine ne comprenait pas le sens exact de ses paroles.

Cependant, Thomas se lança à son tour dans une âpre discussion.

— Qu'est-ce que ça veut dire ? demanda-t-elle tout bas à Jason.

— Ce n'est pas très clair, dit-il d'un air contrit. Mais, d'après ce que je comprends, ils pensent que je suis en possession d'un artefact maya.

Il semblait tout à la fois affolé et déconcerté.

— Désolé de vous avoir entraînée dans cette histoire, dit-il à voix basse. Ce n'était pas mon intention. Mais je ne savais pas comment m'en sortir.

— Pourquoi avez-vous prétendu que j'étais votre femme ?

— Il fallait que je trouve une astuce pour qu'ils acceptent de vous contacter. Je leur ai dit que vous étiez allée rendre visite à votre père, et que c'était la raison pour laquelle vous n'étiez pas encore inscrite sur le registre de l'hôtel.

Il fit une pause, et reprit en baissant encore le ton :

— Ils m'interdisaient de me servir du téléphone. Je ne savais plus à quel saint me vouer. Et puis, soudain, j'ai pensé que vous accepteriez peut-être de me venir en aide.

— Rassurez-vous, lui dit-elle, je ne vous laisserai pas tomber.

N'empêche que le mensonge lui paraissait gros. Certes, dans certaines situations, il pouvait être nécessaire de mentir, mais tout de même !

Thomas continuait de discuter âprement avec les policiers, si bien que Jason et Lorraine pouvaient poursuivre leur conciliabule.

— J'aurais préféré que vous leur disiez la vérité, murmura-t-elle.

— Vous ne voulez tout de même pas que je leur

annonce que je me trouvais récemment sur un site archéologique ?

Il la regarda avec une totale incrédulité.

— Lorraine, ce serait le bouquet ! A la minute où ces sbires l'apprendraient, ils seraient convaincus que je possède leur artefact de malheur.

L'officier aux cheveux blancs s'approcha d'une table, à l'autre extrémité de la pièce. Le sac à dos de Jason y était posé, grand ouvert, ses vêtements et ses effets personnels éparpillés tout autour. On voyait que le sac avait été soigneusement fouillé.

— Papa ? demanda Lorraine en rejoignant Thomas. As-tu réussi à démêler cet imbroglio ?

— Le sergent Lopez soupçonne ce... ton mari d'avoir dérobé un trésor national : l'Etoile de Kukulcan.

Il enchaîna en lui expliquant que l'Etoile était l'un des attributs du dieu Kukulcan. Elle se composait de deux parties séparées, faites pour se réunir. La première moitié de l'Etoile, découverte dans les années 30, était conservée dans un musée de Mexico.

— Or, on a signalé la disparition de cette pièce quelques jours après que la seconde moitié de l'Etoile a été trouvée sur un nouveau chantier de fouilles. Et cette précieuse découverte s'est à son tour volatilisée dans de curieuses circonstances, avant même qu'on ait pu authentifier l'objet. Pire encore : l'un des gardiens du musée de Mexico se trouve dans un état critique ; les médecins pensent qu'il ne survivra pas. Et, pour finir, un autre homme, un archéologue du nom de Raventos, a lui aussi mystérieusement disparu depuis ce premier vol. La police est persuadée qu'il s'agit d'un acte criminel, qu'une seule et même personne est responsable de tous ces méfaits. Et, pour eux, le coupable n'est autre que Jason.

— Mais c'est faux ! s'écria Jason qui avait suivi l'explication de Thomas avec le plus vif intérêt. Je jure que c'est faux !

— Heureusement pour ton ami, dit Thomas en s'adressant à sa fille, le lieutenant Jacinto semble prêt à le croire.

— Dieu soit loué, murmura le jeune Américain en se laissant aller contre le dossier de sa chaise. D'ailleurs, ils ont fouillé mon sac, mais ils n'ont rien trouvé.

Thomas lui fit face et plongea son regard dans le sien.

— Si vous avez pris cet artefact, il vaudrait mieux l'avouer maintenant.

— Jamais de la vie ! lança Jason avec véhémence. Je vous jure sur tout ce qu'il y a de sacré que j'ignore ce dont ces hommes veulent parler. Je ne suis qu'un assistant d'université intérimaire.

Lorraine nota au passage qu'il avait, comme par hasard, oublié de mentionner qu'il enseignait l'archéologie, ou qu'il avait séjourné sur un site récemment. Elle ne l'en blâmait pas : elle comprenait son souci de se protéger, et elle se demandait ce qu'elle aurait fait à sa place.

— Ils recherchent un Américain aux longs cheveux blonds, portant des lunettes rondes, et affligé d'une sévère coupure à la main droite, précisa Thomas.

Jason haussa les épaules. Ses cheveux noirs étaient coupés très court, et il ne portait pas de lunettes de vue.

— Je ne sais pas quoi vous dire. Sinon qu'il ne s'agit pas de moi.

— Je n'aurais jamais pu arriver à El Mirador sans son aide, rappela Lorraine à son père, comme pour venir en aide à Jason.

Thomas posa sur lui un regard pensif.

— Oui. Vous avez de la chance que l'inspecteur Jacinto vous croie.

Jason poussa un soupir de soulagement.

— J'ai réussi à les convaincre de vous laisser rentrer à l'hôtel ce soir, mais il se peut qu'ils veuillent vous interroger de nouveau demain matin.

— Pas de problème. Je ferai tout ce qui est nécessaire pour lever les soupçons qui pèsent sur moi, répondit Jason avec ferveur.

— Je serai là au cas où vous auriez besoin de moi, ajouta Thomas.

— Merci, monsieur. J'apprécie infiniment votre aide.

Ils quittèrent tous les trois le commissariat, et Thomas insista pour raccompagner Jason à l'hôtel. Il en profita pour échanger quelques mots avec le directeur, un vieux monsieur qui l'accueillit chaleureusement.

Lorraine crut comprendre l'essentiel de la conversation : son père avait demandé à l'hôtelier de garder Jason à l'œil.

Thomas attendit d'être sur le chemin du retour pour parler à Lorraine de son attitude dans cette histoire rocambolesque.

— Pourquoi as-tu prétendu que tu étais la femme de Jason ? lui demanda-t-il de but en blanc.

— Je... j'ai été prise de court, balbutia-t-elle avec

un geste d'impuissance. Mais, de toute façon, je sais qu'il est innocent.

— Tu en es convaincue ?

— Absolument, affirma-t-elle haut et fort.

Son père était sur le point de rétorquer quand il vit un jeune garçon courir à leur rencontre au pas de course.

— Antonio, s'écria-t-il, qu'est-ce que tu fais là ? Tu me cherchais ?

Il était accompagné d'un autre jeune que Lorraine ne reconnut pas.

Antonio, en revanche, était l'un des enfants qui jouaient dans la cour à son arrivée. Il y avait visiblement un problème car le garçon s'était lancé dans un discours impétueux en espagnol.

Thomas l'écouta avec attention, puis il se tourna vers Lorraine et l'entraîna vivement par le bras.

— Il faut que nous te sortions de là au plus vite.

— Qu'est-ce que tu veux dire ? demanda-t-elle, abasourdie.

— L'un des policiers a fouillé tes affaires pendant que nous étions au poste.

— Mais c'est illégal ! lança la jeune femme en s'étranglant de colère.

— Raine, dit-il en la secouant sans ménagement. Il a trouvé l'objet volé dans ta valise.

5.

Assis à bord du *Scotch on Water*, Jack admirait les délicieux tons roses du ciel au soleil couchant. C'était son heure préférée. Bientôt, la lune se lèverait au-dessus de l'eau, irisant d'argent la crête des vaguelettes. Il posa ses pieds sur la rambarde et but une bonne rasade de sa bière mexicaine favorite. Un ciel clair, une généreuse chope de bière et un esprit libre de soucis. Que demander de plus ?

Sans autre distraction que le glorieux coucher de soleil, Jack laissa errer ses pensées et songea à son ami Thomas Dancy. Quand Thomas avait appris que sa fille était là, il était retourné en courant vers l'école, promettant à Jack qu'il le verrait plus tard. Bon sang ! Jack ne savait même pas que Dancy avait une fille. A en juger par sa réaction, Thomas avait été fichtrement surpris par sa visite. Jack n'avait plus entendu parler de son ami, depuis. Mais ce n'était que partie remise. Dancy était un homme sur lequel on pouvait compter.

Malgré l'heure tardive, Jack n'avait rien mangé : il préférait attendre de se mettre à table devant l'une des spécialités d'Azucena. Nom d'un petit bonhomme, quelle cuisinière ! L'eau lui venait à la bouche rien que d'imaginer ce qu'elle était capable de faire d'un poisson frais, de trois tomates, de piments et de quelques épices. Ses tortillas, croustillantes et dorées à souhait, étaient les meilleures qu'il eût jamais mangées. Et puis, si elle se montrait de bonne humeur, il lui demanderait volontiers une sérieuse coupe de cheveux. Il ferait bien, aussi, de se raser avant le dîner, songea-t-il en se passant la main sur les joues. Un chaume épais lui picota la paume.

Quel plaisir il avait éprouvé à revoir Thomas, même si leur entretien avait tourné court ! Il avait oublié à quel point il appréciait sa compagnie. Jack avait davantage ri durant cette petite demi-heure passée avec Thomas qu'au cours de toutes les semaines précédentes. Il se promit de rester dans le coin jusqu'à la naissance du bébé. Il en profiterait pour jouer avec Antonio et Hector. Ces deux lascars étaient trop craquants, et puis ce n'était pas désagréable de passer pour une idole à leurs yeux.

Ses plans pour la soirée étaient peut-être compromis, mais au moins n'avait-il pas perdu son après-midi. Il avait fait remplir le réservoir de plus de 2000 litres de carburant, et il avait commandé, et réglé d'avance, un plein complet de vivres qui lui serait livré le lendemain, dès l'aube. Il avait finalement choisi de retourner en Amérique centrale.

— Jack !

L'insistance de l'appel le prit au dépourvu. Il posa les pieds sur le pont et se leva, étreint d'une sorte de pressentiment. Puis il se pencha au-dessus du bastingage pour voir qui le réclamait.

Thomas courait le long du quai, traînant par la

main une blonde en tailleur-pantalon blanc. Jack remarqua que la jeune femme éprouvait de la difficulté à soutenir l'allure, d'autant que son sac en bandoulière sautait dans tous les sens et menaçait de glisser de son épaule.

Il se demanda s'il s'agissait de la fille de Dancy. Ils étaient tous deux hors d'haleine et paraissaient en pleine querelle. Bientôt, Jack fut en mesure d'entendre les paroles acerbes qu'ils échangeaient à tue-tête.

— Antonio est ton fils, n'est-ce pas ? lança-t-elle, ivre de colère, en obligeant Thomas à se retourner.

— Nous n'avons pas le temps de discuter de cela maintenant, répondit Thomas.

— Il t'a appelé papa ! Combien d'autres enfants as-tu, hein ? Combien d'épouses ?

Puis, comme si la vérité lui apparaissait soudain, elle l'apostropha de plus belle.

— Azucena est ta maîtresse, c'est bien ça ? Quand je pense qu'elle a quasiment mon âge, à trois ou quatre ans près !

L'indignation le disputait à la stupéfaction, et éclatait à travers chacune de ses paroles. Toutefois, en approchant du bateau, elle s'enferma dans un silence outragé.

Thomas, quant à lui, affichait un visage tendu.

— Je viens te demander un service, dit-il en levant les yeux vers le capitaine du *Scotch on Water*.

— Accordé d'avance, répondit Jack.

Peu de gens au monde auraient pu se targuer de recevoir une telle réponse, mais Jack aimait beaucoup Thomas, et lui accordait son entière confiance.

— Raine, je te présente Jack Keller.

Jack la salua d'un signe de tête poli, comme s'il ne les avait pas entendus se chamailler comme chien et chat.

— Ravi de vous connaître, Raine.

Elle lui jeta à peine un regard.

— Je préfère que l'on m'appelle Lorraine, lança-t-elle avec l'amabilité d'un serpent à sonnette.

— Bon, alors Lorraine, corrigea-t-il obligeamment en se retenant pour ne pas lever les yeux au ciel.

Thomas ne perdit pas de temps en vaines discussions.

— Je voudrais que tu la ramènes aux Etats-Unis, incognito.

Jack lut la peur dans le regard de son ami.

— En d'autres termes, tu veux que je lui évite la douane.

— Tout juste. Et il faut que vous partiez maintenant. Immédiatement.

— Des ennuis ?

— De gros ennuis.

— Tu en rajoutes, dit Lorraine. Quand je leur aurai expliqué les choses, je suis certaine...

— Inutile de discuter : le temps presse, coupa Thomas.

— C'est stupide de s'enfuir ainsi ! Je vais vraiment passer pour une voleuse. Je préférerais m'expliquer devant les autorités plutôt que...

Elle marqua une pause et posa sur Jack un regard acéré.

— ... plutôt qu'avoir affaire à lui, acheva-t-elle.

Apparemment, Jack ne correspondait pas à ses critères sur le plan vestimentaire. A dire vrai, de son côté, il n'était pas enthousiaste non plus à l'idée de voyager avec cette furie.

— Il faut absolument que tu rentres aux Etats-Unis, répéta Thomas. Si la police t'arrête, je ne pourrai plus rien faire pour toi. Et ils seront là d'une minute à l'autre. Allez, va ! Pour l'amour du ciel, pars !

La police ? Une arrestation ? Jack se demandait ce qu'elle avait bien pu faire. En tout cas, elle avait dû commettre un délit majeur.

— Emmène-la ! cria Thomas en poussant littéralement la jeune femme dans les bras de Jack.

— Ma valise... mes vêtements ! Je ne peux pas partir dans cette tenue ! Et puis, il y a des sujets dont nous devons parler, toi et moi !

— C'est la police qui a ta valise ! Qu'est-ce que tu crois ? Que le sergent Lopez te la rendra quand il te mettra en prison ?

Thomas paraissait hors de lui, et sa voix montait dans les aigus sous le coup de la fureur.

— Crois-moi : tu as intérêt à éviter les geôles mexicaines. Et maintenant, ouste ! Fiche le camp d'ici pendant qu'il en est encore temps.

Il criait, à présent, tout en faisant frénétiquement signe à Jack de démarrer le moteur. Puis il largua l'amarre du bateau et la lança sur la passerelle.

— L'ambassade américaine m'aidera, déclara Lorraine en grimpant à bord à contrecœur.

Le *Scotch on Water* tangua légèrement lorsqu'elle prit pied sur le pont.

— Quand je leur expliquerai que je ne sais rien à propos de cet objet, continua-t-elle, ils mettront les choses au point avec le gouvernement mexicain, et ils arrangeront le coup.

Même en ignorant les détails de l'histoire, Jack se rendit compte que la jeune personne vivait dans un monde complètement imaginaire. Si jamais elle tombait aux mains des autorités mexicaines, rien ni personne ne pourrait la sauver. Le bon vouloir de l'ambassade américaine en de telles circonstances était tout à fait aléatoire. Thomas et Jack en savaient quelque chose.

— Je t'en prie, pars sans discuter ! lui dit Thomas d'une voix suppliante.

— Mais...

Le moteur rugissait déjà. Un panache de fumée noire obscurcit le ciel.

— Mais je viens à peine d'arriver ! cria-t-elle.

Son désespoir perçait sous ses protestations.

— Je... je veux savoir certaines choses avant de partir. Ce n'est pas juste. Rien de tout cela n'est juste.

Jack perçut sa détresse, mais il ne la trouva pas plus sympathique pour autant.

— Crois-moi, ce n'est pas de gaieté de cœur que je te laisse partir ! s'écria Thomas en haussant la voix.

Lentement, il recula sur l'appontement, et Jack put voir que cela lui coûtait.

— Je trouverai un moyen d'entrer en contact avec toi, promit-il. Je te confie une précieuse cargaison, dit-il à Jack avec un regard éperdu. Ramène-la saine et sauve aux Etats-Unis. Fais-le pour moi.

Il y avait urgence. C'était clair. Sans tergiverser, Jack rejoignit le poste de pilotage, sur le pont supérieur. A l'extrémité du quai, Thomas les regardait s'éloigner.

En jetant un coup d'œil par-dessus son épaule, Jack vit Lorraine, plantée à la poupe du cabin-cruiser. Il actionna la manette des gaz et manœuvra le bateau hors des eaux calmes du port. Lorraine se laissa aller contre le plat-bord, les bras croisés. Il n'avait qu'à la regarder de dos pour deviner à quel point elle était furieuse. Sans doute était-elle même tentée de sauter par-dessus bord et de regagner la côte à la nage... Mais elle n'en fit rien.

Peu de temps après, Jack sentit son estomac se rappeler à son bon souvenir. Il songea alors avec déplaisir qu'il y avait très peu de nourriture à bord. Ainsi, non seulement il partait sans vivres, mais il se retrouvait flanqué d'une femme qui, il en était certain, allait l'énerver dès qu'elle ouvrirait son fichu caquet.

Ce n'était pas exactement ce qu'il avait espéré pour sa soirée.

Lorraine resta accoudée au bastingage, regardant les lumières d'El Mirador s'éloigner et disparaître peu à peu. Combien de temps passa-t-elle ainsi, à tenter de comprendre ce qui s'était passé, elle n'aurait su le dire. Elle avait l'impression qu'il ne s'était guère écoulé plus d'une demi-heure depuis qu'elle avait dégusté ce succulent repas en compagnie de son père. Elle rougit en se rappelant la manière dont elle avait complimenté sa « gouvernante » pour son excellente cuisine.

Et toute cette rocambolesque affaire de l'Etoile de Kukulcan avait été une véritable bombe. Il était clair, à présent, que Jason Applebee — si tant est que ce fût son vrai nom — l'avait utilisée. Il l'avait obligée à mentir pour confirmer sa version des faits, sachant que la police recherchait un homme qui voyageait seul. Pas étonnant qu'il eût voulu faire croire qu'ils étaient mariés. Elle maudit sa propre stupidité. Dire qu'elle avait cru en son innocence, obstinément, jusqu'au bout — jusqu'au moment où l'objet volé avait été retrouvé dans sa valise. Voilà qui en disait long sur son inaptitude à juger autrui.

Ce bandit avait dû se couper les cheveux et se les teindre. Puis il avait placé l'objet volé dans la valise de sa compagne de voyage, juste avant de monter dans le car. Cela avait dû être un jeu d'enfant pour lui.

Comme il avait eu de la chance de tomber sur une Américaine aussi crédule ! En tout cas, si elle avait une seule leçon à retenir de ces dernières semaines, c'était qu'il ne fallait pas se fier aux apparences. Et voilà qu'à cause de Jason, et de sa naïveté congénitale, elle se retrouvait sur ce rafiot avec ce... cette espèce de primate attardé.

Jack Keller avait l'air d'un surfeur débraillé qui aurait passé trop de temps sous le soleil des tropiques. Apparemment, il vivait sur son bateau. Ses cheveux trop longs étaient décolorés à l'extrême, et sa peau avait pris une teinte de bronze patiné. Elle avait beau se dire qu'elle ne voulait plus juger les gens sur leur apparence, avec ce type-là, ça ne marchait pas. Il semblait tellement immature, tellement je-m'en-foutiste, avec cette désinvolture outrancière qui frisait l'insolence. Son père avait dû se sentir vraiment désespéré pour la confier à un tel excentrique !

Ils avaient pris la mer depuis plus d'une heure quand il se décida enfin à lui adresser la parole.

— Vous pourriez me trouver quelque chose à manger ? lui demanda-t-il du haut de la passerelle.

Le ton de sa voix la hérissa immédiatement. On aurait dit qu'il s'attendait qu'elle fût à son entière disposition, tout au long du voyage. Elle faillit l'envoyer promener, mais elle se ravisa. Après tout, il lui rendait quand même service.

— Où dois-je chercher ?

— Essayez la cambuse, répondit-il, comme si c'était l'évidence même.

Le bateau tanguait fortement, tandis que Lorraine progressait vers le pont inférieur, ce qui n'était pas tâche facile car les marches étaient affreusement raides. Une fois en bas, elle se retrouva dans un sinistre et minuscule ersatz de cuisine, dépassant tout ce qu'elle aurait pu imaginer. Elle prit le temps de jeter un coup d'œil sur les lieux et découvrit des toilettes et une douche, tassées dans un espace des plus restreints. La seule autre pièce, si l'on pouvait la baptiser ainsi, était visiblement le coin où Jack dormait. Elle repéra une étroite couchette encombrée de vêtements. Des livres s'alignaient sur les étagères, et le capitaine avait suspendu quelques armes à feu, près de la lampe.

Elle retourna dans la kitchenette, et découvrit dans la glacière une orange ratatinée ainsi que quatre canettes de bière. Elle les poussa sur le côté, en songeant à la scène de *The African Queen* dans laquelle Katharine Hepburn se débarrasse méthodiquement des bouteilles d'alcool d'Humphrey Bogart. Après de plus amples recherches, elle finit par découvrir une tortilla hors d'âge et une boîte de sardines déjà entamée, dont l'odeur la dégoûta.

Puisqu'il n'y avait pas le choix, elle se mit à peler l'orange. Le temps de terminer cette simple tâche, elle avait le cœur au bord des lèvres.

— Je... j'ai l'impression que j'ai le mal de mer, dit-elle à Jack en lui apportant l'orange. Qu'est-ce que vous me suggérez ?

— Quand vous vomirez, faites attention de bien vous pencher par-dessus bord. Sinon, c'est vous qui nettoierez.

— Merci pour votre aimable conseil, marmonna-t-elle en regagnant l'arrière du bateau.

Ils avaient quitté les eaux calmes de la baie, et ils se trouvaient à présent ballottés par des vagues vicieuses. Le *Scotch on Water* — un nom ridicule s'il en fût pour un bateau ! — escaladait la crête des rouleaux et piquait du nez dans le creux qui suivait. L'estomac de Lorraine suivait le mouvement. Bien déterminée à ne pas être malade, elle se laissa tomber sur l'unique transat, les bras croisés sur le ventre. Hélas, cela ne sembla pas l'aider. Elle était secouée de frissons, et se mit à trembler tout en transpirant à grosses gouttes.

Bientôt, elle dut bondir et courir jusqu'à la rambarde. Le peu qu'elle avait réussi à avaler chez son père, avant l'irruption de la police, alla nourrir les poissons. Elle fermait les yeux en hoquetant. Et puis, peu à peu, ses haut-le-cœur s'espacèrent. Le pire semblait derrière elle. Elle se redressa en gémissant, se fichant comme d'une guigne que Jack l'entendît ou non.

— Vous vous sentez mieux ? lui demanda-t-il.

— Non. Plus mal.

Elle aurait juré que ce sauvage jouissait de la

situation. Elle allait définitivement l'ignorer, décida-t-elle en s'essuyant la bouche d'un revers de la main.

— Allez vous reposer, à présent, mais je vous déconseille de retourner en bas.

Elle n'avait aucune intention de s'allonger sur cette horrible couchette, et il ne semblait pas y avoir d'alternative. Si elle ne s'était pas sentie aussi misérable, elle le lui aurait sans doute fait remarquer.

Jack disparut et revint quelques minutes plus tard avec une couverture et un oreiller. Il les lui jeta sur la chaise longue.

— Merci, murmura-t-elle faiblement.

Jamais, elle n'avait éprouvé une sensation aussi pénible.

Il s'accroupit près d'elle et la regarda avec un air que Lorraine ne trouva guère compatissant.

— Combien de temps va-t-il nous falloir pour atteindre les Etats-Unis ? lui demanda-t-elle d'une voix mourante.

Après quelques secondes de réflexion, il répondit :

— Beaucoup trop longtemps, croyez-moi.

Pour une fois, Lorraine partagea son opinion.

Lorsque Jason était rentré à l'hôtel, il avait tout de suite compris que le temps serait une denrée rare. Thomas et Lorraine avaient fini par partir après d'interminables au revoir et, à présent, il était dans sa chambre, en train de refaire son sac. Il se doutait bien que les autorités ne mettraient pas longtemps à découvrir la supercherie et qu'à ce moment-là, les beaux discours n'auraient plus aucun effet. Il fallait donc décaniller au plus vite.

Bon sang, jamais il n'aurait cru que la police fût déjà sur sa trace ! Son pansement à la main avait dû attirer l'attention de l'employé, à la gare routière. Son erreur avait été d'oublier que le personnel des gares et des aéroports était généralement le premier alerté. Sa photographie n'aurait tout de même pas pu circuler à cette allure — à moins que, là-aussi, il ne sous-estimât les limiers mexicains. Par prudence, il avait modifié son aspect du mieux qu'il avait pu : il s'était coupé et teint les cheveux, il avait troqué ses lunettes contre des lentilles de contact de couleur, et changé de vêtements. Mais il n'avait rien pu faire pour cette entaille profonde à la main. C'était sans doute le détail qui l'avait trahi.

Il s'était montré avec Lorraine pour brouiller les pistes, mais, à peine était-il installé dans sa chambre d'hôtel que les flics avaient débarqué.

Il se faufila silencieusement dans le couloir pour repérer les issues, et se rendit compte que le directeur de l'hôtel avait pris à cœur la mission que Dancy lui avait confiée : l'homme le surveillait du coin de l'œil. Ce Dancy n'était pas aussi stupide que sa fille.

Jason réintégra sa chambre et boucla son sac, après y avoir fourré le couteau à cran d'arrêt qu'il avait caché sous son matelas. Soit les flics ne l'avaient pas trouvé, soit ils l'avaient négligé parce qu'ils cherchaient tout autre chose.

Il jeta ensuite un coup d'œil par la petite fenêtre qui donnait sur la rue. Une voiture de police était en train de se garer devant l'hôtel. Sans perdre un instant, il enfila sa veste, saisit son sac, et se glissa sans bruit hors de la chambre.

Jason se retrouva nez à nez avec le directeur sur le palier de l'escalier de secours. La conversation fut brève. Le vieil homme commit l'erreur de penser qu'il pourrait l'arrêter. Le corps à corps coûta à Jason de précieuses minutes. Il aurait préféré éviter de commettre un autre meurtre, mais c'était impossible. Et, s'il y avait quelqu'un à blâmer, en l'occurrence, c'était Dancy.

Le temps d'atteindre la sortie de derrière, Jason entendit les policiers grimper en courant l'escalier qui menait au premier étage. L'alerte avait été chaude. Très chaude.

Et maintenant, il avait intérêt à retrouver Lorraine. Durant leur trajet en autocar, il avait fait de son mieux pour la convaincre de descendre à l'hôtel, mais il n'avait pas pu pousser le jeu trop loin et se montrer trop pressant. Toutefois, avant son départ, l'après-midi même, il avait réussi à lui extorquer l'adresse de Dancy.

Il se cacha jusqu'à ce que la nuit fût totalement tombée, puis il emprunta un lacis de ruelles qui menait à la lisière de la ville, là où se trouvait la maison du professeur. L'avantage, c'était qu'El Mirador était bâti sur un plan simple : un réseau de rues se coupant à angles droits. De plus, la lune éclairait généreusement les lieux. Très récemment, il avait dû effectuer des filatures dans des conditions autrement difficiles. Ainsi, ce ne serait pas le bout du monde de remettre la main sur Lorraine.

Elle représentait l'élément fondamental de l'affaire, la clé du problème. Une fois qu'il l'aurait utilisée, il n'aurait plus qu'à disparaître de nouveau.

Un chien se mit à aboyer tandis qu'il descendait l'allée en terre battue. Craignant d'être repéré, il se fondit dans l'ombre d'une maisonnette en adobe.

Grâce à un merveilleux coup de pouce du destin, Jason tomba alors sur Thomas Dancy ; il courait en criant un nom : Azucena.

Une femme enceinte sortit alors de chez elle, juste dans le champ de vision de Jason, et alla se jeter dans les bras de Dancy en sanglotant.

Ils restèrent enlacés au milieu de la ruelle, comme s'ils avaient été séparés pendant des années. Jason commençait à perdre sérieusement patience. Il parvint à comprendre, en gros, ce que disait la femme : les policiers étaient venus fouiller la maison et avaient trouvé l'objet qu'ils cherchaient... Déjà !

Jason pesta intérieurement.

— Où est-elle ? demanda la femme en espagnol.

La réponse intéressait aussi le fugitif au plus haut point.

— Avec Jack.

— Tu l'as confiée à Jack Keller ?

— Je n'avais pas le choix. Il fallait qu'elle parte avant que la police ne l'arrête.

De nouveau, Jason dut reconnaître que le bonhomme ne manquait pas de jugeote. Il avait vu juste en éloignant sa fille, car la police n'aurait fait qu'une bouchée de la malheureuse. Il sourit en se rappelant sa naïveté : elle avait gobé ses craques sans la moindre hésitation, et elle lui avait même raconté sa vie intime, sans se faire prier. Il n'était pas si fier que cela d'en avoir profité d'une façon aussi éhontée. Mais, au point où il en était, la culpabilité n'était plus de saison.

— Jack est un bon ami, affirma Dancy.

Il attira la femme contre lui, autant que son ventre proéminent le lui permettait, et posa un baiser sur son front.

— Je lui fais confiance pour ramener Lorraine saine et sauve dans ton pays.

— Mon pays, c'est le Mexique, à présent, corrigea Dancy.

Malgré la distance, Jason put discerner une note de tristesse dans sa voix.

— Et, bientôt, tu seras mon épouse, ajouta-t-il.

La femme leva vers Dancy un visage dont Jason ne put saisir l'expression.

— Je suis libre, à présent : je peux t'épouser, expliqua-t-il.

— Je ne vois pas ce que cela changerait. Dans mon cœur, je suis déjà ta femme. Dans mon sein, je porte ton bébé et, sous ce toit, dorment tes deux fils. J'ai tout ce dont j'ai besoin.

— Moi aussi, dit Dancy en glissant le bras autour de sa taille et en l'entraînant vers la maison.

« Jack Keller », se répéta silencieusement Jason. Maintenant qu'il avait ce nom, lui aussi avait tout ce dont il avait besoin.

Lorraine se réveilla, pleine de courbatures après une nuit passée sur un transat. Elle avait la nuque raide et la gorge irritée. Mais l'inconfort physique n'était rien comparé à sa contrariété.

Les événements de la veille défilèrent à une allure vertigineuse devant ses yeux. Il s'était passé tant de choses en vingt-quatre heures, depuis qu'elle avait quitté Gary, à l'aéroport... Un seul jour qui contenait presque de quoi remplir une vie.

Elle s'était endormie sans faire sa toilette, sans doute pour la première fois de son existence. Elle devait avoir l'air d'une folle avec ses cheveux ébouriffés. Et, pour couronner le tout, la faim la tenaillait.

Un bruit la fit sursauter. Elle leva la tête et découvrit Jack, debout sur le pont, les poings sur les hanches, en train de scruter l'étendue bleue de l'océan. Il n'avait pas meilleure allure à la lumière du jour qu'au crépuscule. A dire vrai, il paraissait encore plus négligé, débraillé et hostile. Ce qui n'était pas peu dire.

— Bonjour, lui dit-elle presque timidement.

Il lui jeta un regard noir, sans répondre à son salut.

Apparemment, il n'était pas de meilleure humeur le matin que le soir.

— Voulez-vous que je mette le café en route ? lui demanda-t-elle.

En dépit de ses manières d'ours, elle tenait à lui faire savoir qu'elle lui était reconnaissante de son aide, et qu'elle tenait à participer aux tâches ménagères.

— Vous nous ferez frire des œufs, pendant que vous y êtes, lança-t-il d'une voix rageuse.

Elle hésita, se demandant pourquoi il se montrait aussi hargneux.

— Bon. Vous les aimez cuits comment ?

— A point. Avec le jaune coulant.

— Très bien. Si vous avez la gentillesse de m'indiquer où se trouvent le café et les œufs, je m'en occupe tout de suite.

— Où se trouvent le café et les œufs ? répéta Jack avec une lenteur exagérée. Vous ne le savez pas ?

— Non, je vous assure.

Elle n'avait pas vu de provisions, la veille au soir. Mais il pouvait très bien y avoir un autre réfrigérateur quelque part ou un petit congélateur.

— Mes vivres sont restées à El Mirador.

— Mais...

Lorraine mit un moment à assimiler l'information.

— Vous voulez dire que nous n'avons aucune nourriture ?

— Exactement.

Elle avait dix fois plus faim qu'avant, à présent qu'elle connaissait la triste vérité.

— Qu'allons-nous faire ? demanda-t-elle en sentant l'inquiétude la gagner.

— Pêcher. Les sardines feront un bon appât.

Elle fit la grimace.

— Qu'y a-t-il, encore ? lui lança-t-il.

— Cela me chagrine de voir des créatures mourir, même des poissons.

Il éclata de rire, comme si elle venait de lui raconter la meilleure blague de l'année.

— Eh bien, vous n'aurez qu'à jeûner.

6.

Un cas désespéré, songea Jack. La bêtise de cette fille était phénoménale.

— Je veux bien pêcher, dit-elle finalement, après mûre réflexion, mais je refuse de vider les poissons.

Elle lui tourna le dos. Mais elle émettait des ondes de réprobation assez puissantes pour être captées au sonar.

— Dites, ça vous pose un problème de vous assumer ? lui demanda-t-il un peu perfidement.

Ce n'était pas qu'il cherchât la bagarre, mais ça ne lui déplaisait pas de l'asticoter un peu. De la pousser dans ses retranchements.

— Bien sûr que non ! Je compte bien m'assumer.

Il était trop tôt pour une dispute. De plus, il avait sacrément faim. Son café du matin lui manquait cruellement, et il ne se sentait pas d'humeur à jouer les gentils capitaines avec des passagers imprévus, surtout avec une casse bonbons de cet acabit. Non seulement elle l'énervait au plus haut point, mais elle n'avait pas l'air de se rendre compte qu'il la sauvait de la prison.

— J'aimerais savoir ce que vous comptez faire

pour nous sortir de cette situation catastrophique, lui demanda-t-elle sur un ton péremptoire.

Ça alors ! Il ne manquait plus que Son Altesse se mît à donner des ordres.

— Je vous l'ai déjà dit, marmonna-t-il en préparant ses appâts.

Avec deux lignes à l'eau, il avait bien l'intention de doubler ses chances de prendre un petit déjeuner. Mais, bon sang, il n'avait pas encore attrapé un poisson, que Mlle Je-m'Assume tenait à faire savoir au monde qu'elle ne comptait pas salir ses délicates menottes avec le sang de l'innocente poiscaille !

— J'imagine que la vue du sang vous dégoûte ? lui dit-il d'un ton railleur.

— Assez, oui, avoua-t-elle d'une voix pincée.

Il haussa les sourcils et finit de préparer sa ligne.

— Je trouve que la pêche est barbare.

— Vous êtes libre de prendre un petit déjeuner ou de vous en passer.

— Parfait.

Contrairement à lui, elle s'était régalée d'un délicieux dîner, un dîner qui, en fait, avait été préparé pour lui. Alors, cette fois, qu'elle mangeât ou non, il s'en fichait comme de sa première chemise.

Il mit le moteur en marche, et le bateau prit une agréable allure de croisière.

Mais Lorraine présenta bientôt tous les signes du mal de mer. Son visage vira du rose corail au gris cendre.

Jack résista à la tentation de lui demander comment elle se sentait. La question semblait trop cruelle, même pour lui. Et un simple coup d'œil valait toutes les réponses.

Son Altesse tituba jusqu'à la chaise longue et s'y effondra.

La chance sourit à Jack car, en moins de dix minutes, un premier poisson avait mordu. Une dorade rose, qui plus est. Un plat de gourmet.

Lorraine ne fit pas mine de bouger de sa couche royale pendant qu'il remontait sa prise à bord et la décrochait de l'hameçon. Pas plus qu'elle ne montra le moindre intérêt lorsqu'il descendit à la cambuse, nettoyer la dorade et en prélever des filets qu'il fit frire à la poêle. Le fumet du poisson grillé lui amena l'eau à la bouche. Impossible de faire plus frais que cette chair encore brillante ! Il aurait pu manger dans la cuisine, mais il prit un malin plaisir à disposer un autre transat près de celui de Lorraine. Puis il apporta son assiette, accompagnée d'une bière fraîche, et s'installa confortablement.

La jeune femme lui lança un bref coup d'œil, et Jack reconnut ce regard. La faim ! Après avoir déclaré qu'elle était contre la pêche, elle pouvait difficilement se délecter d'un mets aussi exquis, même s'il l'en priait lui-même.

— Je ne voudrais pas avoir l'air casse-pieds, murmura-t-elle.

— C'est un don.

— Un don ? répéta-t-elle.

— D'être casse-pieds. C'est un talent inné chez vous.

Cette réplique la rendit muette pendant quelques minutes. Comme il l'avait espéré.

— Qu'allons-nous faire pour survivre sans nourriture ? demanda-t-elle au bout d'un moment.

Jack comprit à son amabilité forcée qu'elle contenait sa colère à grand-peine. Il devina qu'elle ne devait pas perdre son sang-froid souvent. En digne fille du Sud, Lorraine avait appris les bonnes manières, au même titre qu'il avait appris l'art militaire dans les commandos d'entraînement.

— Je répondrai à votre question si vous répondez d'abord à la mienne, dit-il en savourant sa dernière bouchée de dorade rose, qu'il avala ensuite avec une bonne rasade de bière.

Il restait un bon morceau de poisson, dans la cuisine, mais il ne le mentionna pas. Si elle voulait manger quelque chose, elle devrait le lui demander.

— D'accord, dit-elle finalement avec une répugnance marquée.

Le bateau dansait gentiment sur les flots, et elle avait repris un peu de couleur. Mais Jack savait qu'elle allait encore pas mal souffrir avant d'attraper le pied marin. Il se demanda soudain ce qu'il devait souhaiter. Même malade comme un chien, elle se débrouillait pour être une vraie peste. Il se demandait ce qu'il en serait lorsqu'elle aurait récupéré une forme olympique.

— Vous vouliez me poser une question ?

Elle avait l'air impatienté.

Il réfléchit un instant. La taquiner était un véritable plaisir, mais, d'un autre côté, il se sentait tiraillé par le désir d'en apprendre davantage à son sujet. Peut-être était-ce à cause de Thomas ? En tout cas, il avait envie de savoir quel genre de femme elle était vraiment.

— Je sais bien que ce ne sont pas mes oignons, commença-t-il, mais je suis dévoré de curiosité.

Il ponctua sa question d'un petit rire sec.

— Dites-moi, votre mari, de quoi a-t-il l'air ? Aussi coincé que vous ?

Elle baissa les yeux sur l'alliance qui ornait son annulaire, comme si elle était surprise de l'y trouver là. « Ciel, mon époux ! » semblaient dire ses yeux ronds comme des soucoupes. Avait-elle déjà oublié son pauvre compagnon ?

— J'imagine que vous faites la paire, poursuivit Jack. Est-ce que ça vous arrive parfois de démarrer avant le signal ?

— Je vous demande pardon ?

— Vous savez, quand on éprouve un tel désir l'un pour l'autre qu'on ne prend même pas le temps d'enlever ses vêtements. C'est là que le sexe est le meilleur, vous ne trouvez pas ? Dans la chaleur moite, arc-boutés contre un mur. Ou, mieux encore, carrément vautrés sur la table de la cuisine.

Elle écarquilla les yeux, comme si elle avait du mal à croire à ce qu'elle entendait.

— Je vous trouve vulgaire et déplaisant.

Jack éclata de rire. C'était vraiment trop drôle de taquiner cette bourgeoise.

— Vous ne m'appréciez pas plus que je ne vous apprécie. Moi, ça ne me pose aucun problème. Mais vous n'empêcherez pas un gars de se poser des questions sur le genre de type qui peut bien vouloir épouser une donzelle aussi bêcheuse que vous.

— Je ne vois pas ce qui peut vous faire croire...

— Je parie qu'avec votre gentil petit mari, vous faites sagement l'amour tous les samedis soir. Ça doit être réglé comme du papier à musique.

— Ça ne vous regarde pas !

Il rit de nouveau.

— J'ai raison, n'est-ce pas ? Je vois ça d'ici : surtout, on éteint la lumière, on garde son pyjama. Et, quand arrive le grand moment, on fait quelques petits bruits polis. Ensuite, un baiser sur la joue et bonne nuit ! Chacun se tourne de son côté.

— Je peux savoir pourquoi vous vous intéressez tellement à ma vie intime ? demanda-t-elle.

Elle essayait de prendre l'air dégagé, mais elle n'y arrivait pas vraiment. Il remarqua la rougeur qui envahissait ses joues.

Il ignora sa question.

— Est-ce que vous vous intéressez à la vie amoureuse de toutes les femmes que vous rencontrez, ou ai-je droit à un traitement de faveur ?

Jack eut un rire sarcastique, comme pour suggérer qu'elle serait bien la dernière créature sur terre à le tenter.

— Simple curiosité, répondit-il. Je ne fais pas de sondage d'opinion ni rien d'autre de ce genre.

Toutefois, et c'était dur à avaler, il dut reconnaître qu'elle marquait un point. Habituellement, il n'aurait pas provoqué une femme avec autant d'acharnement. Mais il y avait un petit je-ne-sais-quoi en elle...

C'était sa manière de s'habiller, songea-t-il. Ce tailleur blanc si conventionnel... C'était une idée qui ne serait venue à personne dans le coin ! Evidemment, le blanc d'origine n'était plus qu'un lointain souvenir, à l'heure qu'il était. Et, pour ne rien arranger, le tissu la moulait comme une seconde peau, avec ses coutures cintrées.

Elle avait quitté sa veste et apparaissait à présent dans un haut rose vif, serré à la taille, qui ne laissait rien ignorer du galbe de ses seins. Jack secoua la tête. Cette fille n'avait vraiment aucun sens commun. S'il avait eu de scélérats desseins sur sa personne — ce qui était loin d'être le cas, Dieu soit loué ! — elle aurait risqué gros, dans une tenue pareille.

— Vous avez posé votre question, monsieur Keller, aussi stupide fût-elle. A mon tour de poser la mienne.

— Ne vous gênez pas, dit-il avec un geste d'encouragement.

— Vous avez déjà commencé à boire, malgré l'heure matinale. Je ne pense pas que ce soit une excellente idée.

— Vous êtes censée m'interroger, mignonne, et non pas me faire un sermon.

— Je vois, marmonna-t-elle en lui jetant un regard de pur dégoût. Que comptez-vous faire exactement au sujet de l'absence de provisions ?

Il ne put s'empêcher de rire de la bêtise crasse de sa question.

— N'ayez aucun souci sur ce chapitre, Votre Altesse.

Il remarqua avec surprise qu'elle ne réagissait pas à la taquinerie.

— Alors, qu'allons-nous faire ?

Il répondit sans réfléchir :

— Acheter des vivres, que voulez-vous !

De toute son existence, Lorraine n'avait jamais éprouvé une aversion aussi féroce pour qui que ce fût. Jack Keller était un grossier personnage, insensible et vulgaire. Elle n'en revenait pas que son père l'eût confiée sans frémir à ce barbare.

La matinée s'était traînée en longueur. Le soleil tapait avec une intensité qui l'avait privée de ses dernières forces. Toute volonté l'avait abandonnée. Jack semblait prendre un malin plaisir à la ridiculiser et à l'affubler de surnoms idiots, comme Son Altesse, ou la *Princesse au petit pois*. Il égrenait les insultes aussi facilement que les jurons. Quand il ne se moquait pas d'elle, il l'appelait Raine, et on aurait dit alors qu'il s'adressait à une petite fille désobéissante.

Le seul aspect positif de cette interminable matinée, c'était son apparente adaptation au roulis. Elle se demandait si cela était dû à son estomac vide, ou si elle avait acquis ce que Jack appelait « le pied marin ». Quoi qu'il en fût, elle remerciait le ciel de ne plus souffrir physiquement.

En balayant l'horizon du regard, Lorraine découvrit soudain la terre — un promontoire de collines d'un vert luxuriant, à bonne distance. Ravie, elle quitta son transat et, d'un pas mal assuré, gagna la poupe.

— Où sommes-nous ? demanda-t-elle.

— Au Mexique, rétorqua-t-il.

— Ça, je le savais.

Elle poussa un énorme soupir qui en disait long.

— Allons-nous faire escale pour acheter des provisions ?

— C'est prévu.

Lorraine eut du mal à dissimuler son soulagement.

Comme ils se dirigeaient vers la côte, elle découvrit qu'il y avait des hôtels de luxe, le long du rivage.

— Quelle est cette ville ? demanda-t-elle, vaincue par la curiosité, alors qu'elle s'était promis de ne plus rien demander.

— Campeche, répondit Jack, laconique.

Lorraine se souvint de quelques informations glanées lors de ses recherches sur le Yucatan. Si sa mémoire était bonne, la ville comptait une population de plus de 250 000 habitants et avait connu récemment un important développement touristique qui la plaçait en tête de toute la région. Aux alentours, se trouvaient bon nombre de ruines mayas.

— Ne vous emballez pas, marmonna Jack.

— Que voulez-vous dire ?

— Nous n'allons pas à Campeche.

— Pourquoi ? demanda-t-elle, horriblement déçue.

— Trop risqué.

Elle songeait, au contraire, que c'était dans une grande ville qu'ils prendraient le moins de risques, car ils pourraient se perdre dans la foule. Mais, évidemment, comme il ne lui demandait pas son avis, elle se garda bien de le contredire.

— Si nous ne nous arrêtons pas à Campeche, où allons-nous ?

— La Ruta Maya, répondit-il. Ce qui signifie la route des Mayas. C'est un petit village côtier situé au sud de Campeche. Il est situé sur la voie de commerce que les Mayas utilisaient le plus souvent, il y a mille ans. J'y ai séjourné jadis, ajouta Jack, et je pourrai y acheter du ravitaillement sans attirer l'attention. De toute façon, nous resterons au port le moins longtemps possible.

— Je vois.

— Vous ne voyez rien du tout, dit Jack en fronçant les sourcils. Il est hors de question que vous vous fassiez remarquer. Or, avec votre accoutrement et vos cheveux blonds, vous ne passeriez pas inaperçue.

— Que voulez-vous que je fasse, alors ? Que je saute par-dessus bord et que je retienne ma respiration jusqu'à votre retour ?

— Ne me donnez pas ce genre d'idées.

Lorraine dut se mordre la langue pour ne pas lui lancer une remarque tout aussi acerbe. Personne n'avait le don de la mettre en colère comme ce traîne-savate, ramollo et bon à rien, ce néandertalien ! Moins elle aurait affaire à lui, mieux elle se porterait. Une chance, encore, songea-t-elle avec soulagement, qu'il la crût mariée ! Elle osait à peine imaginer le degré d'ignominie de ses plaisanteries s'il avait connu sa véritable situation. L'alliance de sa mère était un véritable talisman qui la protégeait du pire.

— Il faudra que vous restiez invisible, pendant que j'irai en ville.

Sur l'instant, elle ne comprit pas exactement ce que ces mots voulaient dire. Puis, soudain, elle s'écria, :

— Vous voulez que je me cache, en bas, dans le cockpit ?

Il allait faire diablement chaud dans cet horrible trou à rat.

— Exact, confirma-t-il.

Puis, comme s'il comprenait sa réticence, il ajouta :

— Je ferai aussi vite que possible.

— Qu'entendez-vous par là ?

— Si tout se déroule bien, disons qu'il faudra compter... trois quarts d'heure environ.

— Trois quarts d'heure ! s'exclama-t-elle.

Trois quarts d'heure pour acheter quelques malheureuses bricoles ? Il se moquait d'elle : c'était clair !

— Peut-être un peu plus, à la réflexion.

Lorraine dut se retenir pour ne pas exploser. Il le faisait exprès, elle en était certaine. Pour la punir. Et plus elle regimberait, plus il traînerait. L'odieux personnage ! Elle ne lui fournirait pas ce plaisir.

Un moment avant d'atteindre le port, il ralentit le moteur.

— Descendez, ordonna-t-il.

Lorraine faillit protester, mais elle se ravisa. Inutile de lui signaler qu'ils étaient encore très loin de la côte, que personne ne risquait de l'apercevoir. La moindre controverse ne ferait qu'attiser le foyer de haine qui couvait entre eux.

Après lui avoir lancé un regard de rébellion, elle descendit les quelques marches qui menaient à la cabine et claqua la porte derrière elle. Aussitôt, la fournaise l'enveloppa, et elle se mit à transpirer.

Après quelques minutes, elle entendit le pas lourd de Jack, à l'extérieur, et il ouvrit la porte. Une petite brise fraîche s'immisça par l'ouverture.

— Ecoutez-moi bien, dit-il d'une voix calme et posée. Je vais fermer le toit du rouf, dès que le bateau aura mouillé. Et je vous interdis de sortir de là tant que je ne vous en aurai pas donné le signal. Vu ?

Elle s'enferma dans son mutisme.

— Vu ? répéta-t-il.

— Ouais, ronchonna-t-elle.

— A la bonne heure !

Cinq minutes plus tard, il coupait le moteur. Elle entendit des pas sur l'appontement, sentit le bateau heurter les pneus qui faisaient tampon le long du quai. Puis il y eut un flot de paroles en espagnol. Quelqu'un avait hélé Jack, depuis le quai. La discussion semblait plutôt plaisante et amicale. Ensuite, le bateau tangua légèrement lorsque Jack sauta à terre.

Dans l'étouffante chaleur de l'habitacle, Lorraine avait du mal à rester debout. Comme la table et les sièges étaient recouverts de papiers et d'un assortiment de vêtements, elle se mit à les rassembler, à les plier et à les ranger dans les tiroirs. Ce n'était pas qu'elle eût envie de se rendre utile. Simplement, elle avait besoin de place pour se détendre un peu. Partout, des livres s'entassaient dans l'espace déjà restreint et, par désœuvrement, Lorraine lut quelques titres, avec une déception croissante. Des manuels de navigation. Des ouvrages techniques sur la guerre, sur les derniers modèles d'armement. Des récits militaires. Bref, la plupart des livres concernaient l'armée, les armes et la mort. Avait-elle affaire à un tueur professionnel ? Etait-elle en train de tomber de Charybde en Scylla ? Dans la chaleur intolérable de cette espèce de cellule, c'était exactement l'impression qu'elle avait.

La jeune femme ne put s'empêcher de se demander si son père était au courant des penchants guerriers et mortifères de Jack. Si cela avait été le cas, lui aurait-il confié sa fille ? Lorraine en doutait sérieusement.

Quarante minutes s'étaient écoulées. Les quarante minutes les plus longues de son existence. Elle mouilla une serviette-éponge et s'en tamponna le visage et les poignets. Dix minutes plus tard, elle déboutonna son caraco et s'éventa avec un exemplaire du magazine *Soldier of Fortune*. De temps en temps, elle entendait des voix à l'extérieur, et ses espoirs renaissaient. Mais, chaque fois, ces mêmes voix continuaient leur chemin et s'évanouissaient au loin. L'eau léchait le ventre du navire qui roulait doucement sur les eaux calmes de la marina.

A 1 heure de l'après-midi, Lorraine perçut de faibles échos de musique provenant sans doute du bistrot du port. La faim commençait à la tarauder, et des visions de tortillas dorées, accompagnées de purée de tomates fraîches, passaient devant ses yeux. Ils servaient sûrement des repas dans ce café. Qui sait si, avec un peu de chance, ils n'auraient pas un bon plat de crevettes à l'ail, comme celui que la maîtresse de son père avait préparé... Non, elle refusait de penser à ces maudites crevettes. Pour en chasser le souvenir, elle pensa à des *fajitas* au poulet, avec beaucoup d'oignons et de piments.

Le volume de la musique monta d'un ton. Il n'était pas difficile d'imaginer Jack, assis à l'intérieur de la *cantina*, prenant son temps pour déguster un copieux déjeuner arrosé de bière fraîche, avec — pourquoi pas ? — une accorte *señorita* assise sur ses genoux. La scène lui sembla si juste, si évidente, qu'elle se convainquit de sa réalité.

Trois quarts d'heure, avait-il promis ! Or, il avait

largement dépassé le délai prévu. Lorraine en eut subitement plus qu'assez. Non seulement, elle le détestait cordialement, mais elle n'avait aucune raison de lui accorder sa confiance. Après avoir appris quelle existence son père menait au Mexique, comment pourrait-elle encore faire confiance à ces gens-là ? Finalement, Gary avait eu raison de lui prédire le pire. La vérité, c'est qu'elle avait probablement eu tort de chercher à revoir ce père lâche et oublieux.

Au fond, la situation lui avait échappé à partir du moment où elle avait laissé les autres prendre les décisions à sa place. Il était temps de rectifier le tir. Elle n'avait rien à voir avec cette stupide histoire d'artefact, et il n'y avait aucune raison pour que la police continuât de la soupçonner si elle expliquait clairement son cas. Tout bien pesé, elle préférait tenter sa chance auprès des autorités plutôt que de périr à petit feu entre les mains de Jack Keller. Elle décida aussitôt qu'elle ne pouvait pas supporter cette étuve une minute de plus.

Comme elle était honnête et consciencieuse de nature, elle s'empara d'un stylo et d'un papier et griffonna un mot à l'attention de Jack.

« J'ai apprécié votre aide, mais je préférerais que le consulat américain défende mon cas auprès des autorités mexicaines.

» Merci encore.

Lorraine. »

Elle laissa le message en vue, sur la table, avec le moulin à sel en guise de presse-papiers. Puis elle hésita un instant. La plupart de ses traveller's chèques étant restés dans sa valise, à El Mirador, elle n'avait que très peu d'argent liquide sur elle. Et elle doutait que l'on acceptât sa carte de crédit, dans ce trou perdu.

Elle eut tôt fait de découvrir où Jack cachait ses économies. Elle préleva plusieurs billets qu'elle fourra dans son sac, tout en se disant qu'il ne s'agissait que d'un petit emprunt.

Puis, après une seconde d'hésitation, elle détacha sa montre de son poignet et la déposa dans le tiroir. Sa valeur dépassait de loin la somme qu'elle avait empruntée... Elle se hâta de sortir avant de changer d'avis.

Quand elle ouvrit la double porte qui menait sur le pont, elle respira la brise du large à pleins poumons. Elle passa ensuite la tête par l'ouverture et observa les environs.

Le port était encore plus modeste que celui d'El Mirador. Une rangée d'échoppes délabrées s'alignait sur le front de mer. C'était tout ce que La Ruta Maya offrait à ses regards.

Le plus urgent, pensa-t-elle, était de trouver quelqu'un qui la conduirait à Campeche. Dans une ville de cette importance, ce serait bien le diable si elle ne trouvait pas un moyen de contacter l'ambassade américaine. Elle leur expliquerait sa situation, la manière dont Jason Applebee avait dissimulé l'objet volé dans sa valise, et le gouvernement de son pays la laverait de l'accusation et la ferait rapatrier.

Lorraine n'en voulait pas à son père d'avoir voulu s'interposer, mais il avait manqué de perspicacité. Une fois disculpée, elle serait libre de retourner à El Mirador pour le revoir et régler le contentieux qui les opposait encore. Ensuite seulement, elle s'autoriserait à rentrer chez elle et à oublier toute cette histoire.

En quittant le bateau de Jack, elle se rendait compte qu'elle courait un risque. Mais le moyen de faire autrement ? De fait, il serait sûrement enchanté d'être débarrassé d'elle. Oui, décidément, cette solution était la meilleure.

Dès qu'elle eut quitté le quai, des enfants se mirent à la suivre. Comme elle ne voulait pas attirer l'attention, elle ouvrit son sac pour leur donner à chacun un peso. Mais son stratagème échoua lamentablement. A peine avait-elle sorti son porte-monnaie qu'elle fut entourée d'une nuée d'enfants de tous âges. Ils se pressèrent en foule autour d'elle, se bousculant pour obtenir une aumône.

Un vieillard les apostropha d'une voix autoritaire, et ils se dispersèrent comme une volée de moineaux. Lorraine le remercia d'un sourire aimable et continua son chemin, s'arrêtant seulement pour acheter quelques fruits sur la place du village. Elle dévora une papaye mûre à souhait et s'offrit une tortilla farcie à la viande et aux légumes. La viande avait un goût étrange, mais elle pensa qu'il valait mieux ne pas chercher à savoir ce qu'elle mangeait. D'après ce qu'elle avait compris, la chair de tortue passait pour un mets recherché dans les environs. Tant pis. Elle avait trop faim pour faire la difficile.

Grâce à son précieux lexique espagnol, elle put composer une phrase afin de demander comment trouver un chauffeur qui l'amènerait à Campeche. Elle s'adressa d'abord à une vieille femme aux allures de grand-mère débonnaire, mais la mamie détourna immédiatement le regard et secoua la tête.

Lorraine interrogea ensuite le vendeur d'à côté ; il était beaucoup trop occupé à essayer de placer sa marchandise pour répondre à ses questions. Il la poursuivit de ses boniments en exhibant toutes sortes d'articles — des paniers, des poteries, des tissages — qu'il voulait absolument lui vendre. Dans un anglais chaotique, il lui répéta deux ou trois fois qu'il lui accorderait un rabais intéressant car elle était sa première cliente de la journée. Elle eut toutes les peines du monde à se débarrasser de lui. Elle tenta ensuite sa chance auprès d'une troisième personne, une jeune femme aux pieds nus, qui lui indiqua la direction de la *cantina.*

Au fond, peut-être serait-il plus logique de contacter l'ambassade américaine par téléphone, songea-t-elle.

— *Teléfono* ? demanda-t-elle à la jeune femme.

La passante aux pieds nus sourit, hocha frénétiquement la tête, et pointa de nouveau l'index vers la *cantina.*

Mais c'était précisément l'endroit que Lorraine voulait éviter.

« Oh, et puis tant pis ! » se dit-elle.

Si elle tombait sur Jack, ce qui était fortement probable, eh bien, elle lui expliquerait tout bonnement ses intentions, comme elle l'avait fait dans son message.

Mais, quand elle jeta un coup d'œil dans l'établissement, elle ne le vit nulle part. La salle, plutôt sinistre, était dénuée de toute décoration : un plancher rugueux, un long comptoir en rondins et un mobilier des plus rudimentaires.

Quatre ou cinq dames en tenue affriolante lui

décochèrent de noirs regards lorsqu'elle se risqua à l'intérieur. Lorraine les salua d'un petit signe de tête, certaine que ces dames comprendraient qu'elles n'avaient rien à redouter de sa présence. Elle n'avait pas l'intention de piétiner leurs plates-bandes.

Un personnage peu avenant, assis à une table en compagnie d'une bouteille de tequila et d'un verre rempli, leva les yeux sur elle. Le teint sombre, le cheveu gras, affligé d'une longue cicatrice sur la joue, il dégageait quelque chose d'inquiétant. Il la dévisagea avec l'avidité d'un matou surveillant sa proie. L'impression était plutôt pénible, mais Lorraine passa outre et se dirigea vers le barman. Il l'accueillit d'un air soucieux qui semblait suggérer qu'elle ferait mieux de décamper pendant qu'il en était encore temps.

Lorraine lui adressa un sourire rassurant. Toujours à l'aide de son lexique, elle expliqua qu'elle voulait téléphoner. Le barman fit signe que non. Il y avait bien un appareil contre le mur, mais il semblait hors d'état.

« En panne », annonçait un écriteau suspendu au-dessus du combiné.

Alors, la jeune femme s'enquit tant bien que mal de la possibilité de trouver un chauffeur pour la conduire à Campeche.

— Je vais vous y emmener, déclara soudain le buveur de tequila.

Il s'était exprimé en anglais, avec un fort accent, et son ton traînant disait assez son état d'ébriété. Il repoussa sa chaise avec fracas, puis s'empara du verre et de la bouteille, et s'approcha du comptoir.

Tous les regards étaient fixés sur eux.

— Non, merci, dit Lorraine, aussi poliment que possible, sans quitter le barman des yeux.

— Vous cherchez un chauffeur? insista l'homme. Eh bien, moi, je vous conduis.

— Je préfère louer une voiture, merci.

Il posa violemment sa bouteille sur le bar.

— On pourrait s'amuser en route, non? suggéra-t-il.

— Non, rétorqua Lorraine, toujours sans le regarder.

Elle avait l'impression que ce type incarnait le mal, qu'il en était la quintessence même. La puanteur qui se dégageait de lui n'était rien comparée à la vacuité de son regard, comme s'il était incapable d'éprouver le moindre sentiment, la moindre sympathie ou la plus infime moralité. Sa manière de la dévisager lui donnait la chair de poule.

Le tenancier, qui n'avait pratiquement rien dit, jusqu'alors, s'interposa et tenta de raisonner l'homme à la cicatrice par des paroles apaisantes. Bien qu'elle ne comprît pas le sens de son discours, Lorraine devina que l'homme devait être un habitué des esclandres. Le barman sembla suggérer quelque chose en indiquant le groupe de professionnelles qui se tenait à distance. La seule indication que retint Lorraine fut le nom de l'homme : Carlos.

Carlos réagit à la suggestion du barman par un chapelet d'insultes.

— Viens avec moi, poupée, dit-il ensuite à Lorraine en tendant la main vers elle. On va s'en payer une tranche sur la route de Campeche, toi et moi.

Il accompagna sa proposition d'un sourire graveleux qui invitait la jeune femme à se réjouir, elle aussi, puisque, de toute façon, elle n'avait pas le choix.

Lorraine réussit à échapper à son emprise.

— Il n'en est absolument pas question, déclara-t-elle posément.

Il fit une seconde tentative qu'elle esquiva de nouveau. De fait, Carlos était encore plus soûl qu'il n'en avait l'air, ce qui, d'une certaine manière, arrangeait la jeune femme.

— Je vous prie de me laisser tranquille ! s'écria-t-elle.

En réponse, Carlos lui attrapa une poignée de cheveux qu'il tira d'un coup sec.

Lorraine poussa un cri de douleur et lui retourna une gifle de toutes ses forces.

— Bas les pattes, espèce de brute !

Sa réaction avait été purement instinctive. Elle n'allait tout de même pas laisser ce monstre la maltraiter de la sorte !

Un frisson collectif parcourut les spectateurs. Chacun retenait son souffle. Carlos lui-même paraissait trop sonné pour réagir. Puis, soudain, il la frappa au visage, suffisamment fort pour l'envoyer bouler quelques pas plus loin. Elle eut l'impression que sa mâchoire s'était disloquée sous la violence du coup, et les larmes lui montèrent aux yeux.

Il partit alors d'un rire odieux. Elle vit luire la haine à l'état pur dans ses yeux injectés de sang et, se tenant la joue, elle recula de trois petits pas, comprenant qu'elle venait de dépasser les limites et que les représailles n'allaient pas tarder à suivre.

Elle voulut dire quelque chose, une plaisanterie, une phrase d'excuse quelconque, pour détendre l'atmosphère, mais sa bouche était trop sèche pour qu'elle pût prononcer le moindre mot.

Décidément, elle accumulait les gaffes. Celle-ci, toutefois, dépassait de très loin les précédentes. Deux minutes auparavant, elle était entrée dans cette gargote pour passer un simple coup de fil, et voilà qu'elle se retrouvait aux prises avec un fou furieux qui voulait sa peau — et bien davantage encore. Elle eut brusquement envie de hurler : « Pouce ! », de s'asseoir pour analyser la situation et de réfléchir au moyen le plus astucieux d'en sortir.

En entendant des pas derrière elle, elle tourna la tête. Quand elle découvrit Jack, son soulagement fut si intense qu'elle sentit ses genoux se dérober.

— Merci, mon Dieu ! murmura-t-elle en fermant brièvement les yeux.

Le seul homme qu'elle avait cherché à éviter arrivait à présent à sa rescousse, comme un sauveur. Elle courut vers lui.

— Tu connais cette femme ? demanda Carlos en les regardant tous deux avec des yeux menaçants.

Jack jeta un regard de biais à Lorraine, et haussa les épaules.

— Jamais vue de ma vie.

7.

En temps normal, Jack n'avait rien d'un mauvais bougre. Il était plutôt décontracté et accommodant, et il en fallait beaucoup pour le mettre hors de lui. Mais Lorraine y parvenait sans même ouvrir la bouche.

Il était retourné au bateau, une caisse de bières sur l'épaule, et un plat cuisiné pour elle. Après son jeûne forcé, il s'était figuré qu'une généreuse portion de *frijoles* au poulet avec du riz — la spécialité d'Angelina — allait lui rendre le sourire. En tout cas, grâce à ce traitement, il l'avait retrouvé, lui, le sourire.

Quand il avait découvert qu'elle avait filé, une bouffée de rage s'était emparée de lui. Le temps de lire son mot, ses oreilles le brûlaient sous l'effet de la colère. Jack laissait rarement son prochain le mettre dans cet état. Dans son précédent métier, la fureur était un sentiment qu'il ne pouvait se permettre d'exprimer. Lorsqu'elle surgissait, malgré tout, ce qui était rare, il n'envoyait pas son poing à travers les murs. Non, il restait de marbre. Ses collègues l'avaient appris à leurs dépens : plus il se montrait calme, plus il fulminait intérieurement.

Il avait failli reprendre la mer illico, sans un regard derrière lui, et sans mauvaise conscience. Seulement, il ne l'avait pas fait. Ce qui l'avait retenu ? Thomas, tout simplement. Mais, bon sang, il y avait des limites à ce qu'un homme pouvait supporter !

Après avoir consacré quelques minutes à se calmer, il avait laissé, sur le quai, les provisions livrées par l'épicier, et il était parti à la recherche de l'infâme scélérate, de la femme la plus agaçante qu'il eût jamais rencontrée.

Lorsqu'il la retrouva dans la *cantina*, il ne put s'empêcher d'éprouver un bref instant de triomphe en constatant qu'elle avait réussi à se mettre dans les ennuis jusqu'au cou.

Il allait voir maintenant comment elle comptait s'en sortir. Car, à ses yeux, l'idée de secourir les damoiselles en détresse était d'un héroïsme dépassé. Jack avait depuis longtemps décidé qu'une femme du XXe siècle devait être capable de prendre soin d'elle-même. Si la fille de Thomas Dancy avait besoin de son aide, elle n'avait qu'à la lui demander. Mieux : l'implorer. Une chose était certaine : il allait la laisser mariner dans son jus un bon moment avant d'intervenir.

— Vous prétendez que vous ne m'avez jamais vue ? s'écria Lorraine.

Elle haussa les bras dans un geste de colère, ou de supplication, il n'aurait su le dire. Son visage exprimait la stupeur.

Jack l'ignora royalement et se dirigea avec désinvolture vers le comptoir où il commanda une tequila et un citron vert. Après la journée qu'il avait vécue, il méritait bien un petit remontant.

— Il me connaît, déclara Lorraine en agitant vers Jack un index vengeur. Il a beau dire le contraire, il me connaît. Nous voyageons ensemble.

Jack descendit sa tequila d'un trait et suça avidement sa tranche de citron vert.

— Mais quel genre de type êtes-vous donc ? reprit-elle en secouant la tête d'un air méprisant.

— Un type qui a soif, rétorqua-t-il avec un sourire nonchalant.

Et, joignant le geste à la parole, il vida un deuxième verre en la guettant d'un regard moqueur. Il serra les dents tandis que l'alcool lui brûlait délicieusement la gorge.

— En tout cas, votre ami là-bas, vous pouvez vous le garder.

— Il s'appelle Carlos. Et, si vous étiez un tant soit peu gentleman, vous verriez que je me débats dans de sérieuses difficultés.

— Ah ouais ?

Il buvait du petit lait.

— Vous ne comptez pas intervenir ?

— Non.

Il leva son verre et salua Carlos.

Pas de doute, Lorraine avait un flair infaillible pour dénicher les bons numéros. Ce salopard de Carlos trancherait sans hésiter la gorge du premier péquin qui refuserait de vider un verre avec lui.

Mais, visiblement, le malheureux Carlos ne savait quelles conclusions tirer du dialogue que Lorraine échangeait avec Jack. Son regard allait de l'un à l'autre, et sa tête tressautait d'avant en arrière dans son effort pour suivre la conversation.

L'une des prostituées s'avança vers Jack d'un pas

chaloupé. La plus jolie du lot, remarqua-t-il avec satisfaction. Il saisit un second verre et entraîna la fille vers une table.

Elle lui sourit d'un air engageant. Quel agréable changement après les bouderies de Sa Grandeur sérénissime ! Jack tira une chaise et s'assit. Ravie, la fille s'installa sur ses genoux et leur servit un verre à tous les deux, effleurant avec insistance le bras de Jack de son opulente poitrine.

— Vous n'êtes qu'un rat, Jack Keller ! hurla Lorraine.

Carlos se leva à demi de sa chaise, surpris par sa véhémence.

Jack bâilla d'un air d'ennui.

— La bave du crapaud, chère Lorraine, n'atteint pas la blanche colombe.

— Je n'en reviens pas que vous vous occupiez de cette... créature, alors que j'ai de gros ennuis.

« Ça, c'est bien vrai ! songea Jack. Pour une fois, nous sommes d'accord. » D'autant que Carlos guettait sa proie du regard et semblait prêt à bondir au moindre mouvement de fuite.

— Hé, je vous rappelle que c'est vous qui vous êtes fourrée dans ce pétrin. Et j'ai hâte de voir comment vous allez vous en tirer.

— Vous êtes en dessous de tout.

Jack éclata de rire et fourra son nez dans le cou de la fille qui était assise sur ses genoux. La mignonne n'était pas désagréable à regarder ; malheureusement, elle empestait le parfum bon marché, le tabac et le sexe. Mais ça, il n'en montrerait rien à Lorraine. Comparée à Son Altesse — la reine des cassepieds —, l'entraîneuse lui apparaissait comme une bouffée d'air frais.

— Bon, bon, dit Lorraine qui semblait soudain beaucoup moins sûre d'elle. Si vous voulez des excuses, je vous en fais. Je n'aurais pas dû quitter le bateau.

C'était ce qu'il attendait depuis le début. Aussitôt, il repoussa la gourgandine qui l'avait entrepris, et bondit sur ses pieds.

— Vous avez sacrément raison ! Je ne vous avais pourtant demandé qu'une seule chose. Une seule et unique petite chose.

— Il faisait tellement chaud dans cette cabine... et vous mettiez beaucoup plus de temps que prévu.

— Dois-je vous rappeler pour qui je fais tout ça ?

— J'ai pensé que... J'espérais...

Ils s'affrontèrent du regard. Jack affichait son expression la plus furibonde, et il avait haussé le ton. Cependant, tout en jouant les pères Fouettard, il surveillait Carlos du coin de l'œil. En remarquant son regard assassin, il comprit qu'il aurait du mal à sauver sa peau et celle de sa « protégée ».

— Cessez de me crier dessus ! protesta alors Lorraine en se drapant de nouveau dans sa dignité.

— Je vous engueulerai autant qu'il me plaira et, pour l'instant, rien ne peut me faire plus plaisir.

— Tout cela ne serait pas arrivé si vous aviez eu la décence de...

— Ça suffit ! hurla Carlos en abattant son poing sur le comptoir.

Le bruit résonna dans la salle comme un coup de feu.

Lorraine sursauta et pressa sa main sur son cœur. Pendant quelques secondes, le temps parut suspendu. Chacun retenait son souffle dans l'attente du drame qui ne manquerait pas de suivre. Puis, brusquement, Lorraine se retourna et fit face à la brute.

— Vous ne voyez pas que nous avons une discussion importante, non ? Dès que j'en aurai terminé avec Jack Keller, je m'occuperai de vous. D'ici là, je vous prie d'attendre votre tour, sans faire d'histoires.

Carlos en demeura bouche bée.

— De la décence ? reprit Jack en s'époumonant pour détourner sur lui l'attention de Carlos. Parlons-en de la décence : j'ai pas mal de choses à dire sur le sujet, et on va pouvoir régler ça une fois pour toutes.

Lorraine le regardait d'un air stupéfait, comme s'il avait perdu la tête. Elle n'était pas loin du compte, étant donné que sa prestation était une bonne imitation d'un fou furieux en train de divaguer. Tout en criant et en agitant les bras, il la repoussait du côté de la porte. Il espérait que leur petite comédie bernerait Carlos suffisamment longtemps pour que Lorraine puisse prendre la fuite.

Quand ils furent arrivés près de la sortie, il continua à l'insulter copieusement et, sans quitter sa voix de stentor, il lui lança un retentissant,

— Filez !

— Filer ?

— Fichez le camp d'ici, bon sang !

Elle hésita un instant, puis s'enfuit à toutes jambes.

Le plan n'était pas des plus brillants, mais c'était tout ce qu'il avait pu trouver en si peu de temps.

— Et vous ? lui avait-elle murmuré avant de détaler.

Mais il n'avait pas pris la peine de répondre...

Maintenant, Carlos s'élançait à la poursuite de la fugitive. Jack réussit à lui barrer la route. Cela faisait un bail qu'il ne s'était pas lancé dans un combat corps à corps. Dans quel état en sortirait-il ?

Carlos avait un couteau. Lui, non.

Lorraine était à bout de forces lorsqu'elle aborda la dernière ligne droite. Elle courut sur l'appontement qui se mit à tanguer dangereusement, sauta sur la passerelle, et fonça vers la cambuse.

L'incident avait tourné au drame. Entièrement par sa faute. Quand Jack reviendrait, il ne faudrait pas s'attendre à des amabilités, songea-t-elle avec amertume. Mais elle méritait ses reproches : elle avait déserté, ni plus ni moins. Tout ça parce qu'il faisait trop chaud et qu'elle avait perdu patience à force de l'attendre ! Ses justifications ne tenaient pas la route.

Son cœur n'avait pas encore retrouvé son rythme normal, mais elle était incapable de rester tranquillement à l'abri, sans savoir ce qui était arrivé à Jack. Il fallait trouver un moyen de l'aider. Après tout, il avait pris des risques à cause d'elle ! Pourvu qu'il parvînt à s'en tirer sain et sauf !

Sur ce chapitre, elle pouvait lui faire confiance, décida-t-elle en remontant sur le pont. L'abondante littérature qui se trouvait à bord le prouvait assez.

Toutefois, au fur et à mesure que le temps passait, elle commençait à douter. Elle avait d'abord pensé qu'il la suivait. Mais non...

Son inquiétude était à son comble lorsque, soudain, elle l'aperçut. Il ne courait pas, mais ne semblait pas non plus faire une promenade de santé.

Malgré la distance, elle remarqua immédiatement qu'il y avait du sang sur sa chemise et le long de son bras. Une ecchymose lui déformait aussi le visage.

— Jack... Jack !

Lorraine s'en voulait à mort en songeant qu'il avait reçu ces coups par sa faute.

Dès qu'il atteignit le quai, Jack piqua un sprint, faisant tanguer, une fois encore, le ponton en tous sens. Puis il fit sauter le grelin d'amarrage du *Scotch on Water*, et sauta à bord. Il fila jusqu'à la cabine de pilotage et démarra les moteurs.

Une bordée d'injures en espagnol salua leur départ tandis que Carlos, accompagné de trois malfrats, contournait les docks au pas de course.

Jack n'eut pas à se soucier de la traduction. En dépit de ses connaissances limitées en espagnol, Lorraine comprit aisément ce dont il s'agissait, et elle n'avait pas envie d'entrer dans les détails.

Jack mit les gaz à fond, et le cabin-cruiser bondit avec une puissance qui aurait fait chavirer des barques dans son sillage.

Ils n'avaient pas encore quitté la marina lorsque, soudain, Lorraine entendit une curieuse explosion, comme si l'un des moteurs avait des ratés. Elle tourna la tête au moment où Jack se jetait sur elle. Elle tomba lourdement sur le sol, et s'écria d'un air complètement abasourdi :

— Mais qu'est-ce qui se passe ?

— Il se passe, Votre Altesse, que votre bon ami est en train de nous canarder.

— Nous canarder ? Avec un revolver ?

— C'est l'arme qu'adoptent la plupart des voyous, à notre époque.

Puis il se releva, et lui tendit la main pour l'aider à se remettre à son tour sur pied.

Une fois au large, hors d'atteinte, Jack réduisit la vitesse à une allure plus confortable. Debout, à la barre, il regardait l'océan, loin devant lui.

Il était temps de lui faire des excuses. De plates excuses, et sans mégoter, songea Lorraine, dont le vocabulaire s'étendait d'heure en heure. Malheureusement Jack avait pris cette expression exaspérante de l'homme sûr de son bon droit, qui s'attend à être reconnu par la terre entière.

— Vous êtes blessé, lui dit-elle, au lieu de lui demander pardon.

Il pressa le dos de sa main contre le coin de sa bouche, puis examina l'estafilade de son bras. Il fut visiblement surpris de la profondeur de l'entaille. Haussant les sourcils, il tâta le pourtour de la plaie et sursauta sous l'effet de la douleur.

— Laissez-moi m'en occuper, dit Lorraine.

Elle pensait descendre dans le cockpit où elle avait repéré une trousse d'urgence.

— Laissez tomber, lui dit Jack.

— Non ! Pas question. Je suis infirmière et je vois bien...

— Puisque je vous dis de...

Mais elle refusa de perdre du temps en vaines discussions, et fonça chercher la trousse.

Il resta à la barre et se laissa soigner à contrecœur. Lorraine pensait qu'il avait besoin de points de suture. Heureusement, elle découvrit, dans la trousse de secours, du stéristrip adhésif qui ferait l'affaire. En dehors de quelques grognements inarticulés, ici et là, Jack s'abstint de tout commentaire tandis qu'elle bandait la plaie.

— Et votre visage ? dit-elle lorsqu'elle eut terminé avec son bras.

— Ça va, grommela-t-il.

Un vilain bleu était en train de se former sur son menton. En l'examinant, Lorraine réussit à faire taire son amour-propre.

— Je suis désolée, Jack, dit-elle enfin.

Sur le moment, il ne répondit pas, puis, après lui avoir jeté un bref coup d'œil, il déclara tranquillement :

— Je vois que vous avez récupéré votre montre.

Ainsi, il savait.

Elle avait remis sa montre à son poignet en descendant chercher la trousse médicale.

— Avez-vous aussi remis l'argent à sa place ?

— Oui, répondit-elle d'un ton penaud.

Le rouge de la honte lui était monté au visage.

— Ne refaites jamais un truc pareil. Compris ?

Elle acquiesça, ne sachant s'il se référait à son larcin ou à sa fuite. Les deux, probablement.

— Vous vous rendez compte de ce que tout ça me coûte ?

— J'ai remis l'argent à sa place, affirma-t-elle vivement.

— Je ne parle pas des quelques pesos que vous m'aviez empruntés, marmonna Jack. Mais des provisions. C'est la seconde fois.

— Comment ?

En voyant la caisse de bières sur la table, elle avait pensé que les vivres étaient déjà à bord.

— Elles sont restées à quai.

Lorraine ferma les yeux et poussa un long gémissement.

*
**

En fin d'après-midi, Jack jeta l'ancre dans une crique d'eau douce, pour y passer la nuit. Le rio Usumacinta se jetait dans cette petite anse bien abritée. Il avait beau se dire que Carlos ne les avait sans doute pas suivis, il préférait ne pas prendre de risques inutiles.

Le soleil se couchait à l'horizon. Jack, installé dans son fauteuil, les pieds calés sur le bastingage, sirotait sa bière favorite, à la bouteille. Un sourire joua sur ses lèvres quand il se rappela la réaction de Lorraine au moment où elle avait compris que leurs provisions se réduisaient en tout et pour tout à une caisse de bières. Son expression de dignité outragée valait à elle seule la somme d'ennuis qu'elle lui avait causés. Enfin, presque.

Il ferma les paupières pour mieux apprécier le calme qui couronnait cette journée fertile en rebondissements. Quant à sa passagère, c'est vrai qu'il la considérait comme la reine des casse-pieds. Néanmoins, il devait lui rendre cette justice : elle ne manquait pas de cran. Et il en fallait pour se mesurer à un caïd de la drogue comme Carlos Caracol.

Jack n'avait pas fait le rapprochement tout de suite. Mais, dès qu'il s'était rendu compte à qui ils avaient affaire, il s'était estimé heureux d'avoir pu lui échapper. Le nom de Carlos ne lui était pas inconnu. Ce qui l'avait surpris, en revanche, c'était que le bonhomme ne fût pas derrière les barreaux — ou mort et enterré, avec une balle dans le dos. Il était à la tête d'une petite bande, en liaison avec des narcotrafiquants de haut vol qui importaient de la cocaïne en provenance d'autres pays d'Amérique centrale. Quelques mois plus tôt, Jack en avait discuté avec deux agents gouvernementaux qui travaillaient en coopération avec les Etats-Unis. Le nom de Carlos avait alors été évoqué. On le disait responsable de la mort d'un fonctionnaire mexicain, mais rien n'avait pu être prouvé, à ce jour. Caracol passait pour un tueur des plus dangereux, et suffisamment habile pour ne pas se laisser prendre. Jack préférait ne pas savoir ce qu'il était en train de trafiquer à La Ruta Maya.

En se rappelant la manière dont Lorraine s'était dressée sur ses ergots pour lui déclarer tout de go d'attendre son tour, Jack ne put réprimer un gloussement. Jamais il ne l'aurait laissée se dépatouiller avec un renégat pareil, aussi tentant que ce fût. Mais le fait qu'elle l'eût cru pendant un petit moment lui avait procuré un réel plaisir.

Il avait passé plusieurs années aux Caraïbes, puis dans le golfe du Mexique, menant une existence qui rendait tous ses amis jaloux. De l'argent à sa disposition, aucun souci au monde... Et pourtant, il n'avait jamais eu l'impression de vivre plus intensément que pendant ces deux derniers jours, en compagnie de cette femme irritante, poseuse, suffisante et collet monté. Allez savoir pourquoi !

Un plouf discret le fit sursauter. Il ouvrit les yeux et se redressa. Lorraine s'était jetée à l'eau, en culotte et soutien-gorge, et elle nageait comme un marsouin. Elle plongea vers les profondeurs, lui laissant entrevoir au passage le charmant spectacle de son petit derrière rond. Ses jambes n'étaient pas mal non plus. Bien galbées et musclées. Ce qui amena Jack à s'intéresser à d'autres parties de son corps...

« Elle est mariée », murmura-t-il juste assez fort pour se rappeler à l'ordre.

Flirter avec Lorraine, ce serait jouer avec le feu et, pour se fourrer dans un tel guet-apens, il ne fallait pas compter sur lui. Oh, non, pas question !

De toute façon, le fait de s'engager avec n'importe quelle femme était déjà une erreur, comme il l'avait appris à ses dépens, mais alors, s'engager avec la femme de quelqu'un d'autre... *Niet !* Il secoua la tête.

— Alors, elle est bonne ? demanda-t-il en allant se pencher au-dessus du plat-bord pour regarder la jeune femme évoluer dans l'eau claire.

Lorraine se retourna brusquement, les cheveux pleins de mousse. Elle fit quelques brasses et leva les yeux vers lui.

— Je croyais que vous dormiez. J'espère que ça ne vous ennuie pas que j'utilise votre shampooing.

— Pas le moins du monde.

Il s'accouda plus confortablement.

— Comme vous sembliez endormi et que nous avons jeté l'ancre dans un coin d'eau douce, l'occasion m'a semblé idéale pour me laver les cheveux.

— Bonne idée, effectivement.

Il restait là, ravi de constater combien elle se sentait gênée sous son regard inquisiteur. De son point de vue, il méritait bien une petite récompense pour tous les ennuis qu'elle lui avait créés. Et le fait de la taquiner lui procurait, il ne savait trop pourquoi, un plaisir irrésistible. Et puis, pour être tout à fait honnête, le spectacle qu'elle offrait n'était pas des plus désagréables.

— Vous êtes une femme étonnante, dit-il.

— Etonnante ?

Elle se frottait les yeux, et Jack songea qu'ils devaient la piquer affreusement.

— Intrépide serait peut-être un mot plus juste.

— Vous voulez parler de ce qui s'est passé cet après-midi...

— Pas du tout.

Ce n'était pas de très bonne guerre, d'accord, mais il se sentait incapable de résister à la tentation.

— Je trouve tout simplement courageux de nager dans une eau infestée de piranhas.

Une expression de terreur sans nom se peignit sur le visage de Lorraine. Jamais il n'avait vu quelqu'un nager aussi vite !

Jack ne put se retenir : il éclata de rire.

Thomas arpentait l'antichambre exiguë, comme un ours en cage. A chaque nouveau gémissement d'Azucena, il devait résister à son désir de faire irruption dans la chambre. Sa compagne était dans les douleurs de l'enfantement depuis plus de vingt heures, ce qui était anormalement long par rapport aux précédentes naissances. D'après la sage-femme, le bébé se présentait par le siège ce qui rendait l'accouchement difficile et risqué.

Epuisé lui-même, Thomas osait à peine imaginer ce qu'Azucena devait ressentir. Non seulement il l'aimait, mais il lui était infiniment reconnaissant, car elle lui avait rendu la vie.

Pendant des années d'errance, il était passé avec indifférence d'un boulot insignifiant à l'autre, attendant, sans y croire, le miracle qui ferait tout changer.

Tout au long de ces années, il était resté persuadé que, d'une manière ou d'une autre, Ginny et Raine le rejoindraient au Mexique. Dans ses rêves les plus chers, il se plaisait à croire que, bientôt — oui, très bientôt —, tout lui serait pardonné, et que les charges retenues contre lui seraient définitivement abandonnées.

Puis il avait atterri à El Mirador, où on lui avait offert davantage qu'un travail : un métier qu'il aimait et auquel il se consacrait avec bonheur. Ensuite, il avait rencontré Azucena et, depuis, il était pleinement heureux.

Il avait aimé Ginny, et la nouvelle de sa disparition l'avait plongé dans un immense chagrin, mais Azucena représentait son avenir. Il avait l'intention de l'épouser dès que possible. Elle était sa femme, la mère de ses enfants. A l'idée de la perdre, il fut glacé de terreur.

Une sueur d'angoisse envahit son front, et il se mit à haleter péniblement. La mort, disait-on, frappait souvent trois fois de suite. Ses jambes, soudain, ne le portèrent plus. Il s'assit lourdement et enfouit son visage entre ses mains.

D'abord Ginny. Ensuite Ernesto, dont le corps avait été retrouvé à l'hôtel, la gorge tranchée. L'enquête avait profondément secoué Thomas. Plus il en avait appris sur le compte de Jason Applebee, plus la colère avait monté en lui. D'autant que Thomas se sentait largement responsable de la mort d'Ernesto : ne lui avait-il pas demandé de garder à l'œil son pensionnaire américain ?

Ginny, Ernesto... Jack priait Dieu qu'Azucena ne fût pas la prochaine victime.

— Papa.

Antonio grimpa sur les genoux de son père et s'agrippa à son cou de toute la force de ses petits bras. Thomas comprit l'angoisse de son fils car il la partageait largement. Non seulement il était malade de peur pour Azucena, mais l'inquiétude n'était jamais loin non plus quand il pensait à Raine.

Bien sûr, il faisait confiance à Jack, mais de nombreuses difficultés pouvaient surgir pendant la traversée. Jason Applebee savait parfaitement tromper son monde et manipuler les gens. Il était probablement furieux d'avoir perdu l'objet de son vol, et la colère risquait de le rendre d'autant plus dangereux. La radio avait annoncé que la pièce trouvée dans la valise de Raine avait été renvoyée au musée de Mexico. Si Jason...

Un hurlement déchira le silence. Thomas pâlit aussitôt. En cet instant, il aurait vendu son âme pour qu'Azucena se trouvât dans un hôpital digne de ce nom.

— *Mama* ?

Le petit garçon se serra un peu plus fort contre son père.

Thomas referma les bras sur son fils et, les yeux clos, pria silencieusement.

Lorsque les cris recommencèrent, Thomas, n'y tenant plus, posa Antonio à terre et se précipita dans la chambre. Aussitôt, la sage-femme lui jeta un regard désapprobateur.

— Pas maintenant. Sortez. Laissez-nous.

— Comment va-t-elle ?

— Thomas ?

La voix d'Azucena était si faible.

— Dites-moi ce que je peux faire, pour l'amour du ciel !

L'affolement l'envahit et, sans attendre de réponse, il s'enfuit de la maison, persuadé qu'il allait perdre sa femme et le bébé à naître. Il courut d'un trait jusqu'à l'église, franchit les portes en trombe et vit le curé de la paroisse, à genoux au pied de l'autel, en prière.

— *Padre, padre,* appela Thomas d'une voix haletante en remontant l'allée centrale au pas de course.

Le père Garcia, âgé de plus de 70 ans, éprouvait de la difficulté à se mouvoir. Il leva la tête vers son paroissien affolé.

— Que se passe-t-il, mon fils ?

— Azucena, commença Thomas, trop ému pour pouvoir faire des phrases. Le bébé se présente mal.

Il se couvrit le visage de ses deux mains et s'effondra devant l'autel.

Quelques instants plus tard, le prêtre l'escortait jusqu'à la maison. Quand Thomas ouvrit la porte, la première chose qu'il entendit fut le faible vagissement d'un nouveau-né. Alors, des larmes de soulagement et de reconnaissance lui montèrent aux yeux.

— Azucena, dit-il dans un sanglot, Azucena.

Sans attendre la permission de la sage-femme, il se rua dans la chambre. Il la trouva en train de donner les premiers soins au bébé. Azucena souleva la tête et murmura :

— Nous avons un troisième fils.

Thomas lui prit la main et y déposa un baiser éperdu. Le père Garcia pénétra à son tour dans la pièce et, constatant que la mère et l'enfant allaient bien, il se signa en levant les yeux vers le ciel.

— Mon amour, murmura Azucena d'un ton si bas que Thomas l'entendit à peine.

Du bout des doigts, elle essuya les larmes qui roulaient sur les joues de l'heureux papa.

Puis Thomas tourna un regard inquiet vers la sage-femme.

— Le bébé... est-ce qu'il va bien ?

Elle hocha la tête.

— Vous avez un garçon magnifique.

— Merci, mon Dieu, murmura Thomas sans pouvoir cacher son émotion. Merci, mon Dieu.

8.

Jack inclina la tête en arrière et éclata de rire en voyant Lorraine se débattre comme une forcenée, dans sa hâte à regagner le bateau. Elle éclaboussait tout sur son passage, et l'insultait à voix basse.

Toutefois, son triomphe fut de courte durée.

Aiguillonnée par la peur, la jeune femme s'était hissée à bord. Ses sous-vêtements mouillés, plaqués sur son corps, laissaient très peu de place à l'imagination...

Attention, zone interdite ! Avec son alliance au doigt, Lorraine faisait partie de la catégorie strictement hors d'atteinte. Et Jack n'avait pas l'intention de déroger à la règle, même pour un moment de folie.

Jamais de femmes mariées.

Jack était beau garçon, et il le savait. Les filles avaient commencé à s'intéresser à lui dès sa première année de collège. Il n'y avait jamais eu pénurie de femmes célibataires et, franchement, il ne voyait pas l'utilité de se créer bêtement des ennemis.

En plus, dans le cas présent, il s'agissait de la fille d'un ami. D'un ami très cher, qui lui avait accordé sa confiance...

Un regard sur la poitrine généreuse de Lorraine et

sur les courbes de ses hanches soulignées par la lumière rasante du soleil couchant, et l'inflexible credo fila vers le rayon des oubliettes.

Bon sang, comme elle était belle ! Bien sûr, ce n'était pas vraiment un scoop. Mis à part les grands airs qu'elle se donnait, la mignonne était plutôt craquante. Et ça, même un aveugle s'en serait aperçu.

Mais Jack s'était efforcé de l'ignorer... jusqu'à cet instant précis. Il avait réussi à cacher son trouble sous un feu nourri de grossièretés et de quolibets du plus mauvais goût.

Une ligne de conduite de plus en plus difficile à respecter depuis qu'il avait sous les yeux le spectacle de cette sirène aux courbes généreuses et au ventre plat. Quant à sa poitrine, elle constituait sans doute son meilleur atout. Même contenus dans son soutien-gorge de dentelle, ses seins à la rondeur exquise étaient sans doute les plus magnifiques qu'il eût contemplés depuis des années. Pire encore — ou mieux, cela dépendait du point de vue —, leur pointe érigée semblait le viser directement. C'était une torture encore pire que d'avoir un automatique braqué sous le nez.

La vérité le prit complètement au dépourvu.

Il la désirait.

Sans avoir le moindre effort à faire, il l'imagina dans ses bras — dans son lit... Il surprit son regard sur lui et son sourire tandis qu'il poussait plus loin ses fantasmes.

Son front se couvrit de gouttelettes de sueur. Il dut se frotter les yeux pour chasser les images qu'il venait de créer, et lutta pour reprendre une respiration normale.

Il s'efforça de penser à la maîtresse qu'il avait laissée à Belize, et dont il avait oublié le nom, puis à Catherina Efrain, une charmante créature avec laquelle il avait eu une brève liaison, un ou deux ans auparavant. Il l'avait rencontrée lors de ses vacances à Campeche et avait été étonné d'apprendre, plus tard, qu'elle travaillait pour le gouvernement mexicain.

L'image de Catherina l'aida un peu, mais pas suffisamment.

Il n'allait pas être facile pour lui de se retrouver au côté de Lorraine dans l'espace exigu du bateau. Il allait devoir se répéter sans cesse, et avec la dernière énergie, ce qui, jusqu'à présent, avait fonctionné d'instinct.

Bas les pattes !

Lorraine repoussa les mèches de cheveux collées à son visage et le foudroya d'un regard féroce — dont l'effet fut quelque peu gâché par le rapide clignement de son œil gauche, irrité par le shampooing.

— Ces soi-disant piranhas, c'était une blague, n'est-ce pas ?

Elle tendit le bras et chercha une serviette à l'aveuglette. Apparemment, elle avait dû en trouver une en bas, et l'apporter sur le pont, avant de sauter à l'eau.

— Comment avez-vous deviné ? rétorqua-t-il d'une voix aussi râpeuse qu'un whisky de contrebande.

Le peu d'humour qu'il se targuait de posséder habituellement semblait s'être volatilisé pendant qu'il cherchait à combattre les ravages grandissants occasionnés par la présence effroyablement aguichante de sa compagne de voyage.

— Oh-h-h ! gémit-elle en explorant l'espace alentour, toujours à tâtons.

Il se demandait bien ce qu'elle faisait, à moitié nue

sous son nez. Il comprit enfin qu'elle cherchait un seau. Et, dès qu'elle l'eut trouvé, elle se pencha au-dessus du bastingage, en présentant à ses regards une autre vue saisissante sur une partie — ô combien intéressante ! — de son anatomie.

Jack, au bord de l'éblouissement, ferma les yeux tandis qu'elle lançait le seau à la mer, au bout de son filin. Quand il les rouvrit, elle se versait l'eau sur la tête, et il vit des milliers de bulles irisées glisser le long de son corps somptueux.

— Ça va, oui, vous êtes content ? s'écria-t-elle d'une voix perçante.

Elle s'empara de la serviette-éponge et y enfouit son visage.

— Je suis en extase, répondit-il sans mentir.

Elle fit volte-face d'un air exaspéré et, dans sa hâte, elle se tordit un doigt de pied. Elle geignit de douleur, attrapa ses orteils d'une main, et se mit à sautiller à cloche-pied avec frénésie, ses seins accompagnant délicieusement le mouvement.

— Oh, zut, zut et zut ! jura-t-elle entre deux gémissements.

— Zut ? répéta Jack d'un air stupéfait.

— Eh bien, oui. Quel est le problème ?

Elle le fusilla d'un regard accusateur, comme s'il avait délibérément lâché une enclume sur son petit peton.

— Vous vous êtes cogné le pied, n'est-ce pas ?

Elle acquiesça en se mordillant la lèvre. Puis, s'adossant au plat-bord, elle examina soigneusement son gros orteil.

— Et « zut », c'est ce que vous pouvez faire de mieux ?

Elle leva vers lui des yeux interrogateurs.

— Faire ?

— C'est votre juron le plus fort ?

Elle le regardait sans comprendre.

— Eh bien, mignonne, il est temps que je vous donne des leçons !

— Je n'ai aucune leçon à recevoir de vous, répondit-elle avec colère.

« Zut » ! Il ne comprenait pas pourquoi il trouvait ça si comique. Sans doute parce que cela lui offrait un dérivatif à l'emprise qu'elle exerçait sur lui. Elle continua à le dévisager. Et il se sentait gagné par une véritable hilarité.

Au début, il commença par un petit gloussement sarcastique que Lorraine sembla interpréter comme un outrage.

— Vous êtes d'une grossièreté qui dépasse les bornes ! déclara-t-elle.

Alors, il éclata franchement de rire.

— « Zut et flûte » ?

— En fait, vous êtes impossible.

Elle enroula le drap de bain autour de ses hanches et s'éloigna, drapée dans une souveraine dignité.

— Ne vous inquiétez pas, je suis un bon professeur, lança-t-il. Nous commencerons par les mots de cinq lettres les plus élémentaires, et nous travaillerons peu à peu des locutions plus élaborées. Vous verrez : avant d'atteindre les Etats-Unis, vous serez capable de jurer comme un charretier. Vous pourrez même faire rougir tous les dockers de New York !

— Ça vous amuse tant que ça de vous moquer de moi ?

— Au-delà de tout ce que vous pouvez imaginer.

Il garda le sourire, mais le cœur n'y était plus. Il savait bien qu'il exagérait, mais le fait de tourner la situation en ridicule le protégeait du désir de l'embrasser — ce qui était la chose impensable entre toutes. Lorraine s'arrêta un instant, lui jeta un bref regard par-dessus son épaule et, secouant la tête d'un air navré, disparut vers l'entrepont.

Jack l'entendit s'activer dans le cockpit. Conscient de l'avoir échappé belle, il s'effondra dans son fauteuil de toile en se félicitant de sa maîtrise et de son endurance spartiates.

Décidément, elle ne comprenait rien à ce type. Et elle n'avait pas envie d'user sa jeunesse à décrypter le mystère. En ce qui la concernait, elle le classait du côté de Neanderthal. C'était tout dire.

Elle attendit que ses sous-vêtements fussent presque secs pour remettre son tailleur de lin. Puis elle décida de passer le peigne dans ses longs cheveux emmêlés. L'entreprise se révéla particulièrement délicate : elle tressaillait chaque fois qu'elle rencontrait un nœud.

Ce type était vraiment insupportable. Insupportable ! Il lui avait flanqué la frousse avec ses prétendus piranhas. Et elle avait été assez sotte pour tomber dans le panneau.

Comme si cela ne suffisait pas, il avait pris un malin plaisir à la tourmenter, à la ridiculiser. Quant à cette idée de lui apprendre à jurer, c'était d'un mauvais goût crasse ! Sa mère lui avait assez souvent répété que les gros mots étaient révélateurs d'un vocabulaire limité, et Lorraine, elle-même, les considérait comme le signe d'un esprit peu élevé.

Au souvenir de ses moqueries, elle était tellement nerveuse qu'elle crispa les doigts sur le peigne, et tira ses cheveux avec une brutalité qui lui fit monter les larmes aux yeux.

Juste au moment où elle commençait à avoir des sentiments un peu plus humains envers lui ! songea-t-elle avec un peu d'amertume. En effet, que se serait-il passé avec cet horrible type si Jack n'était pas intervenu ? Elle préférait ne pas y penser. En tout cas, il était venu à son aide — même après avoir constaté qu'elle lui avait dérobé de l'argent.

A ce propos, il avait même eu la décence de ne pas revenir trente-six fois sur l'incident. Au fond, elle aurait préféré qu'il le fît : cela lui aurait donné de nouvelles raisons de le détester.

Curieux comme elle pouvait se sentir encline à des sentiments amicaux et généreux envers lui et, la seconde suivante, ne plus supporter son odieux comportement. Ce type demeurait une énigme. Quant à ses propres réactions vis-à-vis de lui, elles étaient tout aussi déroutantes. Elle le détestait, le méprisait, et cela ne l'avait pas empêchée de se pavaner devant lui, en s'assurant qu'il profitait bien du spectacle de son corps dénudé.

Le rouge de la honte lui brûla les joues, puis elle eut un frisson d'horreur en découvrant les raisons de sa conduite. A la vérité, elle aurait voulu qu'il l'embrassât. Qu'il la caressât. Dieu sait pourtant que ce genre de conduite aguicheuse n'était pas son genre ! Au contraire. D'accord, elle n'était pas mariée, comme il le croyait, mais elle était bel et bien fiancée, et elle devait fidélité à son futur époux.

Si elle n'avait pensé qu'à sa tranquillité, Lorraine

serait volontiers restée claquemurée en bas. La compagnie de Jack lui semblait, en effet, trop risquée, et cela à bien des égards. Elle finit, néanmoins, par rassembler son courage, et remonta sur le pont. Jack était absorbé dans l'étude d'une carte marine.

— Vers où nous dirigerons-nous ensuite ? lui demanda-t-elle.

— Pucuro.

Lorraine baissa les yeux sur la carte, espérant trouver l'endroit dont venait de parler Jack.

— Ici, dit-il en lui indiquant un nom entouré d'un trait de crayon. Nous avons besoin de vivres. Souvenez-vous...

En se rappelant qu'il avait déjà fait le plein de provisions deux fois pour rien, elle songea que ce n'était sans doute pas le moment idéal pour se plaindre du fait qu'il prît des décisions sans la consulter.

— Nous partirons à l'aube pour atteindre Pucuro aux alentours de midi. Promettez-moi de m'obéir au doigt et à l'œil, cette fois. Je vous demande vraiment de ne pas vous montrer.

— D'accord, marmonna-t-elle entre ses dents.

— Je suis sérieux, Lorraine. Pas question de descendre à terre. Surtout à Pucuro.

— Je vous ai donné ma parole. Que voulez-vous de plus ?

— Je veux que vous le disiez à haute et intelligible voix.

En voyant qu'il lui faisait si peu confiance, Lorraine se sentit offensée. Mais, d'un autre côté, il fallait reconnaître qu'il avait de bonnes raisons de se méfier. Alors, en détachant bien chaque mot, elle jura solennellement :

— Je promets de rester en bas. Et je n'apparaîtrai pas avant que vous ne m'en ayez donné l'ordre.

Elle n'était pas très fière de montrer une telle humilité, mais comment faire autrement ?

— Pucuro, c'est un autre calibre que La Ruta Maya, reprit-il. J'y suis déjà venu une fois, et...

Il laissa sa phrase en suspens.

— Et alors ? demanda-t-elle, curieuse de savoir à quoi elle devait s'attendre.

Il secoua la tête.

— C'est dangereux. Pucuro est le dernier endroit où j'amènerais une femme, normalement, confessa-t-il. Mais nous n'avons pas le choix. Il faut bien que nous nous arrêtions quelque part, et vite.

Il semblait réellement contrarié par cette obligation.

— A votre avis, combien de temps serez-vous absent ? lui demanda-t-elle une fois encore.

— Juste le temps de réunir ce dont nous avons besoin : ce devrait être rapide. Dites, reprit-il en changeant de sujet, vous êtes-vous déjà servie d'une arme ?

Elle eut une sorte de haut-le-cœur à cette simple idée.

— Vous voulez dire : un pistolet ? Non, jamais.

Il salua sa réponse d'un soupir irrité.

— Il n'y a pas de quoi en faire un drame ! s'écria-t-elle. Je n'ai même jamais eu un pistolet en main.

— C'est bien ce que je craignais.

— Et je n'ai pas non plus l'intention de m'y mettre.

Jack la considéra d'un air grave.

— Il va falloir que vous appreniez, pourtant.

— C'est une plaisanterie, je suppose ?

— J'aime bien prendre les choses à la légère, en général, mais en ce qui concerne les armes, je ne plaisante pas.

Il descendit dans la cabine et revint quelques instants plus tard avec un petit pistolet.

— C'est un Glock 22 automatique, annonça-t-il. Je veux pouvoir descendre à terre en sachant que vous serez capable de vous défendre si besoin est. Vu ? Et ensuite, je vous montrerai comment manœuvrer le bateau toute seule.

— Vous en rajoutez, déclara-t-elle d'un ton sec. D'abord, je ne vois pas l'utilité d'avoir une arme pour me défendre, et ensuite...

— C'est indispensable.

Le ton cassant ne laissait aucune place à la contestation.

— Jack, c'est ridicule !

— Vous allez apprendre à tirer avec une arme à feu. Un point, c'est tout.

— Très bien, dit-elle en regardant le pistolet d'un air méfiant.

Elle l'écouta consciencieusement pendant qu'il lui expliquait le fonctionnement interne de l'arme. Puis, il lui montra comment la charger. Pour finir, il lui demanda de faire une démonstration.

Lorraine se plia à ses exigences, non sans bougonner. Il ignora ses ronchonnements et lui fit répéter les manipulations jusqu'à ce qu'il fût sûr qu'elle avait bien compris.

— A présent, vous allez tirer.

— Pas question !

L'idée de tirer la terrorisait. De surcroît, il n'y avait même pas une cible sur laquelle s'exercer.

— Raine, je serai intraitable sur ce sujet.

— Oh, pour l'amour du ciel ! geignit-elle.

Reculant d'un pas, elle attendit qu'il lui révélât les secrets techniques du maniement des armes.

— Prenez-le, dit-il.

En le voyant crisper les mâchoires d'un air exaspéré, elle obéit, avec un soupir à fendre l'âme.

— Je veux que vous l'ayez bien en main, expliqua-t-il. Soupesez-le, habituez-vous à son poids.

— Mais oui, vous me l'avez déjà dit, répéta-t-elle d'un ton buté.

Elle ne se montrait pas aussi désagréable, habituellement, mais Jack avait le chic pour la faire sortir de ses gonds. Et puis, le fait qu'il se tînt aussi près d'elle la troublait. Son cœur battait à tout rompre. Elle était même persuadée qu'il l'entendait.

Dieu, qu'elle avait chaud ! Malgré ses cheveux relevés en chignon, la sueur lui coulait le long de la nuque. Jack aussi transpirait. Sa peau luisait sous la lueur de la lune. Il lui paraissait diablement beau garçon, depuis qu'il s'était rasé.

— Prête à tirer ? demanda-t-il en l'interrompant dans ses rêveries.

— Bon, si ça peut vous faire plaisir.

Elle tendit les deux bras et visa la surface obscure de l'océan.

Jack vint se placer juste derrière elle. Il l'entoura de ses bras et lui soutint les poignets.

Lorraine inspira avidement une bouffée d'air frais en sentant son corps réagir au contact de celui de Jack. Pendant un fol instant, elle oublia complètement l'arme qu'elle tenait. Par contre, elle était très consciente de la chaleur qui se dégageait de lui, de ses muscles tendus et de sa force tranquille. Elle dut faire un effort pour ne pas perdre le fil de son discours. Il semblait, de son côté, perdre patience : ses instructions claquaient d'une voix de plus en plus brève et hachée.

— Allez-y, dit-il, appuyez sur la détente.

Lorraine pressa doucement son index.

Il ne se passa rien.

— Plus fort, lui dit-il à l'oreille, d'un ton rauque.

Elle ferma les paupières et appuya de nouveau sur la détente.

— Gardez les yeux ouverts, ordonna-t-il.

Elle les rouvrit au moment précis où le coup partait, et elle chancela sous l'effet de recul. Elle se serait sans doute étalée en arrière si Jack n'avait bloqué sa chute. Il la retint par la taille, et ses mains s'attardèrent sur son corps bien plus longuement que nécessaire.

— Je... j'ai réussi, dit-elle, le souffle court.

Puis, après s'être éclairci la gorge, elle reprit :

— Ça n'était pas si terrible, finalement.

— Voulez-vous recommencer une fois pour vous sentir plus à l'aise ?

Lorraine eut l'impression que Jack n'était pas très à l'aise, lui non plus.

— Non, merci, répondit-elle. Je crois que j'ai compris.

— Vous en êtes certaine ?

Lorraine fit signe que oui. Elle avait la curieuse impression de l'avoir échappé belle, à plus d'un titre.

Vers midi, le jour suivant, ils arrivèrent en vue de Pucuro. Jack ordonna à Lorraine de se retirer en bas, longtemps avant d'atteindre le port. Il ne voulait pas prendre le risque que quelqu'un les aperçût. Il n'avait pas voulu l'alarmer par ses discours, mais Pucuro était un véritable coupe-gorge, infesté de voleurs de tous bords, malfaiteurs, et scélérats. De toute façon, ils n'avaient guère le choix : ou ils s'arrêtaient là, ou ils perdaient encore une journée à errer à la recherche d'un autre petit port non surveillé.

— Jack ?

Lorraine se tenait sur les marches inférieures ; le vent jouait dans ses cheveux dorés. Jack eut beau chercher dans ses souvenirs, il n'y trouva aucune femme aussi belle que celle qu'il avait sous les yeux.

— Quoi encore ?

Il s'efforçait de paraître de mauvaise humeur.

— Vous serait-il possible de m'acheter quelques vêtements, en ville ?

— Avez-vous une couleur préférée ?

— Oui, le jaune.

— Je ferai de mon mieux.

— Merci, dit-elle en disparaissant.

Jack alla s'amarrer au vieux ponton vermoulu. Un grand nombre de bateaux y étaient déjà attachés. Il repéra deux jeunes gens à la mine patibulaire qui l'observaient en ayant l'air de calculer les chances qu'ils avaient de le dévaliser sans trop de résistance. Jack les regarda droit dans les yeux jusqu'à ce que, gênés, ils détournent la tête. Il ressentit un véritable malaise tandis que les loubards filaient sans demander leur reste.

Comme personne, aux alentours, ne pouvait les entendre, il frappa contre la cloison à petits coups et annonça à voix basse :

— J'y vais, maintenant.

— Faites vite !

— Cela ne devrait pas me prendre plus d'une demi-heure.

Il était conscient de l'inconfort que cela représentait

d'être consignée au fond du bateau. Bientôt, la température y serait étouffante.

Il était sur le point de partir lorsqu'il eut envie de lui adresser une dernière mise en garde.

— Surtout, aucun bruit ! D'accord ?

— Mais oui, j'ai compris. Allez-y, maintenant.

Il hésitait. Son mauvais pressentiment était de nouveau là, et l'expérience lui avait appris à écouter son instinct. Malheureusement, il devait aller en ville. Il n'y avait pas d'alternative. Comment continuer le voyage sans vivres ?

— Il y a un problème ? chuchota Lorraine.

— Pas le moins du monde. Surtout, ne bougez pas.

Il répugnait à l'abandonner, mais il n'avait pas le choix.

— Un dernier conseil : ne vous servez du pistolet qu'en cas de nécessité absolue. Compris ?

Avec elle, il valait mieux préciser. Car elle aurait bien été capable de tirer un coup de feu juste pour lui signaler de ne pas oublier le café dans ses courses.

Lorsqu'il sauta à quai, Jack dut faire attention où il posait les pieds. Les lattes étaient pourries à plusieurs endroits. Aussi rapidement que possible, il se dirigea vers l'unique magasin du village. Les vivres allaient lui coûter les yeux de la tête, mais, pour une fois, il n'allait pas ergoter. Il voulait quitter Pucuro au plus vite.

La seule fois qu'il s'y était arrêté, il avait failli y laisser la vie. Il appartenait alors à Deliverance Company, et Murphy l'avait envoyé faire une mission d'enquête. Jack avait dégoté les informations, mais ensuite, mal avisé, il s'était attardé à la *cantina*. Première erreur !

Il sirotait une bière fraîche à souhait lorsqu'il avait remarqué une charmante créature, à l'autre bout de la salle. L'œillade incendiaire qu'elle lui avait décochée laissait peu de doutes sur ses intentions. Elle était intéressée et, franchement, après plusieurs mois de célibat forcé, il l'était aussi. Cain avait toujours exigé de ses hommes une totale abstinence quand ils étaient en mission, seulement Cain venait de passer la main à Murphy qui était nettement moins regardant. Ainsi, Jack avait commis la bêtise classique. Il avait raccompagné la jolie *señorita* chez elle.

Et il avait découvert trop tard qu'il était tombé dans la gueule du loup.

Jack secoua la tête, espérant chasser ce pénible souvenir, bien qu'il portât encore sur son corps les stigmates de cette aventure. Le temps que Deliverance Company le retrouvât, il était à moitié mort.

A présent, le regard fixé droit devant lui, n'adressant la parole à personne, il se hâta le long du chemin non goudronné qui conduisait au magasin. Il fit ses achats en un temps record et paya, sans broncher, une somme exorbitante pour qu'ils fussent livrés sans délai. Ensuite, il continua jusqu'au marché en plein air du village. Il dédaigna astucieusement les vêtements trop féminins, et acheta à la place des chemises et un pantalon. Pour la taille, il fit une estimation à vue de nez.

Jack se sentait assez content de lui. Lorraine avait sans doute raison : il exagérait le danger. Ses courses ne lui avaient pas pris plus de vingt minutes, et il retournait au port d'un pas guilleret lorsqu'un gamin de sept, huit ans, le rattrapa en courant.

— *Señor*, s'écria-t-il en levant vers lui de grands

yeux bruns candides. La dame, votre amie, elle vous demande !

— Quoi ?

Jack se promit d'étrangler Lorraine de ses propres mains.

— Elle a besoin de vous.

— Ah, çà, elle ne perd rien pour attendre !

— Venez, je vous emmène.

L'enfant glissa sa main dans celle de Jack.

— Par ici, reprit-il en l'entraînant dans une ruelle de traverse.

Il n'avait demandé qu'une seule chose à Lorraine, et elle avait déjà dérogé à sa promesse. Dès qu'il lui aurait mis la main au collet, elle...

Il s'arrêta net, pressentant soudain le danger, et se retourna très lentement.

Carlos se tenait à l'extrémité de la ruelle.

— Hello, *amigo* ! Content de te retrouver.

9.

Sous le pont, la chaleur était intolérable, mais Lorraine était fermement déterminée à prouver à Jack qu'elle était capable de suivre ses instructions. Elle ne quitterait le bateau sous aucun prétexte : elle l'avait juré.

En dépit de la touffeur et de l'inconfort, elle lui démontrerait, une bonne fois pour toutes, qu'elle était une femme de parole.

L'attente se révéla aussi insupportable que la fournaise. La première heure fut la pire. La jeune femme était terrée dans sa tombe étouffante, avec ses pensées pour toute compagnie : des pensées bien peu réconfortantes, qui plus est. Elle songeait à sa mère, qui avait vécu dans le mensonge, à son père sur lequel elle ne savait plus quel jugement porter. La colère la gagnait chaque fois qu'elle songeait à la manière dont il avait voulu faire passer la jeune Mexicaine pour sa gouvernante.

Quand elle ne broyait pas du noir au sujet de ses parents et des erreurs qu'ils avaient commises, ses pensées l'emmenaient tout naturellement du côté de Gary. Leur relation avait subi un changement dans les semaines qui avaient suivi l'enterrement de sa mère. Gary l'avait senti, lui aussi.

Lorraine ressentait de l'amour pour lui ; elle avait l'intention de l'épouser, mais, curieusement, après son deuil, elle avait éprouvé l'envie d'être seule. Gary rêvait de la consoler ; il aurait voulu qu'elle eût besoin de lui. C'était l'inverse qui s'était produit.

Et puis... et puis, il y avait cette redoutable attirance qui l'entraînait vers Jack. De tous ses tourments, c'était sans doute le pire. Seigneur, quelle humiliation, quand elle repensait à la manière dont elle s'était exhibée devant lui ! Depuis ses années d'Université, elle ne s'était jamais donné un mal pareil pour attirer l'attention d'un individu du sexe opposé.

Elle consulta sa montre. L'attente semblait ne jamais devoir finir. L'apathie et la faiblesse la gagnaient sournoisement. Jack avait promis de faire vite. N'avait-il pas parlé d'une demi-heure ?

Lorraine songea soudain qu'il avait dû lui arriver quelque chose. Cela faisait plus d'une heure qu'il était parti, alors qu'il avait bien spécifié qu'il n'avait pas l'intention de s'éterniser à Pucuro.

Elle se mit à imaginer différentes possibilités : avait-il été attaqué, blessé ou arrêté ? Le doute n'était plus permis. De toute évidence, les choses avaient mal tourné.

Puis, soudain, ses pensées prirent un autre tour. Elle songea, qu'après tout, Jack n'avait peut-être pas l'intention de revenir. Il la détestait. Il ne s'était pas gêné pour lui dire, chaque fois que l'occasion s'en était présentée, qu'il la considérait comme la pire des casse-pieds.

Elle se rappela le regard de mépris avec lequel il l'avait accueillie à bord, lorsque son père les avait présentés. Le comportement de Jack n'avait guère évolué, depuis...

Non, décida-t-elle tout aussi brusquement, en rejetant sa dernière hypothèse. Jack n'hésiterait sans doute pas à l'abandonner, mais jamais il ne déserterait son bateau. Il reviendrait. A moins que... A moins qu'il n'eût rencontré de sérieux ennuis.

La peur la prit à la gorge, lui bloquant la respiration. S'il avait réellement des ennuis, elle devait lui venir en aide ? Ne sachant quoi décider, elle se mit à arpenter sa minuscule prison. L'évidence s'imposa bientôt : il fallait tenter quelque chose.

Elle avait déjà la main sur la poignée de la porte lorsqu'elle fut prise d'une hésitation. Et si c'était un test de confiance qu'il lui faisait passer ? Ce serait bien son genre. Il était peut-être en train de la surveiller, pour voir si elle allait tenir sa promesse.

Eh bien, s'il voulait des preuves, elle allait lui en donner !

Elle refoula ses appréhensions, et s'assit sur la banquette. Les poules auraient des dents avant qu'elle ne quittât le navire !

Mais cette farouche détermination ne dura pas plus de dix minutes.

L'angoisse refit surface, suivie par les doutes, et avec les doutes, revinrent les questions. Combien de temps devait-elle attendre avant d'agir ? Que se passerait-il si elle s'évanouissait à cause de la chaleur ? Etait-il blessé, et dans l'incapacité de le lui faire savoir ? Etait-il en prison ou... à la morgue ? Les scénarios catastrophes défilaient tous devant ses yeux.

Au moment où elle pensait devenir folle d'inquiétude, elle entendit des voix. Dans le lointain, d'abord, puis de plus en plus près. Il devait s'agir de deux ou trois hommes. Ils parlaient en espagnol, avec animation. Ils stationnèrent un moment sur l'embarcadère, au pied de la passerelle. Puis le bateau tangua lorsqu'ils montèrent à bord, et elle les entendit marcher au-dessus de sa tête.

Jack était-il avec eux ?

Elle était sur le point de l'appeler lorsqu'elle se rappela ses recommandations : elle ne devait pas quitter sa cachette tant qu'il ne le lui aurait pas signifié.

Elle avait du mal à deviner combien d'hommes marchaient sur le pont. Deux, trois, peut-être ? Leurs voix lui parvenaient très filtrées, mais leurs propos étaient assez animés.

Brusquement, quelqu'un essaya d'ouvrir la porte menant en bas. Lorraine se figea, le cœur battant. Dieu merci, elle avait eu le réflexe de la verrouiller peu avant.

La dispute gagnait en intensité. Les deux interlocuteurs se lançaient des insultes à la tête. Puis il y eut du mouvement sur le pont. Le bateau tanguait chaque fois que quelqu'un montait ou descendait. Lorraine entendit le choc de caisses et de cartons que l'on déposait sans ménagement sur le pont. C'était les vivres qu'on leur livrait, bien sûr ! Restait la question principale : où était passé Jack ?

Puis le silence se fit, mais la jeune femme n'avait pas l'impression qu'ils eussent quitté le bord. Sa respiration devint saccadée tandis qu'elle cherchait à comprendre ce qui se passait. La réponse lui fut bientôt donnée : elle entendit qu'on ouvrait des bouteilles. Ils avaient probablement trouvé la réserve de bières de Jack et se servaient sans façon.

Le bateau roula une dernière fois quand ils sautèrent à terre. Puis ils s'éloignèrent d'un pas lourd, le long des quais, et leurs grosses voix tapageuses s'évanouirent peu à peu.

Lorraine se demanda ce qui était le pire : l'attente, ou l'ignorance de ce qui était arrivé à Jack ? Elle éprouva un accès de faiblesse et, fermant les paupières, elle posa sa tête sur la table.

Elle avait dû somnoler un instant. Elle fut tirée de sa torpeur par des pas. Un homme seul, cette fois-ci, jugea-t-elle.

Jack.

Elle bondit sur ses pieds, toute joyeuse, en poussant un immense soupir de soulagement. Tout rentrait dans l'ordre. Il était de retour. Cependant, sa bonne humeur tourna aussitôt à la rage. L'avoir fait attendre de la sorte, c'était vraiment dégoûtant ! Il l'avait fait exprès, elle en aurait mis sa main au feu. C'était sa manière de la punir pour le malheureux épisode de La Ruta Maya.

Eh bien, elle allait lui faire savoir ce qu'elle pensait de sa conduite inqualifiable. Et, quand elle aurait bien vidé son sac, nul doute qu'il serait enchanté de se séparer d'elle — un enchantement qu'elle partagerait aussi, de son côté.

Elle ouvrit la porte, marqua une pause pour aspirer avidement quelques bouffées d'air marin, et grimpa les marches. Elle arpenta d'un pas martial et conquérant le pont principal. Le bruit des moteurs augmenta encore sa fureur.

L'ignoble individu comptait sortir du port tranquillement, sans même avoir la décence de la prévenir de son retour ! Pourquoi s'étonner ? C'était tout à fait dans son style !

— Vous en avez mis un temps ! cria-t-elle, furieuse.

Elle faillit s'évanouir en découvrant que ce n'était pas Jack qui avait pris les commandes du bateau, mais Carlos !

Elle le regarda, stupéfaite, tout en se rappelant — un peu tard — qu'elle avait laissé le pistolet en bas.

Gary Franklin s'inquiétait. Il n'avait reçu aucunes nouvelles de Lorraine depuis son départ pour cet invraisemblable voyage au Mexique. Plus il y pensait, plus il trouvait cette affaire étrange. Mais sa fiancée avait été tellement bouleversée par la réapparition de son père qu'elle avait refusé d'écouter la voix de la raison.

Jadis, Lorraine aurait suivi ses conseils, mais tout avait changé depuis le décès de sa mère. Il y avait même des jours où il se demandait s'il la connaissait si bien que ça. Il s'était montré patient, malgré son agacement grandissant.

Après l'enterrement, Lorraine s'était complètement isolée, tenant le reste du monde à distance — lui y compris. Franchement, cela l'avait blessé ; il aurait voulu la réconforter, la prendre dans ses bras, l'aider tout au long de ce deuil douloureux. Mais elle avait refusé. Finalement, il s'était dit qu'il ne s'agissait de rien de personnel. Lorraine l'avait évincé, certes, mais elle avait traité tout le monde de la même façon.

Si la mort de Virginia avait été un drame pour la jeune femme, il en était allé de même pour lui. Bien entendu, il riait de bon cœur avec ses amis lorsqu'ils racontaient les blagues classiques sur les belles-mères. Mais Virginia n'était pas une belle-mère comme celles-là. Ou, plutôt, elle n'aurait pas été comme ça, corrigea-t-il. Elle avait disparu, mais le mariage était toujours prévu pour la fin de l'automne, et Gary était impatient de voir arriver la date.

Lorraine avait besoin de lui, plus que jamais, et il la chérissait. Il avait trente-six ans, et il avait attendu plus longtemps que la plupart de ses amis pour se décider à sauter le pas. Il cherchait la femme parfaite, avait-il dit à ses parents, pour se faire pardonner son peu d'empressement. C'était vrai, mais pas totalement.

Contrairement à ses pairs, il n'avait pas senti la nécessité de se ranger. D'aucuns l'avaient taxé d'immaturité, mais, d'après lui, ça n'était pas le cas. Jusque là, il avait tout bonnement apprécié sa liberté. Il était temps, toutefois, de se marier, et Lorraine était la femme qui lui convenait. Ils s'entendaient parfaitement sur les sujets les plus importants. Ils appréciaient les mêmes choses, croyaient aux mêmes causes. Ils étaient l'un et l'autre sensibles et peu influençables. Ils aspiraient tous les deux à une vie calme et bien organisée...

Gary se renversa dans son fauteuil directorial et croisa les mains sous sa nuque. Lorraine lui avait bien laissé un numéro de téléphone où l'on pouvait la joindre, mais elle lui avait demandé de ne pas le faire : elle devait l'appeler elle-même.

C'était ce qui l'irritait chez sa fiancée : l'intransigeance. Parfois, aussi, Lorraine lui paraissait un peu têtue. Il admirait sa franchise, son côté simple et sans détour, mais il y avait des jours où il aurait aimé qu'elle fût un peu plus souple. Néanmoins, il avait foi en son bon sens. Et, malgré ses appréhensions, il parvint à se convaincre qu'elle contrôlait parfaitement la situation dans son petit village mexicain du bout du monde.

Il en était là de ses réflexions lorsque le téléphone sonna.

— Gary, ici Marjorie Ellis.

Sa correspondante hésita comme si elle s'attendait à un encouragement de sa part.

Gary ne lui en fournit aucun.

— Je suis sur la route, actuellement, et j'avais quelques questions à vous poser... si vous avez le temps, bien entendu.

Marjorie était nouvelle et elle avait besoin de quelques conseils éclairés. Leur entreprise, Med-X, vendait du matériel médical et des équipements aux hôpitaux, aux cliniques et aux maisons de retraite. Après dix ans de terrain, il venait d'accéder à un poste de directeur.

Marjorie, sa remplaçante, était dépourvue de tous les talents qu'il considérait comme indispensables pour réussir dans ce métier. Elle n'était ni organisée ni ponctuelle. Ses connaissances en informatique étaient nulles, et il fallait lui expliquer les choses trois ou quatre fois avant qu'elle ne les eût réellement comprises. Seulement, voilà : Marjorie Ellis était la coqueluche des clients de Med-X. Aussi surprenant que ce fût, il fallait se rendre à l'évidence.

Au bout de deux mois de travail, elle obtenait de meilleurs résultats que tous les autres stagiaires. C'en était impressionnant.

— Que désirez-vous savoir? lui demanda Gary d'un ton amical.

— Ce serait probablement mieux que je passe à votre bureau et que nous en parlions. Si vous avez le temps, bien entendu, répéta-t-elle.

Le temps, justement, n'était plus une denrée rare pour Gary, depuis que Lorraine était partie.

— Oui, d'accord. Quand pouvez-vous être là? demanda-t-il en jetant un coup d'œil à sa montre.

— 16 heures, cet après-midi?

Il feuilleta bruyamment son agenda pour lui faire croire qu'il était débordé.

— Je préférerais 16 h 30. Ça vous va?

Gary entendit, en arrière fond, un bruit de chute et de papier froissé. Marjorie avait sans doute laissé tomber l'un de ses dossiers.

— Parfait, répondit-elle. A tout à l'heure.

Sa voix était devenue lointaine, comme si elle avait tourné la tête en parlant. Gary eut une vision d'elle, son portable coincé au creux de l'épaule, tandis qu'elle se penchait pour récupérer ses documents éparpillés par terre. Typique.

— Je m'en réjouis d'avance.

En raccrochant, Gary se rendit compte à quel point c'était vrai. Certes, Marjorie était une tête de linotte, tout ce qu'il y avait de plus étourdie, mais elle pouvait se montrer charmante, et elle riait si facilement...

Depuis le départ de Lorraine, il souffrait de la solitude. Elle lui manquait vraiment et, parfois il se demandait avec un brin de mélancolie si l'inverse était vrai. Une heure en compagnie de Marjorie — même s'il devait lui expliquer le même programme informatique une demi-douzaine de fois —, ce serait au moins une distraction.

Carlos avait l'intention de la tuer. Lorraine le comprit dès qu'elle le vit. Elle lança un rapide coup d'œil alentour, espérant que quelqu'un verrait son désarroi et viendrait à son aide ou, au moins, préviendrait la police. Pas une âme en vue. De toute façon, même s'il y avait eu des gens dans les environs, auraient-ils été prêts pour autant à risquer leur vie ? Lorraine en doutait.

Lentement, comme s'il savourait d'avance sa victoire, Carlos se dirigea vers elle. Chaque fois qu'il faisait un pas en avant, elle en faisait un en arrière, jusqu'à ce que la retraite lui fût coupée. Elle avait à présent le dos contre la cloison. L'haleine du scélérat lui donnait des haut-le-cœur, mais elle s'efforça de maîtriser sa terreur et son dégoût. Elle n'eut même par un battement de cils.

— Que faites-vous là ? lui demanda-t-elle avec un air bravache.

— Je suis venu vous donner une leçon.

Son sourire s'évanouit et, projetant ses deux mains en avant, Carlos lui déchira son chemisier de haut en bas, envoyant valser les boutons autour d'elle.

D'abord déconcertée par la soudaineté de son geste, Lorraine se reprit et rétorqua par un coup de genoux, mais elle manqua sa cible. Aussitôt, elle enchaîna en se servant de ses ongles, et elle lui laissa de longues traînées sanglantes sur le visage.

Carlos la frappa d'un coup violent qui lui fendit la lèvre. Elle sentit le goût du sang dans sa bouche, et cracha à la figure de son agresseur. Il allait sans doute la violer et la tuer, mais elle se défendrait jusqu'au bout.

Brusquement, elle entendit un cri, sur le quai. Elle tourna la tête et aperçut Jack qui s'approchait. Jack. Dieu merci ! Elle n'avait pas fait le rapprochement, sur l'instant, mais si Carlos avait pu s'en prendre à elle, c'est qu'il avait auparavant supprimé ou blessé Jack.

Carlos jeta un regard en arrière et égrena un chapelet de jurons bien sentis. Il s'empara de son revolver glissé dans sa ceinture, et il aurait tiré si Lorraine, agissant sous l'emprise d'une impulsion soudaine, ne s'était lancée contre lui.

Le coup partit, puis l'arme échappa des mains de Carlos et alla atterrir sur le pont. La balle se perdit dans le décor. Jack en profita pour sauter dans le bateau d'un bond farouche.

Sans hésitation, les deux hommes se jetèrent l'un sur l'autre comme deux fauves assoiffés de sang. Dans sa hâte à reculer, Lorraine faillit s'effondrer sur les cartons de vivres. De furieux moulinets de bras et de jambes fusaient en désordre tandis qu'elle opérait une sorte de danse en cercle autour d'eux, cherchant le meilleur moment pour intervenir.

Ne sachant quoi faire d'autre, elle sauta sur le dos de Carlos et lui prit le cou en clé dans une maladroite tentative pour l'étrangler. Il se débarrassa d'elle avec une facilité déconcertante. Projetée en arrière, Lorraine heurta le pont, et vit trente-six chandelles.

Choquée, elle se rassit et attendit que sa vision fût redevenue nette pour se remettre sur pied. Elle s'empara alors du seau, avec l'intention d'assommer Carlos. Malheureusement, il refusait de se tenir tranquille, et elle le poursuivit d'un bord à l'autre, son récipient à la main, prête à agir à la première opportunité.

Jack se révélait un lutteur confirmé, mais Carlos l'emportait par le poids. Ses vingt-cinq kilos supplémentaires en faisaient un adversaire redoutable.

— Le pistolet, hurla Jack à Lorraine. Vite !

Elémentaire. Comment n'y avait-elle pas pensé plus tôt ? Ce serait plus efficace que de menacer Carlos avec un seau en plastique. La jeune femme se propulsa vers la cabine, à la recherche du Glock 22.

Dans son dos, elle entendit Jack jurer. Frénétiquement, elle sortit le pistolet de sa cachette et vérifia qu'il était chargé. Puis, avec des doigts tremblants, elle enleva le cran de sûreté, et remonta sur le pont principal.

Ce ne fut qu'au moment où elle entendit la détonation qu'elle comprit que Jack faisait référence à l'autre pistolet, celui qui avait échappé des mains de Carlos. Celui avec lequel l'un des deux hommes venait de tirer.

Le son lui déchira les tympans, et l'écho de l'explosion mit du temps à disparaître. Elle pria avec ferveur. Seigneur, Seigneur, faites que ce soit Carlos qui ait été touché ! Pas Jack, je vous en prie, pas Jack !

Mais Dieu n'entendit pas son appel désespéré.

Lorsqu'elle réapparut sur le pont, elle découvrit Jack, baignant dans une mare de sang.

Jack qui avait fait un rempart de son corps pour la protéger.

— Non ! hurla-t-elle.

Sans hésiter, elle mit Carlos en joue.

— Espèce de salopard, lui lança-t-elle, avec un sanglot dans la voix, tout en songeant que Jack aurait été fier de ses progrès en gros mots.

Elle fit feu à l'aveuglette. Une fois, deux fois. Puis encore et encore. La première balle fit sauter le revolver des mains de Carlos. Il poussa un hurlement de rage et fit un bond en arrière. La seconde lui frôla l'épaule. Les deux autres s'écrasèrent loin de leur cible.

Lorraine marqua un temps d'arrêt, puis visa plus soigneusement, en se disant que si elle avait réussi à le toucher une fois, elle pourrait rééditer son exploit.

Sa froide détermination dut impressionner Carlos, car il sauta par-dessus bord avec un cri de rage. Lorraine aurait volontiers continué à le canarder dans l'eau si, à cet instant, un groupe d'hommes n'avait débouché sur le môle. Ils criaient en agitant des revolvers. Une balle vint se loger dans le bois, près de sa tête. Deux hommes s'étaient mis en position de tir sur le quai et la visaient.

D'un geste instinctif, elle actionna le démarreur. Les puissants moteurs rugirent, sans faire bouger le bateau. Avec un cri d'angoisse, elle poussa à fond la manette des gaz, comme Jack le lui avait appris un peu plus tôt. Rien ne se passa. Puis, tout à coup, le bateau s'arracha de son mouillage avec une force qui faillit projeter la jeune femme à la mer. Elle ne dut son salut qu'au gouvernail auquel elle s'accrocha de toutes ses forces.

Il lui semblait bien qu'il y avait un problème quelque part, mais elle attendit d'être loin en mer pour ralentir et jeter un coup d'œil dans son sillage.

Dans sa hâte, elle n'avait pas largué le câble d'amarrage du *Scotch on Water*. Et, derrière elle, elle traînait tout l'embarcadère de bois vermoulu de Pucuro, avec son assortiment complet de barques.

10.

Plutôt que de résoudre sur-le-champ le problème de l'embarcadère flottant, Lorraine mit le *Scotch on Water* en pilotage automatique et, quittant le gouvernail, elle se précipita vers Jack. Son sang s'était répandu sur le pont. Elle s'agenouilla à côté de lui, et chercha fébrilement son pouls. Son soulagement fut immense lorsqu'elle le sentit battre sous ses doigts. Dieu soit loué, il était vivant !

— Merci, Seigneur, murmura-t-elle tandis que les larmes lui montaient aux yeux. Merci.

Elle n'avait jamais eu affaire à une blessure par balle et, malgré le trac qui l'envahissait, elle tenta de se remémorer la procédure d'urgence.

La balle avait pénétré dans l'épaule et, lorsqu'elle déchira la chemise de Jack, elle vit que la plaie saignait encore abondamment. Elle constata aussi que le blessé était au bord de l'état de choc. Sans perdre un instant, elle courut rassembler oreillers, couvertures et serviettes-éponges.

Elle installa les oreillers sous la nuque de Jack, l'enveloppa douillettement de la taille aux pieds dans les couvertures, puis pressa une serviette contre la blessure en la maintenant fermement. Quand l'hémorragie fut un peu calmée, elle put examiner la plaie de plus près. Heureusement, la balle n'avait pas atteint un centre vital ni sectionné une artère. Les poumons n'avaient pas été touchés, eux non plus.

« Un pas à la fois, se dit-elle. Un tout petit pas. Tu en es capable. Tu en es capable. »

Elle se répétait ces mots comme un mantra, espérant ainsi conjurer le mauvais sort et garder confiance.

— Oh, Jack ! s'écria-t-elle dans un sanglot, en écartant une mèche rebelle qui lui retombait sur le front.

Elle s'en voulait affreusement. Si seulement elle avait ramassé le revolver de Carlos, tout cela ne serait pas arrivé. Elle aurait sauvé Jack. Alors qu'à présent, à cause de sa stupide méprise, il allait peut-être mourir.

Bon, ce n'était pas le moment de céder à la panique ou aux remords, décida-t-elle. Il valait mieux se concentrer sur les gestes nécessaires pour sauver Jack, au lieu de lui faire faux bond, une fois de plus. D'une certaine manière, le fait qu'il fût inconscient l'arrangeait, car il lui laissait la liberté d'agir. Elle se força à prendre quelques instants de réflexion, ferma les yeux, s'accroupit près du malade et, sans cesser de lui caresser le visage, elle envisagea différentes options.

Finalement, elle décida de commencer par sonder la plaie pour déterminer où, et à quelle profondeur, s'était enfoncé le projectile. Elle était loin d'être ravie à l'idée d'utiliser un couteau de cuisine pour cette besogne, mais avait-elle le choix ? Elle se souvint alors de la petite trousse à couture qu'elle emportait habituellement dans son sac.

Elle hésita un moment à laisser son blessé seul, puis elle se décida à redescendre pour rassembler le matériel indispensable à son intervention.

Après avoir mis une casserole d'eau à bouillir, elle vida le contenu de son sac sur le lit. Son portefeuille, son passeport, un stylo et sa trousse de maquillage, accompagnés de son nécessaire à couture, se répandirent sur le matelas. Elle en sortit sa petite paire de ciseaux, tout en regrettant de ne pas avoir une pince à épiler, ce qui aurait été l'outil idéal.

Mais elle en possédait une, se rappela-t-elle soudainement avec une joyeuse exclamation. Habituellement, elle en gardait toujours une avec ses produits de maquillage. Elle fit coulisser la fermeture Eclair de la pochette et la secoua vivement. Il en tomba en vrac, poudrier, rouge à lèvres, crayon à sourcils, fard à joues et à paupières et, enfin, la providentielle pince à épiler, avec quelque chose de rond et de doré qu'elle ne prit pas la peine d'examiner.

Elle jeta la pince et les ciseaux dans l'eau bouillante et, en attendant la stérilisation, elle ouvrit les placards, à la recherche d'une bouteille de whisky qu'elle avait aperçue le premier jour.

— Oui ! s'exclama-t-elle d'un air triomphant lorsqu'elle l'eut retrouvée.

Elle la coinça sous son bras, puis saisit la casserole à deux mains, et alla retrouver Jack.

Tout d'abord, elle alla couper les moteurs du

bateau. En effet, elle ne craignait plus d'être prise en chasse, depuis qu'elle avait traîné à sa suite toutes les embarcations du village. Consternée par son étourderie, elle contempla un instant le ponton qui roulait sur les flots, avec sa rangée de barques soigneusement arrimées. Puis elle songea que, finalement, son imprévoyance était une aubaine. Par inadvertance, elle avait privé leurs éventuels poursuivants de tout moyen de les rejoindre. Elle se demandait s'il valait mieux en rire ou en pleurer, tout en se penchant au-dessus du bastingage pour libérer le *Scotch on Water* de son encombrante traîne de mariée.

Après avoir suivi un moment du regard le ponton fantôme et ses petits bateaux qui s'éloignaient à la dérive, Lorraine revint près de Jack pour le préparer, autant que possible, à l'épreuve qui les attendait tous les deux.

— Je vais essayer de localiser la balle, lui dit-elle.

Puis elle lui expliqua qu'elle la laisserait peut-être à l'intérieur si elle était logée trop profondément. De nouveau elle lui effleura le visage. Pour quelque obscure raison, le fait de le toucher la rassurait et calmait ses nerfs à vif. Sa bouche était devenue sèche, et une grosse boule lui obstruait la gorge.

Aussi délicatement que possible, elle souleva la serviette imbibée de sang de son épaule gauche et versa une généreuse rasade de whisky sur la plaie. Puis, songeant qu'un petit cordial ne serait pas du luxe, elle but une sérieuse gorgée à la bouteille. Le scotch lui brûla atrocement le gosier, tout en produisant l'effet désiré. Elle remit alors le bouchon en place et posa la bouteille à côté d'elle.

Le cœur battant, elle scruta le visage pâle et défait du blessé. Elle imaginait sans peine ce qu'il aurait pu dire s'il avait été en état de parler. Un bon chapelet de jurons, sans nul doute, assorti de moqueries et d'insultes diverses et variées dont elle aurait vraisemblablement fait les frais...

Lorraine se mordit la lèvre, et pria pour avoir la main sûre.

La pince à épiler lui brûlait les doigts, mais elle s'efforça de la serrer fermement pour ne pas qu'elle lui échappât. Elle entreprit alors de sonder délicatement la blessure béante. Le sang jaillit dès qu'elle toucha l'épaule. Elle l'étancha à l'aide d'une serviette pliée en quatre. Les chairs étaient vraiment déchiquetées et à vif. Si Jack survivait — et il le fallait à tout prix ! —, il garderait une bien vilaine cicatrice.

Les branches de la pince heurtèrent bientôt le métal. Comme elle l'avait craint, le projectile avait pénétré profondément dans la poitrine. Dès qu'elle commença à vouloir l'extraire, l'hémorragie redoubla. Des gouttelettes de sueur lui mouillaient le front. Elle dut se rendre à l'évidence : ses tentatives semblaient provoquer plus de dégâts qu'autre chose. Jack avait déjà perdu tant de sang.

— Pas de panique, Jack. Je vais laisser la balle en place et poser un de mes tampons en guise de compresse. Désolée, mais je n'ai guère le choix. En tout cas, je ne vais pas vous laisser mourir. Vu ?

D'une façon inattendue, Jack gémit faiblement en roulant la tête sur le côté. On aurait dit que, même inconscient, il cherchait encore à contester ses décisions.

Bon, elle n'allait pas se laisser arrêter pour si peu. Il était temps de retourner faire bouillir de l'eau.

Dire que, pour le reste de son existence, Jack Keller porterait une balle dans l'épaule ! Et tout cela à cause de sa propre inconséquence...

Lorsqu'elle eut terminé de panser et de bander la plaie, ses mains se mirent à trembler de façon incoercible. Elle tâta le front du malade : il n'était plus aussi moite, et sa respiration semblait plus régulière.

Ce fut alors que la première goutte de pluie la frappa. Elle était si concentrée sur sa tâche qu'elle n'avait pas remarqué le ciel menaçant. Le vent s'était levé à son tour. Mais il était hors de question de déplacer Jack pour le transporter jusqu'à la cabine.

Une seconde goutte s'écrasa sur son front, puis plein d'autres.

Elle n'avait d'autre solution que d'attendre la fin de l'orage, sur le pont, en protégeant Jack tant bien que mal.

Jack se trouvait en enfer. Enfin, c'était l'impression qu'il avait. Comme s'il grillait au milieu des flammes. Puis il se rendit compte que la brûlure était localisée : c'était son épaule qui le faisait cruellement souffrir.

Il avait la bouche desséchée, et il ne rêvait que de boire un verre d'eau fraîche. Il fallait vraiment qu'il fût en enfer pour éprouver une soif pareille !

Comme s'il avait exprimé son désir à haute voix, il sentit quelque chose de frais sur ses lèvres. Mais une goutte seulement, comme si Dieu, ou le diable, voulait le torturer en ne lui accordant que l'ombre d'un soulagement. Juste la quantité suffisante pour lui rappeler l'intensité de sa soif...

— Il faut boire, lui chuchota une douce voix féminine.

Marcie ? Par quel miracle était-elle ici ? Voilà qui renforçait sa conviction d'être puni. Tout ce dont il rêvait lui était offert, puis repris. Il s'était bel et bien aventuré sur le lac de soufre, sur le territoire de l'ennemi du genre humain... Son cœur se serra lorsqu'il entendit sa voix aimée, si mélodieuse, si tendre.

Il sentit qu'on lui soulevait légèrement la tête et qu'on plaçait quelque chose de dur contre sa bouche. Dès qu'il comprit qu'il s'agissait d'un verre d'eau, il but avidement, jusqu'à la dernière goutte. Eperdu de reconnaissance.

Le paradis, décréta-t-il aussitôt. Il avait été conduit vers un séjour plus céleste, au milieu des verts pâturages, des sources fraîches et des anges attentionnés — bien qu'il se demandât ce qui lui avait valu un tel traitement de faveur. Mais, après tout, qui était-il pour oser juger une décision prise en haut lieu, et surtout une décision aussi favorable pour lui ?

Satisfait et rasséréné, Jack s'enfonça alors dans un sommeil paisible.

Dans son rêve, il visitait un village mexicain, admirant au passage les maisons d'adobe, ces briques d'argile cuites au soleil, la modeste église blanchie à la chaux, l'accueillante *cantina*. Jusque-là, tout se déroulait bien.

Soudain, Marcie apparut. L'adorable Marcie, l'épouse du plombier. Marcie avec ses enfants, avec son mari.

Jack l'observait, rempli d'admiration : quelle mère douce et attentive avec les jumeaux ! De temps à autre, elle regardait dans sa direction et souriait, bien qu'elle ne pût le voir, car Jack était invisible, il le savait. D'ailleurs, cela provoquait chez lui une peine profonde. Le genre de peine que l'on éprouve à la suite d'un bon examen de conscience qui ne vous a laissé aucun doute sur vos failles et vos erreurs.

La vision de Marcie et de ses bambins, nimbés d'amour et de tendresse, raviva en lui les regrets. Il songea à la vie bien différente qu'il aurait pu avoir s'il avait été un homme moins égoïste, capable de faire d'autres choix...

Jack ne vit pas tout de suite qu'un autre homme avait rejoint le petit groupe. Il battit des paupières, certain qu'il s'agissait d'une horrible méprise. L'homme n'était autre que... Carlos. Jack lui lança une remarque cinglante que le personnage de son rêve n'entendit pas.

Carlos fondit alors sur Marcie, la saisit par l'épaule et la plaqua violemment contre le mur.

Jack se dressa de toute sa hauteur.

— Non mais, tu te crois tout permis ? s'écria-t-il à pleins poumons.

Comprenant qu'il était inutile de hurler puisque personne ne semblait faire attention à lui, Jack attendit que Clifford s'interposât. Mais Clifford demeurait invisible. Tout comme les enfants qui avaient brusquement disparu.

Tournant de nouveau son regard vers Marcie, il vit que Carlos continuait à la brutaliser. Il était clair qu'il s'apprêtait à la violer. Jack devait faire quelque chose. Il ne pouvait pas laisser Marcie se débrouiller seule dans une telle situation. Le temps pressait, pressait... Bon sang ! Mais combien de fois lui avait-il dit de rester à l'abri. En vain...

Les poings serrés, Jack se lança dans la bagarre. Il cueillit son adversaire d'un direct bien placé et continua à jouer des poings en imaginant que sa victoire était proche lorsqu'un revolver apparut dans les mains de Carlos. Cependant, ce n'était pas Jack qu'il visait, mais Marcie.

— Non ! hurla Jack en s'interposant.

Il reçut la balle à bout portant, et sentit l'impact et la douleur fulgurante irradier dans tout son torse. Il comprit alors que, cette fois, le destin l'avait rattrapé. Après toutes ces années de cache-cache avec la mort, au cours desquelles il avait toujours déjoué ses sortilèges, voici que la grande Faucheuse triomphait. L'heure était venue. Son heure. Il allait mourir.

Ah, il comprenait, à présent ! Tout s'éclaircissait. Le fait qu'il eût sacrifié sa vie pour épargner la femme qu'il aimait lui avait sans doute assuré son entrée au paradis. La douleur lancinante qu'il ressentait à l'épaule sembla diminuer d'intensité. Il avait sauvé Marcie...

— Jack, oh, mon Dieu, quelle fièvre !

Il ouvrit les yeux, s'attendant à voir Marcie penchée sur lui. Et il découvrit... Lorraine. Il battit des paupières, en pleine confusion.

— Où suis-je ?

Il n'était pas certain d'avoir parlé à haute voix, mais elle lui répondit :

— Au milieu du golfe du Mexique. Oh, Jack, je

n'ai pas la moindre idée de l'endroit où nous nous trouvons ! Nous dérivons depuis deux jours en plein océan.

En dépit de sa volonté à garder les yeux ouverts, ses paupières se refermèrent lentement. Il aurait pourtant voulu lui dire de ne pas s'inquiéter, que tout s'arrangerait au mieux, mais il n'en avait plus la force.

De toute façon, il pouvait se reposer, à présent. Marcie avait retrouvé son mari et ses enfants, et Lorraine était saine et sauve. Hors d'atteinte de Carlos...

La pluie torrentielle faisait de nouveau rage. Assise au côté de Jack, sur le pont, Lorraine maintenait tant bien que mal un ciré au-dessus de leurs têtes. Elle sentait peu à peu de douloureuses courbatures s'installer dans ses bras. Le ciré de marin n'offrait guère de protection, mais au moins empêchait-il l'eau de ruisseler sur le visage du blessé inconscient.

Depuis deux jours, la tempête les poursuivait, se déchaînant de façon sporadique. Chaque fois qu'elle diminuait, Lorraine pensait en voir la fin, mais les averses reprenaient peu après, redoublant d'intensité. Jamais elle ne s'était trouvée dans une situation aussi désespérée, sans plus savoir à quel saint se vouer. Ce n'était pas tant la météo qui l'inquiétait, mais le fait d'être perdue, sans aucune terre en vue, sans moyen de retrouver son chemin. Et si Jack venait à mourir...

Non, c'était impossible ! Elle ne le supporterait pas. Elle lui devait tant ! Dès qu'elle repensait à son geste héroïque pour la sauver des griffes de Carlos, l'émotion faisait déborder son cœur.

Elle était terrorisée à l'idée qu'il pût mourir.

Terrorisée à l'idée d'avoir tué Carlos. Et encore davantage, à l'idée de l'avoir raté.

Elle craignait aussi de s'être tant écartée de la route que même Jack ne s'y retrouverait pas. Ainsi, ils allaient peut-être mourir au beau milieu de l'océan. Et, en admettant que quelqu'un vînt à son secours, personne ne croirait en son innocence, et elle passerait le reste de son existence dans une obscure geôle mexicaine.

Durant toute la tempête, Lorraine était constamment restée près de Jack, refusant de le quitter un seul instant, tandis que le bateau errait sans but sur les flots.

Elle avait tenu le coup en se racontant les intrigues de ses films favoris, scène par scène. *Brève rencontre*, de David Lean, qui la bouleversait toujours autant. *New York-Miami*... Ah, Claudette Colbert et Clark Gable ! *Honni soit qui mal y pense*, sa comédie musicale préférée, avec Cary Grant. Et, bien entendu, *The African Queen*, la célèbre rencontre entre une missionnaire coincée et un capitaine imbibé de gin, joué par Katharine Hepburn et Humphrey Bogart... Tous les vieux classiques que sa mère et elle avaient tellement aimés.

Sa mère, justement, elle y avait constamment pensé. Elle s'efforçait de la détester, sans, toutefois, y parvenir. Elle avait repassé dans sa mémoire toute l'histoire de ses parents... Ils s'étaient profondément aimés, mais des circonstances indépendantes de leur volonté avaient fini par les séparer. D'après ce que son père lui avait dit, ils étaient demeurés en contact pendant des années avant que Virginia ne coupât définitivement les ponts. Lorraine se souvenait de sa mère partant en « voyage d'affaires ». Dans ces cas-là, la petite était confiée à tante Elaine. Elle se rappelait y être restée toute une semaine d'affilée. Mais ces voyages semblaient rendre sa mère triste...

Et puis, d'après ce que Lorraine avait appris, Virginia avait renoncé à son projet de s'installer au Mexique. En tant que catholique pratiquante, elle ne pouvait envisager de divorcer. Elle avait dû trouver une certaine sérénité intérieure, faire la paix avec son passé et, par choix personnel, renoncer définitivement à Thomas.

Toutefois, cela n'expliquait pas pourquoi elle n'avait jamais révélé la vérité à sa fille. Et, désormais, Lorraine en serait toujours réduite aux conjectures.

Si ses opinions concernant le comportement de sa mère étaient encore mitigées, ses sentiments vis-à-vis de son père ne laissaient pas de la dérouter. Pendant toutes ces années, Virginia était restée d'une fidélité exemplaire. Mais elle avait été la seule. Thomas s'était comporté d'une manière bien différente. Lorraine le soupçonnait d'avoir engendré des dizaines d'enfants à travers le pays. Ecœurée, elle avait décidé de ne plus penser à lui, à ses incartades, à ses infidélités, et...

Sans s'en apercevoir, Lorraine avait sombré dans le sommeil. Elle fut réveillée par les rayons du soleil qui lui chauffaient les joues. Elle ouvrit les yeux, et s'aperçut alors que Jack ne dormait plus. Un long moment, ils restèrent simplement les yeux dans les yeux, comme s'ils prenaient conscience du fait qu'ils étaient, l'un et l'autre, vivants.

Lorraine avait envie de caresser son visage, comme elle l'avait fait si souvent lorsqu'il était inconscient. Elle aurait aussi voulu le prendre dans ses bras et le serrer contre elle. Elle aurait aimé lui dire combien elle avait eu peur de le perdre, et lui avouer qu'elle n'aurait pas pu supporter le poids de la culpabilité... Sous son apparence d'ours mal léché, elle avait découvert un homme sincère et généreux. Un homme d'honneur.

Un homme qu'elle commençait à aimer.

Mais elle ne lui dit rien de tout cela.

Elle se contenta d'un très classique :

— Bonjour.

Elle s'efforçait même de dissimuler son soulagement et le tourbillon d'émotions qui l'agitaient.

— Comment ça va ?

— Aussi mal que possible.

— A ce point ?

Il eut un bref sourire.

— A ce point. Et vous ?

— Ça peut aller.

En réalité, elle était épuisée, et courbaturée au-delà de ce qu'elle aurait cru possible. Mais, bien sûr, elle n'avait pas l'habitude de dormir assise.

— La blessure, demanda-t-il d'une voix rauque, c'est grave ?

— Assez, oui.

Elle préférait ne pas lui mentir.

— Mais pas aussi dramatique que ça aurait pu l'être. La balle est restée à l'intérieur. J'aurais provoqué trop de dégâts en essayant de l'extraire. Vous aviez déjà perdu beaucoup de sang.

— La balle est encore là ? dit-il en haussant les sourcils d'un air surpris. Dois-je en conclure que je vais déclencher tous les détecteurs de métaux des aéroports ?

Il lui adressa un sourire ravageur.

— Ça se pourrait bien.

Il soutint son regard, puis tendit la main et lui effleura la joue.

— Merci, murmura-t-il gravement.

Son geste soudain était chargé d'une tendresse et d'une affection ineffables. Elle lui prit la main, tout en refoulant ses larmes, ne sachant comment lui dire qu'elle admirait son courage, son comportement chevaleresque. Qu'elle lui était reconnaissante de son aide.

Elle ferma les yeux pour mieux savourer cet instant d'éternité. Les battements de son cœur retrouvèrent lentement leur rythme normal. La réalité reprit ses droits.

Au plus fort de sa fièvre, il avait prononcé le nom d'une femme qu'il aimait visiblement. Une femme qui faisait — ou avait fait — partie de sa vie.

Lorraine envisagea un instant de lui poser des questions sur cette Marcie. Tout comme elle envisagea de le détromper à propos de son statut de femme mariée. Puis elle en vint à la conclusion que, pour le bien de Jack et le sien, il valait mieux lui laisser croire qu'un époux l'attendait à Louisville.

Leurs sentiments respectifs étaient trop intenses, et la situation trop chaotique. Une relation entre eux n'aurait eu aucun avenir et, plutôt que de laisser s'installer une intimité vouée à l'échec, Lorraine préféra retirer sa main de celle de Jack.

— J'ai tiré sur Carlos, lui expliqua-t-elle.

— Avez-vous eu la peau de ce salopard ?

— Non, mais ce n'est pas faute d'avoir essayé. J'ai fait feu six fois, ajouta-t-elle avec un brin d'orgueil.

Un sourire se dessina sur les lèvres de Jack.

— Je crois que je l'ai blessé au bras, tout de même.

— J'espère qu'il souffre autant que moi.

— Et plus encore.

— Dites, comment avez-vous fait pour nous sortir de Pucuro ?

Elle se détourna.

— Ce n'est pas important.

— Oh, si ! J'insiste pour le savoir.

— Je vous raconterai ça un autre jour, dit-elle avec fermeté.

Et puis, soudain, sans crier gare, des larmes lui brouillèrent la vue.

— Laissez-moi arranger vos oreillers, dit-elle pour faire diversion.

— Raine.

— Ne m'appelez pas comme ça, dit-elle en reniflant et en essuyant ses larmes d'un revers de la main.

— Vous pleurez, murmura-t-il.

— Mais non.

— Si.

— Alors, ce sont des larmes de joie.

— De joie ?

— Oui, parce que vous allez vous en sortir, Jack. Dieu merci.

*
**

Carlos Caracol jurait et grinçait des dents tandis que Camelia nettoyait sa blessure.

— Assez ! cria-t-il en faisant un bond sous le coup de la douleur.

Il avait passé trois jours sans soins médicaux, et l'infection s'était mise de la partie. La souffrance était devenue tellement lancinante qu'il avait dû faire appel à Camelia, l'une des rares femmes en qui il eût confiance.

— J'ai dit : assez !

— Tu veux perdre ton bras ?

— Non.

— Alors, laisse-moi terminer, dit-elle avec un calme olympien.

C'était ça qu'il appréciait le plus chez Camelia : il ne l'intimidait pas. Cela l'avait frappé la première fois qu'il l'avait rencontrée, et il avait tout de suite compris que cette femme était digne de son attention. La suite avait prouvé qu'il ne se trompait pas. Le fait qu'elle fût mariée ne représentait pas un obstacle pour lui. Et, de son côté, cela ne semblait pas non plus la tracasser. Son dernier enfant, un garçon de trois ans, était le portrait craché de Carlos. Tout en fuyant les responsabilités familiales, il n'était pas mécontent d'avoir engendré un fils.

Tout en s'agitant sur la chaise de la cuisine, il ferma les yeux et se plongea dans l'univers des saveurs épicées qui s'échappaient de la marmite mijotant au coin du fourneau. Ce serait son premier repas décent de la semaine et, déjà, l'eau lui venait la bouche. Un festin qui serait suivi d'une orgie de plaisir, un plaisir que Camelia savait dispenser si généreusement.

Il fit la grimace tandis qu'elle tamponnait sa plaie avec un désinfectant qui brûlait affreusement. Les élancements dans son bras étaient plus aigus que jamais. Mais la douleur violente qu'il ressentait ne venait pas seulement de la sensation physique. Carlos rageait de s'être fait avoir, une fois de plus, par cette garce d'Américaine. Chaque fois qu'il croisait son chemin, son petit copain n'était jamais loin. Ces deux-là commençaient véritablement à lui courir sur le haricot. Le pire, c'était que ces imbéciles semblaient ignorer que personne, non personne, ne se fichait impunément de Carlos Caracol. Ou alors, les quidams ne vivaient pas assez longtemps pour pouvoir s'en vanter.

— Tiens-toi tranquille, lui dit Camelia avec autorité.

Il ouvrit brusquement les yeux.

— Tu es complètement crispé. Détends-toi.

— Donne-moi quelque chose pour me distraire de la douleur.

Il glissa sa main libre dans l'échancrure de son caraco, et s'empara d'un sein plantureux.

— Pas maintenant, dit-elle en lui donnant une tape sur la main.

Carlos fronça les sourcils. En l'entendant lui parler ainsi, n'importe quel témoin aurait pu croire qu'ils étaient mariés.

— Tu as la migraine ? lui demanda-t-il d'un ton railleur.

Le sourire impertinent de Camelia était déjà une réponse à lui tout seul.

— Avec toi ? Jamais.

Il sentit son moral remonter au beau fixe.

— A la bonne heure !

— Mais, d'abord, laisse-moi finir de désinfecter tes bobos.

— Je mangerais bien quelque chose avant, dit-il en louchant vers les casseroles.

Elle continua à verser un liquide corrosif sur la plaie. Il aurait juré que c'était du whisky pur, tellement la brûlure était insupportable.

— Vas-tu me dire qui t'a fait ça, à la fin ?

— Non.

— Un homme ou une femme ?

Carlos hésita un instant avant de répondre.

— Une femme.

Il comprit immédiatement, en voyant la réaction de Camelia, qu'il aurait mieux fait de mentir. Elle éclata d'un rire dur et hocha la tête.

— J'ai toujours su que ce serait une femme qui te perdrait. Tu voulais la séduire ?

— Pas du tout, affirma-t-il avec aplomb.

— Menteur !

C'était l'ennui avec Camelia : elle le connaissait trop bien. Il enroula une épaisse mèche de ses longs cheveux autour de son poing, et tira de toutes ses forces.

— Aïe !

Elle écarquilla les yeux sous l'effet de la surprise.

— Cette garce va regretter d'avoir posé un jour les yeux sur moi.

Il avait détaché chacun des mot avec une précision redoutable.

Et il fut satisfait de constater que Camelia avait parfaitement reçu le message.

— Je la plains, murmura-t-elle.

Il eut un sourire féroce.

— Quand le moment sera venu, crois-moi, elle bénira la mort qui la délivrera.

11.

— Qu'est-ce que c'est ? demanda Jack d'un air méfiant tandis que Lorraine s'apprêtait à lui faire avaler une cuillerée de bouillon.

— De la soupe.

Jack était loin de se montrer un patient modèle, mais le contraire l'eût étonnée. Il rongeait son frein, trouvant que le temps était long, que ses forces tardaient à revenir. Enfin, ses plaintes étaient constantes. Il détestait se sentir faible. Il détestait dépendre d'elle.

— Ça ? De la soupe ? Vous voulez rire, maugréa-t-il en ouvrant la bouche pour prendre une nouvelle cuillerée.

— Pourtant, vous la mangez, on dirait.

— Est-ce que j'ai le choix ?

— Non.

Elle sourit, et fut surprise de voir qu'il lui rendait son sourire. Leurs yeux se rencontrèrent et ils n'eurent ni l'un ni l'autre envie de détourner le regard. C'était ainsi depuis le moment où Jack avait repris connaissance. Il portait à la jeune femme une attention grave, empreinte de reconnaissance. Il faut dire qu'elle avait passé des heures et des heures près de lui, à le soigner, à veiller à son bien-être, à l'encourager de toute la force de son âme.

Même si Jack avait au fond de lui assez de force pour se battre et survivre, la tendre sollicitude de la jeune femme l'avait profondément touché. Et, sans le mentionner, chacun savait à présent reconnaître l'intérêt qu'il suscitait chez l'autre.

Le regard de Jack s'attarda sur le visage de Lorraine avec une telle intensité que la jeune femme se mit à trembler. Elle s'efforça de reprendre sa tâche, mais ses mains la trahirent, et elle dut poser l'assiette un instant.

— Quand aurai-je droit à une nourriture normale ?

— Très bientôt, promit-elle.

Sans l'aide d'antibiotiques pour combattre l'infection, son corps avait besoin de davantage de temps pour guérir. Un maximum de sommeil était également nécessaire. Et Jack se sentait frustré de n'avoir qu'une heure de conscience, ici ou là, avant de se remettre à somnoler.

Pendant qu'il dormait, le temps semblait se traîner. Les jours précédents, elle avait dévoré tous les livres qu'elle avait pu trouver à bord. Deux fois. Elle avait lavé et repassé tous les vêtements de Jack, et s'était approprié deux de ses chemises, ainsi qu'un bermuda dont elle avait serré le cordon autour de sa taille mince. Ensuite, elle s'était attaquée au rangement, au nettoyage et à la réorganisation complète de l'intérieur.

Il lui apparut bientôt, d'après certains détails trouvés lors de ses rangements — de menus cadeaux, des cartes qu'elle n'avait pu s'empêcher de lire — que Jack entretenait un nombre impressionnant de relations féminines dans les Caraïbes. Ce fut la raison pour laquelle elle décida de le laisser croire qu'elle était mariée. De plus, cela lui paraissait difficile de le détromper si longtemps après.

Il pourrait être blessé par son mensonge. Mais, d'un autre côté, en l'absence de garde-fou, il se sentirait sans doute autorisé à commettre quelque...

Non, décidément, mieux valait laisser les choses en l'état. C'était plus prudent.

Quant à Gary... eh bien, Gary demeurait son fiancé, celui qu'elle avait accepté d'épouser. Elle l'aimait. Très sincèrement. Et cela excluait, bien évidemment, de poser un regard concupiscent sur quelque autre mâle. Ah mais ! Où avait-elle donc la tête ? Elle allait désormais porter en permanence le collier de fiançailles qu'il lui avait offert. Par-dessus sa chemise. La chemise de Jack...

Jack aurait sans doute été installé plus confortablement dans ses quartiers, à l'étage inférieur, allongé sur sa couchette. Mais il préférait se gorger d'air pur, d'embruns et de soleil. Lorraine lui avait confectionné un lit de fortune sur une chaise longue, et c'était là qu'il passait le plus clair de son temps.

— Vous avez oublié de larguer les amarres du *Scotch on Water* !

Il repartit dans un fou rire inextinguible.

Lorraine s'était bien doutée qu'il ferait des gorges chaudes de sa mésaventure. Et ce n'était pas la première fois qu'il la taquinait au sujet de leur départ, plus que précipité, du port de Pucuro. Ces moments, d'ailleurs, étaient les seuls pendant lesquels son visage retrouvait un peu de couleur. Il avait perdu une très grande quantité de sang, et son teint demeurait en général mortellement pâle. Quant à ses forces, elles étaient encore bien faibles. Lorraine était même étonnée qu'il pût rire de bon cœur au récit de ses bêtises.

Il termina sa soupe, et elle le vit lutter pour garder les yeux ouverts.

— Dormez, Jack, lui conseilla-t-elle.

Elle avait élu domicile dans la cabine et lui avait emprunté son lit.

— J'aimerais parler un peu, dit-il en la retenant par le poignet.

— Plus tard, promit-elle.

— Ne partez pas tout de suite, d'accord ?

— D'accord.

— Je ferme juste les yeux un instant, et puis nous pourrons...

Avant d'avoir pu terminer sa phrase, il se retrouva dans les bras de Morphée. Lorraine se demanda si, d'une certaine façon, ce n'était pas mieux ainsi. Il y avait certains sujets brûlants qu'il valait mieux laisser de côté pour le moment.

Il était largement l'heure d'aller se reposer, mais Lorraine n'était pas pressée de descendre. Elle goûtait ce moment de paix sous la voûte étoilée, près de Jack assoupi, tandis que les reflets de la lune dansaient sur l'océan.

Elle en profita pour procéder à un examen plus rationnel de leur situation. Finalement, au vu des circonstances, il paraissait plutôt naturel qu'elle eût été attirée par Jack. Il lui avait sauvé la vie. Elle lui avait rendu la pareille. N'était-il pas normal que cela créât des liens ?

Une véritable amitié était née entre eux, et s'était développée tout au long de ces jours cruciaux où Jack avait été entre la vie et la mort. Ils avaient bavardé à bâtons rompus, abordant librement un grand nombre de sujets. Jack avait parlé de sa vie, et Lorraine n'avait pas été étonnée d'apprendre qu'il avait fait partie d'un groupe de mercenaires, travaillant à la demande sur des missions délicates. Ils avaient monté une petite société, Deliverance Company, dont les membres semblaient toujours liés par un attachement sincère.

Lorraine, de son côté, ne s'était pas montrée avare de confidences. Elle lui avait raconté son enfance, sa tristesse de grandir sans père. Elle avait tenté d'évoquer sa mère, mais l'émotion avait été trop forte, alors elle avait préféré changer de sujet pour parler cinéma. Jack n'avait pas vu beaucoup de films, surtout pendant ses dernières années de bourlingue, et la jeune femme s'était fait un plaisir de lui raconter ses préférés, ceux qu'elle avait vus et revus.

Les réactions de Jack l'avaient enchantée. Depuis la disparition de sa mère, c'était la première fois qu'elle riait de si bon cœur. Le clou de ces sessions cinématographiques avait été, sans conteste, *A la poursuite du diamant vert*. Lorraine s'était surpassée dans son évocation, ce qui ne lui avait pas demandé un trop grand effort d'imagination : on aurait dit que le rôle du couple vedette avait été écrit pour eux...

Il y avait eu aussi des incursions dans leur vie privée. L'après-midi même, elle l'avait interrogé à propos de ses nombreuses cicatrices. Il lui avait répondu que ces traces de blessures dataient du temps où il avait servi à Deliverance Company.

Puis, à son tour, il avait voulu savoir si elle avait des marques sur le corps. Une seule, avait-elle avoué. Elle s'était cassé le bras en chahutant avec ses amis : elle avait voulu leur faire une démonstration de glissade sur la rampe de l'escalier. Malheureusement, elle avait basculé et dégringolé plus d'un étage pour atterrir en fin de course sur son bras droit. Cette expérience lui avait appris la prudence.

Lorraine s'attarda encore un instant. Elle observait Jack dans son sommeil. En entendant sa respiration régulière, elle s'écarta doucement pour aller rejoindre le carré. Mais Jack resserra son étreinte sur son poignet.

— Ne partez pas, murmura-t-il sans ouvrir les yeux.

Le doux clapotis des vaguelettes, la surface de l'eau polie comme un métal en fusion, à perte de vue, le halo argenté de la lune, la brise marine... la beauté était là, partout, autour d'eux. La nuit avait pris une dimension de rêve.

— Allongez-vous près de moi, un petit moment, demanda-t-il d'un ton pressant.

Il lui fit de la place.

Elle s'allongea à son côté, la tête posée au creux de son épaule valide. Jack l'entoura de son bras, et elle passa le sien autour de sa taille.

Cette sereine intimité avait un goût exquis. Sans éprouver l'envie de dire un mot, ils semblèrent tous deux reconnaître ce que le moment avait d'exceptionnel, de suspendu hors du temps. Et même, lorsqu'elle fut certaine que Jack s'était profondément endormi, elle demeura sans bouger. Elle n'avait pas ressenti un tel bonheur depuis des jours et des jours. A la vérité, elle venait de trouver le paradis, dans les bras d'un étranger.

Sauf qu'il n'était plus un étranger...

Lorraine s'éveilla dans l'obscurité. Le bateau dérivait mollement sur les eaux du golfe, là où le courant le poussait. Les étoiles envahissaient le ciel couleur d'encre, plus brillantes et plus nombreuses encore que d'habitude.

La jeune femme s'absorba dans le spectacle enchanteur de la nuit sous les tropiques, emplissant son âme de la paix infinie qui régnait sur toutes choses.

Soudain, elle sentit Jack bouger. Il l'entourait toujours de son bras et, de la pointe du menton, il lui caressait doucement le haut de la tête. C'était le genre de geste tendre que ferait un amant. Elle inclina la tête pour rencontrer son regard. La manière dont il la contemplait emplit Lorraine d'un désir soudain. Celui d'être embrassée.

Son désir était partagé. Elle le comprit à la lueur qui dansait dans ses prunelles, à la manière insistante dont il étudiait sa bouche. Elle eut un léger gémissement tant son envie de sentir ses lèvres sur les siennes était grande.

Jack glissa lentement la main vers sa poitrine. Plus tôt dans la soirée, elle avait enlevé son soutien-gorge, puis avait revêtu l'une de ses chemises et, à présent, Jack caressait son sein nu.

Il n'était plus temps pour Lorraine de détourner les yeux avec des mines effarouchées. De son côté, Jack ne fit rien pour dissimuler la réaction de son corps. Il la désirait, et elle s'en réjouissait.

Il inclina le front vers elle comme s'il allait l'embrasser, mais s'arrêta juste avant que leurs lèvres ne se touchent.

— Parlez-moi de votre mari, murmura-t-il.

Lorraine sursauta. Puis elle hésita avant de répondre. Si elle lui révélait la vérité, là, tout de suite, comment pourraient-ils résister à la tentation ? Ce serait au-dessus de leurs forces.

Il l'embrasserait, et elle répondrait à ses baisers. Ils deviendraient amants, et c'était justement le piège qu'elle souhaitait éviter.

Elle ignorait trop de choses au sujet de Jack. Des choses qu'elle ne tenait, d'ailleurs, pas à savoir. Il avait un côté indomptable et farouche — à l'image de ses héros de films favoris — qui rendrait caduque la moindre relation avec lui. Elle finirait comme une conquête de plus à son tableau de chasse. Et puis, elle n'avait pas envie de trahir Gary...

— Que voulez-vous savoir exactement ?

— Son nom.

Elle avala sa salive.

— Gary. Gary Franklin.

— Vous avez conservé votre nom de jeune fille ?

— Oui, répondit-elle dans un murmure.

— Vous appelle-t-il Lorraine ou Raine ?

— Lorraine.

Elle n'avait aucune envie de parler de Gary. Elle avait l'impression qu'il était à des années-lumière, depuis ces quelques jours passés en compagnie de Jack. Tandis qu'elle se trouvait seule avec lui, sur ce bateau, quelque part au milieu du golfe du Mexique, sa vie à Louisville lui paraissait totalement irréelle. De même que Gary.

— Que fait-il dans la vie ?

— Il dirige une entreprise de matériel médical.

Elle comprit ce que Jack voulait faire. Il essayait de faire naître l'image de Gary, de lui donner chair et existence, au-delà d'un simple nom, dans un effort désespéré pour juguler la puissance de leur attirance réciproque.

Vaine tentative, songea-t-elle. Lui eût-elle offert sa bouche à l'instant même, il l'aurait embrassée sans hésiter, jetant d'un seul coup toute prudence par-dessus les moulins. Leur désir réciproque était criant ; il lui faisait penser à des tisons ardents qu'un léger souffle embraserait.

— Est-ce qu'il vous aime ?

Elle éprouvait de la difficulté à formuler un simple mot, et sa voix lui parut à elle-même éraillée et incertaine.

— Oui.

— Suffisamment ?

Il n'avait pas été facile pour Gary de s'effacer et de la laisser partir à la recherche de son père. Il aurait aimé l'accompagner, mais elle l'en avait dissuadé. Toutefois, dans sa situation présente, elle regrettait qu'il ne fût pas venu.

— Vous aime-t-il suffisamment, Lorraine ?

— Oui, murmura-t-elle d'une voix qui se brisait.

Jack dut se faire violence pour écarter la main de son sein.

Lorraine se mordit la lèvre. Désormais, il ne serait plus possible de revenir en arrière. Ce mensonge auquel elle s'était accrochée venait de sceller leur avenir.

Car elle refusait de commettre les mêmes erreurs

que sa mère. Au fond, comme cela paraissait simple. Le moment venu, elle rentrerait à Louisville et se marierait. Elle porterait les enfants de Gary et mènerait une vie honnête et rangée. C'était son souhait. Ce dont elle avait besoin. Virginia l'aurait approuvée, elle le savait.

Lorsque Jack se réveilla, Lorraine n'était plus près de lui. « C'est aussi bien », se dit-il. Mais le cœur n'y était pas.

Depuis la période de ses amours tumultueuses et contrariées avec Marcie, Jack avait évité de s'engager sur le plan affectif. Il avait fréquenté des femmes mais, Dieu merci, elles n'attendaient rien de lui.

Jack était satisfait de son style de vie. Il se demandait, d'ailleurs, pourquoi il éprouvait le besoin de se le répéter sans cesse. Les premiers temps, en fait, il ne supportait même pas Lorraine. Il la trouvait enfant gâtée, entêtée et trop satisfaite d'elle-même. Sans parler du fait qu'elle fût mariée !

Mais Lorraine n'avait pas changé. Et elle était toujours mariée. La différence provenait de la manière dont il la regardait. Au cours des jours qui avaient suivi leur départ précipité d'El Mirador, il avait appris à l'apprécier. Elle s'était révélée tendre, généreuse, drôle, courageuse, belle... et la liste s'allongeait d'heure en heure. Et pourtant, elle était la même.

Les modifications les plus frappantes, toutefois, s'étaient manifestées sur le plan vestimentaire. Elle avait troqué sa veste de lin fantaisie contre une chemise à lui, dont elle avait noué les pans sur son nombril, soulignant ainsi une taille fine et des hanches rondes qui appelaient la caresse.

Le strict pantalon avait disparu, lui aussi. A la place, elle portait un short et marchait pieds nus. Et, dès qu'elle apparaissait, Jack avait toutes les peines du monde à détacher le regard de ses jambes magnifiques.

Ses cheveux, naguère laqués, étaient simplement ramenés en queue-de-cheval et, depuis quelques jours, sa peau avait pris un hâle doré des plus appétissants. Jack avait rarement vu une femme aussi attirante.

Tandis qu'il naviguait entre conscience et inconscience, elle n'avait pas quitté son chevet. Pas une fois il ne s'était réveillé sans la trouver près de lui, vigilante et attentive, veillant inlassablement à son bien-être, avec un doux sourire, une voix encourageante, des gestes empreints de compassion. A la vérité, de toute son existence, Jack n'avait jamais fait l'objet d'une telle fidélité.

C'est ainsi qu'au cours de ces derniers jours, il était tombé amoureux d'elle. Une femme déjà mariée !

Si les circonstances s'y étaient prêtées, il aurait passé son chemin. Fui la tentation. Pris ses jambes à son cou avant qu'il ne fût trop tard. Mais où courir, à présent ? Ils étaient prisonniers de ce bateau, condamnés à être ensemble !

Il existait bien une autre solution : obliger Lorraine à le détester, en se montrant glacial et cassant. La harceler de réflexions cruelles qui la maintiendraient à distance. Jack se rendit compte qu'il en était incapable. Il aurait bien mis cette faiblesse sur le compte de son état de santé défaillant, mais c'eût été un mensonge, et il le savait pertinemment. Il était amoureux de Lorraine, et ses sentiments l'empêchaient de se montrer désagréable ou blessant avec elle.

Ces mêmes sentiments le poussaient, en revanche, à se comporter comme un amoureux l'aurait fait. A l'embrasser, la caresser, lui faire l'amour...

Il s'en voulait d'avoir posé la main sur son sein. Ce n'était que le prélude à une foule d'autres choses qu'il avait envie de partager avec elle, et il se doutait qu'elle l'aurait laissé faire, sans protester. Cependant, le moment de folie passé, elle l'aurait regretté, c'était évident. Alors que, grâce à la maîtrise qu'il s'était imposée, elle allait pouvoir rentrer chez son mari la tête haute, sans éprouver la moindre culpabilité.

Jadis, ses liaisons avec les femmes avaient toujours été fondées sur les rapports sexuels.

Mais pas avec Lorraine. Certes, leurs relations étaient empreintes de désir, mais c'était surtout les liens du cœur qui les unissaient. Jusque-là, Jack avait réussi à entretenir des liaisons sans s'engager sur le plan des sentiments. A présent, il se trouvait dans la situation inverse, comme s'il avait été brusquement projeté en territoire inconnu.

— Bonjour, dit Lorraine en apparaissant sur le pont supérieur.

Elle lui apportait son petit déjeuner sur un plateau. C'était dix jours après la fusillade.

— Comment vous sentez-vous ?

— Mieux.

Elle était sublime, ce matin-là. Le soleil s'était

pris dans la blondeur de ses cheveux, formant une aura dorée autour de sa tête. Elle avait l'air d'une apparition angélique. Il se demanda avec une ironie désabusée si le bon Dieu avait l'intention de lui donner une leçon en lui envoyant une créature aussi belle et aussi inaccessible pour le tourmenter.

Quand elle s'approcha, il remarqua à son expression qu'elle était contrariée. Elle ne savait pas déguiser ses humeurs, ce qui permettait à Jack de lire en elle comme dans un livre ouvert.

— Raine.

Il l'appelait toujours ainsi lorsqu'il voulait la faire réagir.

Elle fit mine de l'ignorer.

— Je vous apporte votre petit déjeuner, dit-elle.

— Qu'est-ce qui cloche ?

Il préférait de beaucoup les approches directes.

Elle le regarda, interloquée, comme si elle s'étonnait de sa perspicacité.

— Racontez-moi, dit-il en se poussant pour lui faire de la place sur la chaise longue.

Il devina son hésitation. Puis, avec un gros soupir, elle accepta son invitation et vint s'installer près de lui.

— Vous vous souvenez, qu'au début, j'ai voulu utiliser ma pince à épiler pour extraire la balle ?

Il opina du chef.

— Eh bien, la pince se trouvait dans ma trousse de maquillage. Je l'ai vidée sur le lit à la hâte et, parmi les objets qui en sont tombés, j'ai vaguement remarqué quelque chose de curieux, mais je n'ai pas eu le temps d'examiner ma trouvaille de plus près. Et, plus tard, j'ai tout rangé en vrac sans faire attention.

— Quelque chose de curieux ?

— Un petit objet en or. Je ne savais pas ce que c'était ni comment il était arrivé là. Ça ne me semblait guère important, à ce moment-là. Je fourre toujours des tas de trucs dans ma trousse pour une raison ou une autre. Des bijoux, des boucles d'oreilles, ce genre de choses. J'ai donc pensé qu'il s'agissait d'une boucle dépareillée ou d'une broche oubliée. Et je n'y ai plus pensé.

— Et qu'est-ce que c'est ?

Lorraine lui prit la main et la serra fort dans la sienne.

— Je l'ignore, mais j'ai ma petite idée sur la provenance de cet objet.

— Alors ? D'où vient-il ?

— Je crains qu'il ne s'agisse d'un autre objet volé. En relation avec cette histoire d'Etoile...

Une semaine s'était passée, et personne n'avait entendu parler de Jack Keller, de Lorraine Dancy ni du *Scotch on Water*. Jason avait couru des risques inconsidérés dans ses efforts pour retrouver la femme — et plus particulièrement son sac. Il était inquiet à l'idée qu'elle découvrît l'objet maya qu'il avait caché dans sa trousse de maquillage. Si elle ne l'avait pas encore trouvé, ce n'était qu'une question de temps.

Au moins, avait-il eu l'intelligence de ne pas dissimuler les deux pièces dans sa valise. Cela aurait tourné au désastre. Perdre une première moitié de l'Etoile de Kukulcan était déjà une catastrophe, alors les deux parties... Im-pen-sa-ble ! Trop de gens étaient déjà morts à cause de cette histoire. De sa main, pour la plupart. Il était allé trop loin pour reculer, maintenant.

Curieux comme ce penchant pour le meurtre lui était venu facilement. Bien sûr, il aurait préféré faire autrement, mais il savait qu'en cas de nécessité absolue, il était capable de tuer pour obtenir ce qu'il voulait. Sans problème...

Depuis l'enfance, l'archéologie avait toujours été sa passion. Les Mayas, en particulier. Il s'était mis à dévorer tous les ouvrages concernant la question, avec un acharnement qui avait vite tourné à l'obsession. Adolescent, il en était arrivé à croire qu'il était la réincarnation du dieu maya, Kukulcan, et il attendait son heure pour révéler sa véritable identité. Entre autres attributs, on disait que Kukulcan était doté d'un pénis géant. Mais il avait fait vœu de chasteté. Sur ce point précis, Jason avait refusé de le suivre. Pourquoi se serait-il privé des plaisirs de la chair ? Franchement, il n'en voyait pas l'utilité. Kukulcan avait fini par céder à la tentation : il avait brisé son vœu et, accablé par les remords, il s'était enfui sur un radeau en peau de serpent, cinglant droit vers l'est.

D'après les anciens mythes, son radeau avait été la proie des flammes, et Kukulcan avait péri par le feu. Son esprit était monté au ciel et avait finalement fusionné avec le soleil. Mais, un jour, disait-on, Kukulcan reviendrait, et Jason, lui, avait trouvé la clé de ce retour promis. Il avait volé la trouvaille archéologique la plus importante du siècle.

Il sentit la colère le submerger en se rappelant qu'il avait déjà perdu une moitié de l'Etoile. La radio et la presse avaient amplement annoncé la restitution du trésor au musée de Mexico, ce qui rendait d'autant plus crucial la récupération de la partie restante.

Et c'était cette femme qui la détenait, à présent. Une malheureuse idiote qui n'avait aucune idée de sa valeur.

Jason avait fait des pieds et des mains, suivi toutes les pistes possibles. En vain. On aurait dit que le *Scotch on Water* avait disparu de la surface de la terre, entraînant dans son sillage Lorraine et Jack Keller. Peut-être avaient-ils eux-mêmes été engloutis dans un panache de fumée ardente et s'étaient-ils fondus dans le soleil ? Un jour ou l'autre, toutefois, ils réapparaîtraient et, ce jour-là, Jason les attendrait. De pied ferme.

— Montrez-le-moi, dit Jack.

Il résista à l'envie de prendre Lorraine dans ses bras pour la réconforter. Remarquant une mèche de cheveux échappée de sa queue-de-cheval, il ne put s'empêcher de tendre la main pour la remettre en place, derrière son oreille.

Leurs regards se croisèrent. Elle lui saisit la main et enlaça ses doigts aux siens, puis elle posa son front contre son épaule.

— Hé, pourquoi êtes-vous aussi inquiète ? demanda-t-il doucement. Votre copain ne nous retrouvera jamais. Bon sang, je ne sais pas moi-même où nous nous trouvons !

Lorraine répondit par un profond soupir.

— Allez chercher cet objet : je vous dirai ce que j'en pense.

Depuis le temps qu'il vivait au Mexique, Jack avait beaucoup entendu parler des mythes mayas et de la culture des anciens peuples.

Lorraine s'éclipsa et revint, quelques instants plus tard, avec un petit objet doré, à trois pointes, de la taille de un dollar.

Jack le retourna entre ses doigts et sentit son excitation grandir au fur et à mesure qu'il comprenait.

— Dieu tout-puissant ! s'exclama-t-il.

— De quoi s'agit-il ?

— Permettez-moi de vous poser d'abord une question. Avez-vous vu l'objet volé que la police a récupéré dans votre valise ?

— Non.

— En avez-vous entendu parler à un moment ou à un autre ?

Lorraine réfléchit.

— Oui, je crois : dans les locaux de la police. Mais Jason me parlait, à ce moment-là, et les autres ne s'exprimaient qu'en espagnol. Je me rappelle pourtant les avoir entendus mentionner un dieu maya. Mais j'ai oublié son nom.

— A votre avis, pourrait-il s'agir de Kukulcan ? Ou de Quetzalcoatl ?

Elle fronça les sourcils.

— Le premier nom me dit effectivement quelque chose. Pourquoi ?

— A moins que je ne me trompe, il s'agit là de la moitié manquante de l'Etoile de Kukulcan.

— Une étoile, répéta Lorraine, incrédule. Je ne vois pas comment...

— Chaque moitié possède trois pointes. Regardez, dit-il en présentant l'objet à la jeune femme pour qu'elle l'examinât de plus près. Imaginez, à présent, les deux moitiés réunies : vous aurez une étoile.

— Et qui était ce Quetzal...coatl ? demanda-t-elle en butant sur le nom. Celui que vous avez mentionné en second.

— C'est le nom sous lequel Kukulcan est le plus connu au Mexique. C'était une sorte de divinité, à mi-chemin entre l'humain et le mythe. Et il existe des versions contradictoires concernant l'existence du serpent à plumes, autre avatar de Quetzalcoatl. Certains prétendent que deux chefs mayas ont porté le nom de Kukulcan et qu'ils ont été honorés comme des dieux. Quoi qu'il en soit, les Mayas croient que l'entité originelle était descendue du ciel pour apporter à leur civilisation les concepts de l'amour et de la patience. Ce dieu civilisateur, ce roi-prêtre, les avait unis, disait-on, en une confédération de tribus.

Malheureusement, ce monde utopique ne dura pas éternellement. Quetzalcoatl fut poussé à enfreindre ses vœux de chasteté. Honteux et brisé par la faute qu'il avait commise, il partit sur l'océan, en promettant de revenir un jour, telle l'Etoile du Matin, symbole de régénération et d'espérance.

— Ainsi, il s'agirait de cette fameuse Etoile du Matin ? Et pourquoi se présente-t-elle en deux parties ?

— Je n'ai pas l'explication, mais regardez ces symboles, dit-il en lui tendant la pièce avec précaution. Quand les deux moitiés sont rassemblées, on doit avoir la clé du mystère. Je pense que ces deux fameuses moitiés n'ont jamais été réunies, puisque la première était gardée dans un musée, depuis sa découverte dans les années 30.

— Oh, Seigneur ! s'exclama Lorraine en portant la main à sa bouche. A mon arrivée à Mérida, j'ai dû attendre très longtemps pour passer la douane, parce que tous les agents étaient réquisitionnés pour fouiller les bagages des voyageurs qui quittaient le pays. Ils étaient à la recherche d'une pièce volée dans un musée...

— Je mettrais ma main au feu qu'il s'agissait de cette pièce, dérobée lors du cambriolage du musée de Mexico.

— Et que les policiers ont retrouvée dans ma valise.

— Tout juste. Une fois réunies et décryptées, ces deux pièces initieront toutes sortes de nouvelles découvertes dans l'étude des civilisations mayas.

Il secoua la tête.

— Incroyable, non ?

Lorraine avait l'air soucieux en serrant dans sa main le trésor archéologique.

— Hé, lui dit Jack, que se passe-t-il ?

— Oh, Jack, rendez-vous compte de ce que cela signifie ! dit-elle sans pouvoir cacher sa peur. Jason ne reculera devant rien pour récupérer une découverte de cette importance.

— C'est probable.

Jack préférait la franchise, comme à son habitude. Mais, d'après lui, Jason n'était pas le seul dont ils devaient se méfier. Il était prêt à parier que bon nombre de personnes n'hésiteraient pas à tuer, simplement pour poser un regard sur la moitié perdue de l'Etoile de Kukulcan.

— Nous avons l'avantage, toutefois, dit-il d'un air pensif.

— Comment cela ?

— D'abord, l'objet est en notre possession ; ensuite, nous allons la restituer au gouvernement mexicain.

— Mais, Jack...

— Et nous en profiterons pour vous laver de tout soupçon.

12.

Thomas Dancy sentait la panique le gagner. Jusqu'ici, il était persuadé que Raine avait regagné les Etats-Unis sans encombre. Or, il venait d'apprendre le contraire, l'après-midi même, de la bouche d'un dénommé Gary Franklin, qui s'était présenté comme le fiancé de sa fille. Quelque chose avait mal tourné, il en était certain. Mais que pouvait-il faire tant qu'il n'aurait pas de nouvelles de Jack ?

Gary Franklin avait posé toutes sortes de questions, et exprimé son inquiétude légitime. La conversation avait troublé Thomas, sans qu'il pût dire exactement ce qui le tracassait.

Il rentrait chez lui, après sa journée de cours, d'un pas pesant et las, rongé par l'incertitude. La nouvelle de la disparition de sa fille lui avait porté un coup terrible et l'avait laissé sans force aucune. Ses deux fils aînés jouaient devant la maison, plongés dans une course haletante de petites voitures, partant à l'escalade de monticules de terre et de pistes de sable. Dès qu'ils virent leur père, ils se précipitèrent vers lui avec des cris de joie.

Thomas attrapa Antonio au vol et le souleva au-dessus de sa tête. L'enfant gloussait de plaisir. Hector attendait impatiemment son tour, mais Thomas n'eut pas l'énergie de lui faire faire l'avion. Il se pencha pour serrer son fils contre lui et lui déposer un baiser sur le front.

A l'intérieur, Azucena était en train de nourrir Alberto qui tétait vigoureusement. Thomas les enveloppa d'un regard attendri, puis il vint les embrasser.

— Quelque chose t'a contrarié ? lui demanda Azucena en l'observant avec attention.

Thomas se laissa tomber sur une chaise, près d'elle, et soupira profondément.

— Un homme m'a téléphoné, aujourd'hui, pour me demander des nouvelles de Raine. Il s'est présenté comme son fiancé, et m'a fait part de son inquiétude. Elle avait promis de le contacter. Or, elle ne l'a pas fait.

— Elle n'est pas encore rentrée ?

Azucena ne put cacher sa surprise.

— Apparemment, non.

Thomas, découragé, et profondément affecté, se laissa aller contre le dossier de son siège en fermant les paupières.

— As-tu un moyen d'entrer en contact avec Jack ?

Thomas avait déjà réfléchi à la question.

— Non, aucun.

— Et ses amis de Deliverance Company ? Ils savent peut-être quelque chose.

Thomas rumina sans rien dire.

— Tu as fait tout ce qui était en ton pouvoir pour l'aider, dit-elle de sa voix si douce. La situation est entre les mains du Seigneur, à présent. Demain matin, j'irai à l'église allumer un cierge et prier pour Jack et ta fille.

Azucena pouvait bien réciter tous les chapelets qu'elle voulait et se vouer à tous les saints de la création, Thomas, lui, avait depuis longtemps perdu la foi. Il avait définitivement tourné le dos à la religion, dans une rizière vietnamienne de triste mémoire, et ce n'était pas à son âge qu'il allait revenir en arrière. Non, tout ce qui lui restait à faire pour Jack et Raine, c'était attendre. Attendre en se faisant un souci monstre...

La nuit qui suivit, comme il en avait eu l'intuition, son cauchemar revint, et il se réveilla en hurlant d'épouvante.

— Thomas, Thomas..., murmura Azucena en l'entourant de ses bras. C'est un rêve, mon amour, seulement un rêve.

— Non, pas cette fois-ci, dit-il d'une voix encore tremblante. C'était si réel !

Il s'accrocha à elle et enfouit son visage au creux de son cou. Les yeux clos, il savoura les tendres caresses qu'elle lui prodiguait.

— Raconte-moi ce que tu as vu, lui dit-elle.

Alors, il parla avec une extrême difficulté.

— Quelqu'un va mourir. Je le sens. Et depuis un moment. D'abord Ginny, puis Ernesto. La mort frappe toujours trois fois. C'est la loi des séries. Je l'avais remarqué au Viêt-nam. Je me souviens d'une journée où nous avions perdu deux hommes et, chacun d'entre nous, moi le premier, nous avons vécu dans la terreur d'être la prochaine victime. C'est mon ami David qui a écopé...

Il marqua un silence peiné.

— Oui, je l'avoue, j'avais terriblement peur de mourir... Je n'avais qu'une idée en tête : rentrer à la maison et retrouver ma femme et ma fille.

— La guerre est finie. Tu n'as plus rien à craindre.

— Si tu savais comme je suis inquiet pour Raine, murmura-t-il. J'ai un mauvais pressentiment. Je le sens, ici, Azucena.

Il lui prit la main et la posa sur son cœur.

— Dieu tout-puissant, je l'ai peut-être déjà perdue, avant même d'avoir eu le temps de faire sa connaissance.

Il éclata en sanglots, le visage entre les mains, tandis que sa compagne tentait vainement de le calmer.

Jack tenait à peine debout, mais il insista pour démarrer les moteurs du bateau. Et rien n'aurait pu l'arrêter.

Inutile, donc, de chercher à le contrarier. Lorraine avait depuis longtemps compris que Jack Keller était l'homme le plus entêté qu'elle eût jamais rencontré.

Elle lui apporta une tasse de café au poste de pilotage. Elle le trouva assis, en train d'étudier des cartes et de reporter au crayon les informations fournies par les équipements électroniques du bord.

Il sourit d'un air satisfait lorsqu'elle lui tendit sa chope.

— D'après mes estimations, nous pouvons être à terre dans deux jours.

Il reporta les yeux sur sa carte et indiqua une ligne de l'index.

— Nous nous trouvons à peu près ici, dans la baie de Campeche, et nous nous dirigeons droit sur Alvarado. Ensuite...

Il s'interrompit et jeta un bref coup d'œil à Lorraine.

— Hé, pourquoi cet air inquiet ? lui demanda-t-il.

Elle ne répondit pas. Elle se rendait bien compte qu'elle aurait dû être folle de joie. D'ici quelques jours, trois au maximum, le trésor archéologique serait rendu aux autorités. Ensuite, l'ami de Jack qui travaillait au gouvernement veillerait à ce qu'elle fût lavée de tout soupçon. Et, en un rien de temps, elle se retrouverait dans sa bonne vieille bourgade de Louisville, avec Gary.

— Lorraine ?

— Je... je ne sais pas exactement, balbutia-t-elle.

Il réduisit les gaz et, avec une infinie tendresse, il lui effleura le visage en plongeant son regard dans le sien. Sa caresse la troubla, et elle baissa les yeux. Depuis la nuit où ils avaient dormi côte à côte, ils évitaient de se toucher, par un accord tacite, afin de ne pas courir le risque d'aller plus loin.

— Je veillerai à ce qu'il ne vous arrive rien de fâcheux.

Elle hocha la tête. Sur ce plan-là, elle avait toute confiance en lui.

— Vous ne serez pas arrêtée, je vous le promets.

Plutôt que de lui faire part de ses véritables soucis, elle préféra lui laisser croire qu'elle redoutait la confrontation avec la police mexicaine. Mais ce n'était pas sa situation personnelle qui l'inquiétait, c'était plutôt... son compagnon de route.

Tous les serments qu'elle s'était faits — éviter les erreurs de sa mère, reprendre le cours de sa vie tel qu'elle l'avait laissé — semblaient s'être dissous dans un lointain irréel et sans consistance. Gary et son ancienne existence à Louisville faisaient partie d'un autre monde. Et elle devait faire un effort énorme pour se rappeler qu'elle avait promis à Gary de l'épouser.

Non, elle ne pouvait pas quitter Jack. Impossible. Rien que l'idée lui était déjà intolérable. Après tout, pourquoi n'arriveraient-ils pas à former un couple ? D'accord, ils étaient à l'opposé l'un de l'autre, et leurs conceptions de l'existence totalement différentes ne manqueraient pas de faire des étincelles, mais peut-être...

Elle se rendit vite compte qu'elle était en train de bâtir des châteaux en Espagne. Cela n'avait pas fonctionné pour ses parents, et cela ne marcherait pas davantage pour Jack et elle.

Bientôt, un autre scénario se présenta à son esprit en ébullition. Voilà : elle rentrait à Louisville, se donnait un mois ou deux pour faire le point sur ses sentiments, et prenait le temps de réfléchir pour savoir si, oui ou non, elle faisait fausse route avec Jack. Elle devait bien cela à Gary, quand même : rentrer et lui expliquer les choses. Il l'aimait, et elle l'avait aimé.

Si, après avoir bien réfléchi, elle décidait de retourner au Mexique, et si, de son côté, Jack éprouvait les mêmes sentiments, ils pourraient tenter un essai. A ce moment, et à ce moment seulement, elle lui dirait la vérité à propos de Gary. Nul doute qu'il tempêterait, qu'il lui en voudrait, mais il s'en remettrait, à n'en point douter.

— Lorraine ?

Elle le regarda avec un visage dénué d'expression.

— Lorraine, que se passe-t-il ?

— Rien, ne vous inquiétez pas.

— C'est vrai ce mensonge ?

Il plongea les yeux dans les siens pour tenter d'y lire ses pensées.

Elle eut un semblant de sourire.

— Oui.

— Bon, d'accord.

Mais il n'avait pas l'air convaincu.

— Voulez-vous que je prenne un peu la barre ? proposa-t-elle d'un ton dégagé, tout en pensant qu'il n'avouerait jamais à quel point il était fatigué.

— Pourquoi pas ? dit-il en acceptant son offre.

Mais elle voyait bien qu'il devait se faire violence pour abandonner son poste. Il régla le cap et la vitesse, puis s'effaça pour lui laisser prendre le gouvernail.

Lorraine se mordit la langue pour ne pas lui suggérer d'aller s'allonger. Elle le connaissait suffisamment pour savoir qu'il était inutile de risquer le moindre conseil, à cause de sa susceptibilité à fleur de peau et de son fichu amour-propre...

Mais Jack alla se reposer sans demander son reste, ce qui laissait deviner l'ampleur de sa fatigue. Lorraine le vit gagner la poupe et s'effondrer sur sa chaise longue. Deux minutes plus tard, il dormait.

Sans autre témoin que l'océan à perte de vue, Lorraine avait tout le loisir d'observer Jack. Son visage était d'une pâleur extrême. Bonté divine, un instant de plus et il se serait certainement évanoui !

⁂

Les estimations de Jack concernant la distance qu'il leur restait à parcourir se révélèrent exactes. Le soir du second jour, ils croisèrent au large d'Alvarado. Leurs réserves de carburant et d'eau potable étaient presque épuisées. Il était grand temps de s'arrêter. Des guirlandes de lumières se reflétaient dans les eaux du port, qui avait un aspect gai et accueillant.

Jack vint mouiller à quai. Lorraine l'entendit rire tout seul, tandis qu'il amarrait le *Scotch on Water*. Elle se doutait bien de la cause de son hilarité : il repensait à la manière dont elle avait quitté le port précédent, en embarquant la totalité du ponton. Une fois encore, elle s'en voulut de lui avoir raconté sa mésaventure.

— Bon, j'y vais, annonça-t-il en descendant dans la cabine.

Lorraine, assise à table, les bras croisés, secoua la tête d'un air consterné.

— Parce que vous comptez me refaire le coup? Je n'arrive pas à y croire.

— Je dois avouer que c'est assez osé de ma part, compte tenu des expériences antérieures.

Lorraine eut de la peine à garder son sérieux.

— Vous ne devriez pas en plaisanter.

— J'en ai pour une vingtaine de minutes. Une demi-heure tout au plus, promit-il.

— C'est ce que vous m'aviez dit, la dernière fois !

— Lorraine, j'ai juste un ou deux coups de téléphone à passer. Je compte parler au Dr Efrain et...

— Si vous n'êtes pas de retour dans vingt minutes, Jack, je vous promets que je partirai à votre recherche.

Son sourire s'évanouit.

— Ah non, pas question !

— Oh, Jack, pour une fois !

— Non, c'est trop dangereux.

Sa voix était devenue métallique.

— La discussion est close.

— C'est aussi dangereux pour vous, marmonna-t-elle.

— Pour l'amour du ciel...

Il leva les yeux.

— O.K., je m'engage à être de retour d'ici une demi-heure.

Et il tint parole.

Vingt-huit minutes plus tard, il regagnait le bord et la rejoignait dans le carré, un sourire de triomphe aux lèvres.

— Tout est organisé, annonça-t-il à Lorraine. Nous avons des places sur le premier vol pour Mexico, demain matin.

— Nous abandonnons le bateau ?

Il déposa un baluchon de vêtements sur la table.

— Catherina s'occupe de tout.

— Ah, parce que le Dr Efrain n'est autre que Catherina ?

Jack avait parlé de son « ami », le Dr Efrain, plusieur fois, mais sans préciser son prénom. Et, en faisant du rangement, Lorraine avait trouvé des enveloppes adressées à Jack, d'une gracieuse écriture féminine. Au dos, l'expéditrice s'était contentée d'un simple Catherina.

Il ne s'agissait certainement pas d'une amie mais d'une maîtresse, se dit la jeune femme. Elle en aurait mis sa main au feu. Une bouffée de colère lui brûla soudainement les joues. De la colère et de la jalousie. Pourtant, elle n'avait aucune raison d'éprouver ces sentiments violents. Aucune. N'empêche... cela faisait mal. Elle eut l'impression qu'il l'avait trompée, trahie. C'était stupide, mais elle n'arrivait pas à se raisonner. Elle se détourna pour qu'il ne surprît pas sa réaction.

— J'ai profité de mon passage en ville pour vous rapporter quelques vêtements. Je les ai choisis jaunes.

— Merci.

— Lorraine ?

Sa voix avait dû la trahir.

— Je croyais que vous aimiez Marcie, lança-t-elle.

Elle avait parlé d'un ton aussi sarcastique que méprisant.

Il demeura silencieux un moment. Suffisamment longtemps pour qu'elle regrettât sa remarque.

— Quand ai-je parlé de Marcie ?

Il lui avait chuchoté la question à l'oreille, tout doucement. Il se tenait debout derrière elle, et elle ferma les yeux pour mieux résister à son envie de se jeter dans ses bras.

— Vous m'avez prise pour elle quand vous déliriez sous l'effet de la fièvre.

Elle n'avait jamais demandé de précisions sur cette Marcie. Jack, de son côté, n'avait plus jamais reparlé de Gary après cette fameuse nuit. Mais Lorraine se doutait que Marcie était, sans conteste, quelqu'un d'important dans son existence.

— Ai-je mentionné quelqu'un d'autre ?

— Non, dit-elle d'un ton sec.

— Catherina est une... ancienne connaissance.

— Oui, j'avais bien compris.

Elle s'empara du baluchon de vêtements et le serra contre elle dans un geste nerveux.

— Lorraine, ce n'est pas ce que vous croyez.

— Vous n'avez pas à vous justifier. Votre vie amoureuse ne me regarde en rien.

— C'est vrai, mais j'ai envie de vous en parler. J'ai aimé Marcie, sincèrement, mais elle a épousé quelqu'un d'autre. Je suis venu au Mexique pour oublier et, peu après, j'ai rencontré Catherina.

Lorraine avait envie de se boucher les oreilles. Elle ne voulait rien savoir de ses anciennes maîtresses.

— Ce n'était qu'une passade. Une brève liaison sans lendemain. Nous nous sommes séparés, d'un commun accord, au bout de deux semaines.

Il en parlait effectivement avec un total détachement.

— Vraiment, ce n'est pas mon affaire. Ma remarque était totalement déplacée.

Tout en évitant son regard, elle s'attacha à déballer les achats et se trouva enchantée du choix qu'il avait fait. Jack lui avait rapporté un chemisier d'un beau jaune vif, au décolleté échancré, avec une jupe ample dans les mêmes tons, gansée de turquoise.

— J'ai pensé que vous vous sentiriez plus à l'aise en jupe pour rencontrer Catherina.

— Merci, lui dit-elle sincèrement.

Il avait même pensé à lui acheter une paire d'espadrilles assorties.

— J'ai aussi téléphoné à votre père pour le rassurer.

— Bonne idée, dit-elle, soulagée qu'il eût pris l'initiative de l'appeler, ce qui lui évitait d'avoir à le faire elle-même car elle n'avait aucune envie de lui parler pour le moment.

La fin approchait, elle le sentait. D'ici deux jours, elle serait sur le chemin de Louisville. Ensuite, Jack oublierait très vite leur aventure commune. Les événements se précipitaient, inexorablement.

— Et je serai blanchie, vis-à-vis de la justice? demanda-t-elle une nouvelle fois.

— Oui. Au moment où la première partie de l'Etoile de Kukulcan a été retrouvée et restituée au musée, la police a compris que vous ne pouviez pas être impliquée dans ce casse, compte tenu des dates et de la manière dont les choses se sont produites. Applebee vous a utilisée, c'est clair. Et, à présent que vous leur rendez la seconde moitié, les autorités ont encore moins de raisons de douter de vous.

Une fois encore, Lorraine dut faire un effort pour se réjouir à l'idée que l'aventure touchait à sa fin.

— Et ce n'est pas tout, reprit Jack. Si nous n'avions pas été isolés en mer pendant tout ce temps, nous aurions appris les dernières nouvelles.

— Quelles sont-elles?

— Apparemment, l'Etoile de Kukulcan a été découverte sur un site archéologique, à l'emplacement de temples mayas, près de Mérida. L'archéologue qui fouillait le site a été assassiné avant de pouvoir remettre sa trouvaille au département des antiquités.

— Quand est-ce arrivé ?

— Quelques jours avant votre arrivée au Mexique. Et le cambriolage au musée a eu lieu la nuit précédente. L'un des gardiens a été grièvement blessé, à cette occasion. Le corps de l'archéologue, lui, n'a été retrouvé que la semaine dernière.

— J'imagine que tout le monde a compris qui était le suspect, murmura Lorraine.

Elle savait que la police s'intéressait à Jason. D'ailleurs, il lui avait lui-même révélé qu'il venait de faire des fouilles. Il s'était ensuite lancé dans des explications confuses sur une altercation entre un groupe de voleurs et l'un des ouvriers du site pour justifier sa main bandée. Un autre mensonge, qu'elle avait eu la naïveté de croire. Il s'était arrangé pour entrer en possession des deux moitiés de l'Etoile, et n'avait eu que le temps de les dissimuler dans ses bagages, quand il avait senti le vent tourner.

— Et Jason ? demanda-t-elle. A votre avis, où se trouve-t-il ?

— Avec la moitié du Mexique à ses trousses, je pense qu'il s'est éclipsé depuis longtemps.

Eclipsé. Comme elle s'apprêtait à le faire elle-même.

— Demain, à cette heure-ci, je serai libre de rentrer aux Etats-Unis.

— Ça m'en a tout l'air.

Puis Jack se tut, comme s'il prenait, lui aussi, la mesure de ce qui allait se passer.

— D'ici à un mois, vous ne vous souviendrez même plus de mon nom, lança-t-elle dans une tentative pour être drôle.

Son trait d'humour fit long feu. Elle tourna le dos

à Jack, et servit le café pour se donner une contenance.

— Oh, si, je m'en souviendrai !

Il s'était approché d'elle et avait posé les mains sur ses épaules.

— Je n'oublierai pas un seul des moments que nous avons passés ensemble.

— Mais si, vous verrez, dit-elle d'un ton dégagé qui s'acheva presque dans un gémissement.

Il sourit et la serra un peu plus fort.

— Je m'en souviendrai, je vous le promets.

Sa voix était chargée d'émotion.

Lorraine ferma les yeux et se laissa aller en arrière, contre son torse.

— Moi aussi, je m'en souviendrai.

— Jurez-le.

— Je le jure.

Ils restèrent sans bouger un long moment. Le temps semblait suspendu. Lorraine ne sentait plus que la présence de l'amour, dans toute sa certitude et sa beauté, et sa soif ardente de le partager. A jamais.

Elle osait à peine respirer. Encore moins prononcer une parole. Car elle savait qu'à l'instant où elle ouvrirait la bouche, elle ne pourrait s'empêcher de lui dire la vérité. Or, il était trop tôt pour cela. Le temps des révélations viendrait. Plus tard. Elle lui expliquerait tout, le moment venu. A présent, trop de choses restaient en suspens. Gary, son père, ses problèmes avec la police mexicaine... il lui fallait d'abord clarifier sa situation, sur tous les plans. Et, pour cela, elle avait besoin de prendre ses distances. De prendre du temps. Elle voulait être tout à fait sûre d'elle avant de donner son cœur à cet homme. Car ce serait pour toujours.

⁂

Jason se sentait gagné par l'impatience et la rage. Installé dans un obscur petit bar de Campeche, il tournait et retournait un verre de mauvais whisky entre ses doigts. Il avait suivi toutes les pistes concevables, écouté les rumeurs les plus ténues concernant une jeune Américaine blonde voyageant avec Jack Keller. Chaque fois, il avait abouti à une impasse.

Ses largesses et ses pots-de-vin n'avaient rien donné non plus. Il avait eu beau relancer ses contacts, offrir de grosses récompenses, parcourir la côte en quête de nouvelles, rien n'y avait fait. On aurait dit que les deux voyageurs s'étaient volatilisés sans laisser de traces.

Son seul espoir était qu'elle n'eût pas retrouvé l'objet précieux ou que, dans le cas contraire, elle eût été suffisamment maligne pour ne pas le rendre au gouvernement mexicain. A l'idée que l'Etoile pourrait lui échapper une fois encore, il croyait devenir fou.

Dès qu'il aurait récupéré la pièce que détenait Lorraine Dancy, il referait une tentative au musée de Mexico pour s'emparer de l'autre moitié. Ce ne serait sans doute pas facile : ils avaient dû renforcer les consignes de sécurité et doubler le nombre de gardiens. Mais rien ne l'empêcherait de triompher. C'était écrit. Quand il aurait réuni les deux morceaux, il serait le premier à déchiffrer le mystère de l'Etoile. Lui. Et personne d'autre. Il avait consacré pratiquement toute sa vie à ce but suprême. Dès qu'il aurait décrypté le secret des dieux, il se proclamerait lui-même Kukulcan III, et réaliserait enfin l'antique prophétie, au seuil du troisième millénaire.

Sous son règne, les Mayas retrouveraient leur gloire ancienne, et les pèlerins du monde entier reprendraient la route des anciens temples. Une immense bouffée d'espoir l'envahit. Oui, c'était ainsi que le destin s'accomplirait ! Et il était si près...

Un flot de musique emplit soudain la salle, et Jason aperçut deux prostituées qui ne le quittaient pas des yeux, et lui adressaient force œillades engageantes. En d'autres circonstances, il aurait pu être intéressé. Mais là, non.

— *Señor* ?

Une femme épanouie, aux formes avantageuses, s'était approchée de lui. Jason l'avait repérée peu avant. Elle plaça ses paumes sur le bord de la table et se pencha vers lui, en lui présentant une vue plongeante sur ses appas.

— Je ne souhaite pas de compagnie, maugréa-t-il.

— Je ne vous offre pas la mienne.

Jason leva les yeux de son verre.

— Alors, que désirez-vous ?

— J'ai entendu dire que vous cherchiez une Américaine qui voyage en bateau avec un dénommé Jack Keller.

Elle avait réussi à capter toute son attention.

— Je vous écoute.

— Un ami à moi a eu un accrochage avec eux, récemment.

Tiens, tiens. Voilà qui promettait.

— Quand, exactement ? demanda Jason sans montrer trop d'intérêt. L'enthousiasme, en effet, lui coûterait trop cher. En tout cas, plus qu'il n'était disposé à donner à une putain.

— Demandez-le-lui vous-même, suggéra-t-elle en indiquant le comptoir d'un signe du menton.

Un homme avec le bras en écharpe était assis devant le zinc, seul. Comparé aux autres clients, il paraissait gigantesque. Il était laid à faire peur, avec un air vicieux. Aux Etats-Unis, Jason l'aurait tout de suite pris pour un membre des Hell's Angels. En tout cas, c'était le genre de loubard qui vous incite à changer de trottoir quand vous le rencontrez dans la rue.

Jason froissa quelques billets et les fourra dans le corsage de la fille.

— Merci, ma jolie.

— Vous pourrez me remercier plus tard, si vous voulez.

Elle sourit lascivement, pour lui faire comprendre qu'elle ne serait pas opposée à un coup rapide à l'issue de son entrevue.

— Bonne idée, chérie, répliqua Jason sans en penser un mot.

Il y avait dans le secteur d'autres filles, plus jeunes et plus jolies. Il se dit même qu'il essayerait de se dégotter une blonde, en souvenir de Lorraine Dancy. Car il avait été frappé par son physique. Dommage que ça n'ait pas fonctionné entre eux comme il l'aurait souhaité...

La bouteille de bourbon à la main, Jason s'approcha du bar et s'installa sur le tabouret vide à côté de l'homme au bras en écharpe.

— J'ai cru comprendre que vous aviez fait la connaissance de deux amis à moi, dit-il sur le ton de la conversation.

— Des amis ?

— Disons plutôt que je suis à leur recherche.

— Moi aussi, dit le colosse. Et je vous souhaite de repérer vos amis le premier, *señor*, si vous voulez les retrouver vivants.

— Vraiment ? murmura Jason. Vous leur en voulez à ce point-là ?

— Oh, oui, et pour un tas de raisons ! répliqua Carlos en abattant violemment la bouteille sur le comptoir.

— Attention, lui dit alors la prostituée en se dirigeant vers lui d'un pas chaloupé. Tu avais promis de ne pas faire de scandale !

Il la foudroya d'un regard féroce, puis éclata de rire.

— L'Américaine lui a tiré dessus, commenta-t-elle à l'intention de Jason.

— La chienne ! Elle ne l'emportera pas au paradis, affirma Carlos.

Lorraine Dancy avait davantage de cran qu'il ne l'avait soupçonné au premier abord, songea Jason, tout en remplissant le verre de Carlos avec sa bouteille personnelle.

— Je n'ai pas de tendresse particulière pour cette garce, déclara-t-il.

Carlos posa sur lui un regard appréciateur.

— Et Keller ?

Jason haussa les épaules.

— Pour moi, c'est quantité négligeable. Peut-être pourrions-nous faire équipe, après tout ?

Carlos leva son verre en un toast silencieux.

— Pourquoi pas ?

⁂

Le Dr Catherina Efrain était une beauté exotique à couper le souffle, d'une trentaine d'années environ. Le directeur des antiquités, le vieux Dr Marcos Molino, venait de les rejoindre dans son vaste bureau gouvernemental de Mexico. Lorraine, assise à côté de Jack, essayait de ne pas imaginer cette jeune femme magnifique dans les bras de Jack.

— Dès que j'ai reçu le coup de téléphone de Jack, hier après-midi, j'en ai immédiatement discuté avec le Dr Molino, et je me suis occupée de votre voyage, disait Catherina. Notre gouvernement est ravi que vous nous ayez restitué cet objet archéologique.

— Je vous remercie de votre aide.

Lorraine nota que le Dr Molino laissait volontiers parler Catherina. Il faut dire que son anglais était plutôt approximatif, tandis que celui de la jeune femme était quasiment parfait.

— C'est nous qui vous sommes reconnaissants, madame Dancy.

— Je suis soulagée d'être innocentée de toutes les charges qui pesaient sur moi.

— Vous n'avez plus rien à craindre à ce sujet. Nous avons fait le nécessaire.

— Son billet d'avion, lui souffla Jack.

— Oh, oui, j'allais oublier !

Catherina s'empara d'une enveloppe posée sur son bureau. Le Dr Molino fit un petit signe de tête et sourit.

— Je vous ai réservé un vol pour les Etats-Unis, demain matin. En première classe, naturellement.

— Merci, mais ce n'était pas nécessaire. Je suis

simplement heureuse de savoir que l'Etoile de Kukulcan est maintenant entre de bonnes mains.

— Et ? insista Jack en regardant Catherina.

Leurs regards se rencontrèrent.

— Vous avez une suite à votre nom dans le meilleur hôtel de la ville, pour cette nuit.

— Seigneur ! s'exclama Lorraine, la main sur le cœur. Mille mercis. Mais il ne fallait pas...

— Au contraire, intervint Jack. Vous avez rendu à ce pays l'un de ses trésors les plus rares : la mythique Etoile de Quetzalcoatl. Vous méritez bien un traitement de star, non ? Sans mauvais jeu de mots.

— J'ai pris l'initiative de commander une limousine pour vous conduire à l'aéroport, demain. Le chauffeur vous escortera jusqu'à votre porte d'embarquement.

Catherina hésita, puis se tourna vers Jack et demanda :

— Y avait-il autre chose ?

— Le garde.

— Ah oui, le garde armé !

— Je vais être sous surveillance ?

Le regard de Lorraine passa de Catherina à Jack, puis au Dr Molino. Une fois encore, le vieux gentleman se contenta de sourire en hochant la tête.

— Il n'y a aucune raison de prendre des risques inutiles, au point où nous en sommes, expliqua Jack.

— Vous serez sous notre protection pendant le reste de votre séjour sur notre territoire, ajouta Catherina.

— Parfait, dit Jack.

Catherina soupira et se pencha en avant.

— Une moins bonne nouvelle, à présent : je crains que les journaux ne soient déjà au courant de la découverte de la seconde moitié de l'Etoile de Kukulcan. Il y a eu des fuites, et je n'ai pas pu...

Jack laissa échapper un mot de cinq lettres à mi-voix, puis, plus fort, il ajouta :

— Bon sang, comment est-ce arrivé ?

— Une nouvelle pareille est d'une telle importance pour les gens de mon pays. Je suis désolée, mais je ne pense pas qu'il soit possible de garder le silence plus de vingt-quatre heures, maintenant.

— Mieux vaut que l'histoire sorte tout de suite dans la presse, déclara Lorraine. De cette façon, nous ne risquerons plus rien.

Effectivement, Jason n'aurait plus aucune raison de leur courir après quand il saurait que l'objet avait déjà été restitué aux autorités mexicaines. Et, s'il ne l'avait pas encore appris, ce serait chose faite d'ici à vingt-quatre heures.

Elle croisa le regard de Jack, et ils se sourirent.

Catherina posa les yeux de manière significative sur l'alliance que portait Lorraine.

— Ainsi, tous les deux, vous avez vécu une sacrée aventure, dit-elle.

Ni l'un ni l'autre n'avaient envie de faire le moindre commentaire.

— Le nom de Lorraine ne sera pas mentionné dans les médias, n'est-ce pas ? demanda Jack.

— C'est entendu, répondit la belle Mexicaine.

— C'est bon, souligna Jack d'un ton moins tendu.

— De même que le nom de l'hôtel n'a pas été révélé, conclut Catherina en se levant pour tendre la main à Lorraine. Je vous renouvelle nos remerciements les plus chaleureux, au nom de mon pays et de mon gouvernement. Et, croyez-moi, nous regrettons infiniment les malentendus survenus précédemment. Il ne nous reste qu'à vous prier d'accepter nos excuses les plus sincères.

Le Dr Molino se leva à son tour, et ils se serrèrent la main tous les quatre.

Lorraine était stupéfaite de la manière dont elle était traitée. Le billet d'avion en première classe était déjà un beau cadeau, mais ce qu'elle apprécierait le plus, c'était la suite à l'hôtel. Dès son arrivée, elle s'offrirait une longue douche brûlante. Puis elle se ferait servir un steak accompagné d'un bon verre de vin.

— Nous resterons en contact, promit Catherina.

Et Lorraine se demanda si cette phrase s'adressait à elle ou à Jack.

Ils quittèrent tous trois le bâtiment administratif.

— Je suis soulagée d'en avoir terminé, dit Lorraine en poussant un énorme soupir.

Tout au long de la nuit, ses rêves l'avaient plongée dans une atmosphère aussi glauque qu'angoissante. Le destin s'était tellement acharné contre elle qu'elle n'arrivait plus à se défaire de ses mauvais pressentiments. Etait-elle enfin sortie du tunnel, et pour de bon, cette fois ?

Jack n'ajouta rien.

Catherina fit signe au taxi qui les attendait à l'extérieur.

Lorraine s'installa sur la banquette en adressant à Catherina des gestes d'adieu.

— Où allons-nous, à présent ? demanda-t-elle d'un ton léger.

Son élan de bonne humeur fondit instantanément lorsqu'elle s'aperçut que l'attitude de Jack avait totalement changé. Il s'était assis le plus loin possible d'elle, l'air renfrogné.

— Je vous accompagne à l'hôtel.

Le ton cassant de sa voix fit comprendre à Lorraine que c'était la fin.

Elle le sentit au plus profond de son cœur. Déjà, elle imaginait la scène qui allait suivre. Jack l'escorterait jusqu'à sa chambre, vérifierait que le garde était bien en faction puis, après un bref au revoir, il prendrait congé.

Ils ne prononcèrent pas un mot durant le trajet en taxi.

Jack patienta pendant qu'elle remplissait sa fiche, à la réception du palace.

— J'espère que vous apprécierez votre séjour ici, mademoiselle Dancy. Oh, il y a un message pour vous !

Le réceptionniste lui tendit un feuillet plié. Elle y jeta un bref coup d'œil et vit le nom de son père. Elle fourra le billet dans sa poche en décidant qu'elle s'en occuperait plus tard.

— Merci, dit-elle d'une voix blanche.

D'un seul coup, le poids de la fatigue avait fondu sur elle. Elle se sentit épuisée et, tout en serrant sa clé dans sa main, elle rejoignit Jack.

— Je vais monter avec vous pour m'assurer que le garde est bien à son poste, déclara-t-il d'un ton glacial.

Ils se retrouvèrent seuls dans l'ascenseur. L'atmosphère était tellement tendue que Lorraine éprouva de la difficulté à respirer. L'imminence de la séparation l'oppressait affreusement. Dans quelques instants, Jack sortirait de sa vie pour toujours.

Brusquement, Lorraine comprit qu'elle ne pouvait pas renoncer sans rien tenter, et regarder Jack s'éloigner sans même lui dire combien elle l'aimait.

— Où comptez-vous aller? lui demanda-t-elle.

— J'ai une chambre d'hôtel.

— Ici?

— Non, répondit-il sans daigner lui donner de précisions.

Quand ils arrivèrent au cinquième étage, les portes de l'ascenseur coulissèrent, et Jack sortit le premier, en adoptant une attitude protectrice. Le couloir était désert. Le policier en uniforme ne révéla sa présence qu'au moment où ils arrivèrent devant la suite.

Jack lui dit quelques mots en espagnol. Puis, après une brève hésitation, il prit la clé des mains de Lorraine et ouvrit. Visiblement, il préférait lui parler seul.

Une fois à l'intérieur, Lorraine attendit. Elle croyait savoir ce qu'il allait dire. Mais Jack semblait incapable de prononcer une parole. Silencieusement, elle le supplia de l'embrasser. Juste une fois.

Comme s'il lisait dans ses pensées, il lui effleura la joue du bout des doigts. Elle ferma les paupières et entendit la respiration saccadée de son compagnon — à moins que ce ne fût la sienne.

— Ne partez pas, murmura-t-elle. Restez avec moi. Pour cette nuit. Au moins pour cette nuit.

— Raine, je vous en prie. C'est déjà si difficile.

Tout en se défendant, il fit un pas vers elle et la serra dans ses bras.

Avec un petit cri joyeux, elle entrouvrit les lèvres, et il prit sa bouche farouchement. Puis il la plaqua contre la porte, et son étreinte se fit plus passionnée. Lorraine agrippa sa chemise, pour ne pas vaciller. Leurs langues s'étaient nouées fiévreusement, mais ce n'était pas encore assez pour les satisfaire.

Il l'embrassa encore et encore, à en perdre haleine. Puis, brusquement, au moment où elle s'y attendait le moins, il s'arrêta et s'écarta. D'un regard presque inquiet, il scruta son visage comme s'il cherchait une réponse.

Lorraine planta hardiment ses yeux dans les siens et lui sourit.

Ils avaient franchi le point de non-retour. Elle le savait.

Et Jack aussi.

13.

— Je suis vraiment désolée de vous déranger de nouveau, monsieur Franklin, marmonna Marjorie Ellis avec une expression embarrassée.

Gary pénétra dans le bureau de la jeune femme en détresse et prit place devant l'écran de l'ordinateur. Il lui avait déjà expliqué le fonctionnement du logiciel cinq fois, mais elle n'avait toujours pas compris.

— Je me rends compte que je suis une source d'ennuis permanente pour vous, depuis que j'occupe ce poste.

— Ne vous inquiétez pas pour cela, répondit-il en essayant de cacher son exaspération.

Puis il sourit. Elle avait beau être allergique à l'informatique et semer autour d'elle un désordre phénoménal, Marjorie attirait l'indulgence et la sympathie grâce à une foule d'autres talents. Ses carnets de commandes étaient archibourrés. En deux mois, elle avait hissé le département en tête de tous les records de ventes jamais réalisés. Et, pour être honnête, Gary devait reconnaître qu'il était enchanté de l'avoir dans son équipe. Elle lui apportait une bouffée d'air frais qui rejaillissait sur tout le service. Dès qu'elle était là, l'atmosphère se détendait comme par enchantement.

— J'aimerais vous remercier pour votre aide, dit-elle tandis qu'il solutionnait son problème.

Il pianota sur quelques touches et remit de l'ordre dans le texte affiché à l'écran.

— Refaites-le ! s'écria-t-elle en se penchant par-dessus son épaule.

Il émanait d'elle une légère fragrance de rose que Gary trouva plutôt agréable. Habituellement, il n'appréciait guère les parfums féminins, mais celui-ci allait parfaitement avec la personnalité de la jeune femme : il n'était ni trop entêtant ni trop envahissant.

— Tenez, dit-il en s'emparant d'un bloc-notes.

Il y inscrivit la séquence de manipulations.

— Si jamais vous vous retrouvez devant le même problème, vous saurez quoi faire.

— Génial. Merci infiniment, monsieur Franklin.

Cela lui faisait une drôle d'impression qu'elle continuât à l'appeler M. Franklin. Personne d'autre ne le faisait au sein de son service.

— Appelez-moi Gary.

Un beau sourire illumina son regard.

— Vous savez, je suis sérieuse en vous disant que j'aimerais faire quelque chose pour vous remercier de votre patience. Enfin, si vous ne trouvez pas ça inconvenant...

— Je n'ai pas besoin de remerciements.

— Je savais que vous me répondriez ça. Vous êtes un homme si bon et si prévenant. LouAnn m'a dit que votre fiancée était absente en ce moment, et j'ai pensé que vous accepteriez peut-être de venir dîner avec nous, ce soir. Je veux dire : avec mon fils et moi.

Gary avait du mal à l'admettre, mais il se sentait extrêmement seul depuis le départ de Lorraine. Il était contrarié de ne pas avoir encore reçu de ses nouvelles. Mais il devait admettre que lui non plus n'avait pas cherché à en avoir. Ah, ça, il avait tenu bon. Après la manière dont elle l'avait traité lorsqu'il lui avait fait part de ses inquiétudes ! Cela ne l'empêchait pas pour autant de sentir de temps à autre quelques pincements d'angoisse, lorsqu'il pensait à elle. Où se trouvait-elle ? Allait-elle bien ? Mais, bien vite, il chassait ses appréhensions, convaincu qu'elle s'entêtait à vouloir ainsi prouver son indépendance, et jouer les femmes libérées.

— Avec plaisir, répondit-il en acceptant l'invitation de Marjorie sans se laisser le temps de changer d'avis.

— Mon fils a neuf ans, et je dois vous avouer que c'est un vrai fanatique de base-ball.

— Je m'intéresse moi-même au base-ball, rétorqua Gary avec modestie.

En fait, il connaissait par cœur les résultats de championnats des deux ligues majeures — la National League et l'American League — sur les dix dernières années !

— S'il vous entend prononcer le simple mot de base-ball, Brice ne vous lâchera plus de toute la soirée.

— Ce n'est pas un problème.

Gary n'avait jamais été particulièrement intéressé par les bébés, mais il s'entendait plutôt bien avec les enfants. Surtout les garçons qui aimaient le sport.

— Je serai ravi de me joindre à vous ce soir, déclara-t-il avec bonne humeur.

— Parfait, dit Marjorie. Je suis très heureuse que vous puissiez venir.

Elle avait le chic pour vous faire sentir que vous lui faisiez une faveur. Ce qui n'était pas un sentiment désagréable, songea Gary. Loin de là.

Ses journées au bureau étaient chargées et, habituellement, le soir, il voyait Lorraine. C'était ainsi que les choses s'étaient déroulées depuis pratiquement un an qu'ils sortaient ensemble. Or, depuis son départ pour le Mexique, un vide béant s'était ouvert dans son emploi du temps. Il avait bien tenté de se trouver des occupations, mais il s'était retrouvé à court d'idées au bout d'une semaine.

— 19 h 30, cela vous convient-il ? demanda Marjorie.

— C'est parfait.

— Bon, alors à ce soir.

Gary retourna dans son bureau en sifflotant. Il s'assit à sa table et sortit le numéro de téléphone que Lorraine lui avait donné. Une fois de plus, il se demanda s'il allait appeler ou non le petit village perdu au fin fond du Mexique et lui laisser un message pour s'enquérir de ses nouvelles. En même temps, il ne voulait pas laisser croire à son futur beau-père qu'il était le genre d'homme à s'inquiéter pour un rien. Jusqu'à présent, il avait réussi à se retenir, mais il songea qu'il était peut-être temps de faire un effort pour joindre Lorraine.

Il laissa échapper un long soupir et décida de se donner encore quelques jours.

⁂

Ce soir-là, Gary arriva chez Marjorie Ellis, à 19 h 30 précises. Il avait apporté un bouquet de fleurs et une bouteille de vin.

La jeune femme vint lui ouvrir, vêtue d'une longue tunique gris perle et d'un collant noir. C'était la première fois qu'il la voyait en dehors du travail, et sa tenue décontractée le prit par surprise. Il s'apercevait soudain qu'elle avait un charme fou.

Elle s'effaça devant lui pour le laisser entrer. Sa maison ressemblait beaucoup à son bureau. Il y régnait un chaleureux désordre qui portait sa marque personnelle. En dépit du fouillis des livres, des plantes et des bibelots divers, Gary fut sensible à l'aspect accueillant des lieux.

— J'espère que vous aimez les lasagnes, dit-elle sans préambule.

— Je les adore.

Son plat favori. Elle n'aurait pu mieux choisir.

— Tant mieux.

Un jeune garçon dégingandé, coiffé d'une casquette dont la visière était à l'envers, déboula dans le salon, un gant de cuir à la main droite.

— Vous êtes sans doute Brice, dit Gary. Votre maman m'a dit que vous aimiez le base-ball.

— Et vous êtes monsieur Franklin ?

— Oui, répondit Gary. Alors, en quelle position jouez-vous ?

— Bloqueur.

— Je jouais aussi comme bloqueur au collège !

Gary aimait déjà le gosse.

— Vraiment ? demanda Brice, les yeux éperdus d'admiration. Mon papa aussi, mais il est mort.

Gary se souvint d'avoir entendu dire que Marjorie était veuve. Son époux était mort sur son bateau, trois ans auparavant. Mais il n'arrivait plus à se rappeler qui le lui avait raconté. Marjorie avait su s'y prendre avec son fils : ça sautait aux yeux.

— Aimeriez-vous que je vous lance quelques balles ? lui proposa Gary.

L'enfant eut un sourire ravi.

— On peut, m'man ?

— Je viens juste de mettre les lasagnes au four, alors vous avez tout votre temps, répondit Marjorie.

Néanmoins, son regard semblait dire à Gary qu'il n'avait pas à se sentir obligé de distraire son fils. Bien sûr, elle ne pouvait pas deviner qu'il y prendrait un réel plaisir.

— Je vous appellerai quand le dîner sera servi, dit-elle tandis qu'ils franchissaient la porte.

Gary et Brice passèrent presque une heure ensemble à se lancer des balles et à les rattraper, et ils eurent tout le loisir de discuter sport avant que Marjorie ne les conviât à passer à table.

Pour accompagner le gratin de pâtes, elle leur servit une salade César à l'ail — un autre plat que Gary adorait ! — et du pain à la française, doré et croustillant à souhait.

— Cela fait des mois que je n'ai pas fait un repas aussi délicieux, déclara Gary avec un enthousiasme sincère.

Il fut surpris de voir que Marjorie rougissait sous le compliment, ce qu'il trouva aussi charmant que touchant.

Brice disparut avec une bande de copains dès que la table fut desservie. Gary savait qu'il était temps de prendre congé, mais il chercha un prétexte pour s'attarder.

Il s'empara impulsivement d'un tablier qu'il se noua autour de la taille, et insista pour aider la jeune femme à faire la vaisselle.

— Ma mère disait toujours que celui qui cuisinait ne devait pas faire la vaisselle.

— C'est ridicule, affirma Marjorie. Je n'en ai que pour quelques minutes.

— C'est bien le moins que je puisse faire.

Il ferma la bonde de l'évier et, sans laisser la jeune femme discuter davantage, il le remplit d'eau savonneuse.

— Gary...

Elle allait de nouveau se récrier, mais il l'arrêta net en lui posant une touche de mousse sur le bout du nez. Elle écarquilla les yeux sous l'effet de la surprise. Gary ne put s'empêcher d'éclater de rire, et il ne résista pas à l'envie de lui dérober un baiser.

Il n'en avait pas l'intention. Mais, pendant un instant, il oublia Lorraine; il oublia qu'il allait se marier en octobre. Il oublia le reste du monde lorsqu'il tint dans ses bras cette merveilleuse jeune femme.

Quand il détacha sa bouche de la sienne, il était persuadé qu'il allait devoir affronter son indignation.

Mais Marjorie se contenta de le regarder avec de grands yeux. Puis elle cligna des paupières avec un air médusé et absolument adorable.

— Dois-je m'excuser?

Il n'aurait pas pu trouver réplique plus stupide.

— Je... je ne sais pas.

— Disons qu'il ne s'est rien passé, suggéra-t-il en reculant d'un pas.

— D'accord, balbutia-t-elle avec un sourire hésitant. Mais j'aimerais quand même vous dire une chose.

Il n'était pas certain d'avoir envie de l'entendre, mais il l'encouragea d'un hochement de tête.

— Vous embrassez sacrément bien, monsieur Franklin.

A sa manière, Marjorie avait de nouveau opéré une sorte de miracle. Gary avait agi sans réfléchir, et avait franchi les limites de la bienséance. Elle aurait pu l'injurier, l'envoyer balader. Rien de tout cela.

Lorsqu'il la quitta, ce soir-là, il avait un moral plus qu'excellent, ce qui ne lui était pas arrivé depuis des semaines.

Jack ne comprenait pas ce qui avait bien pu le faire dérailler ainsi. Il avait vraiment l'intention de faire de brefs adieux à Lorraine et de partir sans se retourner. Mais, une fois le moment venu, il s'était aperçu que c'était au-dessus de ses forces. Il avait simplement voulu — ce qui était bien normal — accompagner la jeune femme jusqu'à sa porte, et lui dire quelques mots avant de partir.

Et voilà que, malgré ses convictions concernant les erreurs qu'il ne fallait surtout pas commettre, il se retrouvait en train de l'embrasser comme un fou.

Oh, et puis au diable les bonnes résolutions ! songea-t-il en se livrant sans retenue à des baisers de plus en plus passionnés. Il savait parfaitement que ces quelques heures seraient son soutien le plus précieux pour affronter les longues années de solitude qui l'attendaient.

Lorraine poussait des petits gémissements.

Il réussit à grand-peine à détacher ses lèvres des siennes. Il rêvait de ce moment depuis la nuit où elle avait dormi dans ses bras. Ils se regardèrent longuement. Le souffle court, il dessina du bout des doigts le contour de sa bouche, à présent gonflée par leurs baisers.

Elle eut un sourire adorable. Ce fut sa perdition. Il enfouit son visage dans son cou et plaqua les mains sur sa poitrine. Il sentit la rondeur de ses seins dans sa paume, avec leur pointe érigée et durcie. Il les embrassa avec avidité, l'un après l'autre. Elle inclina la tête en arrière et s'adossa à la porte. Elle avait enfoncé ses doigts profondément dans ses cheveux.

Dès qu'il pénétra dans la chambre à coucher, Jack comprit que c'était impossible. S'il aimait Lorraine, comme il le prétendait, il devait s'arrêter là.

— Lorraine, non.

Elle le regardait, les yeux emplis d'un immense désespoir.

Il se dégagea et s'assit sur le coin du lit. C'était si difficile. Trop difficile. Son corps tout entier vibrait du désir d'accepter ce qu'elle lui offrait. Il ne pouvait supporter l'idée de se détourner d'elle. Et pourtant, il le fallait. C'était le seul moyen dont il disposait pour prouver à Lorraine combien il l'aimait. Si son amour avait été moins sincère, il aurait déjà été en train de rouler sur le lit avec elle, en se fichant pas mal des conséquences...

— Je vous en prie, ne faites pas ça ! balbutia-t-elle. Restez...

— Impossible.

Elle avait tant pris sur elle, elle s'était montrée si

forte ! Elle avait combattu Carlos, réussi à leur sauver la vie dans une évasion des plus risquées, et elle l'avait soigné et aidé à survivre après sa blessure. Malgré son courage, elle lui parut soudain fragile. C'était comme si son refus avait été la seule chose qu'elle fût incapable d'accepter. Elle aurait dû comprendre, pourtant, qu'en quittant cette chambre, il lui donnait la plus grande preuve d'amour qui pût exister.

Avec un énorme soupir, il se leva et fit quelques pas, tout en essayant de reprendre ses esprits. Lorraine se tenait au pied du gigantesque lit et l'observait.

— Vous allez partir maintenant, n'est-ce pas ? lui demanda-t-elle, au bord des larmes.

Il fit signe que oui.

— Juste comme ça ?

Il dut se faire violence pour répondre d'un ton laconique et décidé :

— Juste comme ça.

Elle baissa la tête avec résignation. Pourtant, Jack connaissait bien sa bravoure — une qualité qu'il aimait particulièrement en elle. Il savait ce que cet adieu lui coûtait. Mieux valait abréger la souffrance et partir vite.

— Au revoir, murmura-t-il.

Il n'eut pas le temps de tourner les talons que, déjà, elle s'était jetée dans ses bras.

Le plus sage, songeait Jack, aurait été de quitter la pièce pendant qu'il en avait encore la force. Mais, au lieu de cela, il ferma les yeux et la tint serrée contre lui, savourant les derniers instants de sa présence. Il l'aimait tant qu'il se demanda s'il tiendrait le coup sans elle.

Elle s'agrippait à lui, le visage enfoui au creux de son épaule.

— Je ne peux pas vous laisser partir comme ça, s'écria-t-elle. Il faut que je vous dise pour Gary et moi.

— Ne me dites rien.

Il avait parlé d'une voix dure. C'était exactement ce qu'il ne voulait pas entendre.

— Je ne veux rien savoir, reprit-il.

— Mais il le faut, pourtant !

Elle le secouait, perdue dans le tourbillon de ses émotions.

— Non.

— Mais...

Il lui saisit les bras et la détacha de force, d'un coup sec.

— Non.

Elle demeurait immobile, les larmes aux yeux.

— Ce n'est pas la fin, murmura-t-elle d'une voix brisée.

Et pourtant, c'est ce que Jack souhaitait. Elle avait un mari qui la chérissait et la respectait ; jamais il ne pourrait se faire le complice d'une trahison pareille.

Il s'écarta brusquement, franchit les quelques pas qui le séparaient de la porte, referma derrière lui et remonta le couloir à longues enjambées.

Il était déjà à une centaine de mètres de l'hôtel lorsqu'il entendit la voix essoufflée de Lorraine derrière lui.

— Jack, attendez !

Il fit mine de ne pas l'entendre. Les rues étaient bondées, la foule dense et la circulation homérique.

— Jack ! Je vous en prie.

Son appel désespéré le poursuivait.

Jack hâta le pas.

— Ce n'est pas fini ! s'écria-t-elle. J'ai juste besoin d'un peu de temps. Mais je reviendrai. D'ici à une semaine, peut-être. Je vous jure que je reviendrai. Ecoutez-moi. Ne vous sauvez pas, Jack !

Il ne tourna même pas la tête, et continua à s'éloigner aussi vite qu'il le pouvait.

Lorraine se tint au milieu de la foule des passants qui se hâtaient sur le trottoir et regarda Jack disparaître au coin de la rue. Son cœur lui disait de courir après lui, de le rattraper, de lui faire entendre raison...

Il l'aimait. Il n'y avait pas d'autre explication à sa fuite. Sinon, il lui aurait fait l'amour. Dieu sait qu'elle avait été claire en lui exprimant son désir !

Dire qu'il l'abandonnait au moment même où ils allaient enfin connaître le bonheur... Elle en aurait volontiers sangloté, là, au milieu de cette foule anonyme et pressée. Elle se sentait bouleversée, déchirée, anéantie et, quelque part, remplie d'admiration. L'attitude chevaleresque de Jack en disait plus long qu'aucun discours sur le genre d'homme qu'il était.

Il avait raison de partir. Par loyauté envers Gary, elle devait le laisser aller.

Elle attendit quelques minutes, le temps de reprendre contenance, avant d'affronter le regard des employés de l'hôtel.

D'abord une douche, et ensuite, au lit. Elle se sentait épuisée, au bout du rouleau.

Elle rejoignit l'ascenseur d'une démarche lasse. Pendant qu'il montait vers le dernier étage, elle songea à ce qu'elle avait à faire. Gary devait être fou d'inquiétude à son sujet. Elle allait l'appeler, en premier. Quant à son père, elle le contacterait plus tard.

Elle se frotta les yeux en bâillant, inséra sa clé dans la serrure et jeta un coup d'œil par-dessus son épaule. Elle fut surprise de constater que le policier n'était plus en faction. Bravo pour la protection !

Elle poussa le battant de la porte de pénétra dans la suite.

— Vous en avez mis un temps !

Jason Applebee était là, vautré dans un profond fauteuil de cuir, en train de déguster une grappe de raisin.

La clé échappa des mains de Lorraine et tomba silencieusement sur la luxueuse moquette.

— J'espère que vous ne m'en voudrez pas de m'être servi. En tout cas, votre amie Catherina ne s'est pas moquée de vous. Vous n'aviez pas l'intention de manger tous ces fruits, seule, j'imagine ?

— Que faites-vous ici ?

Il ricana en entendant sa question et secoua lentement la tête.

— Allez, vous êtes plus maligne que cela, Lorraine ! A votre avis, pourquoi suis-je ici, hein ?

14.

Cette mauvaise surprise plongea Lorraine dans un état de choc dont elle mit un moment à sortir.

— Comment m'avez-vous retrouvée ? lui demanda-t-elle avec un calme qui l'étonna elle-même.

La question était sans grande importance, mais ce fut la première chose qui lui vint à l'esprit.

— Qu'est-il arrivé au...

Elle se reprit de justesse, préférant ne pas alerter Jason sur la présence d'un policier à sa porte. Elle espérait que le vigile était juste allé manger un sandwich et qu'il allait revenir d'une minute à l'autre. Jason avait déjà tué, et elle se doutait qu'il n'hésiterait pas à réitérer son geste.

— Votre père ne s'est pas fait prier pour me fournir quantité d'informations, déclara Jason en gobant un grain de raisin juteux.

— Cela m'étonnerait que mon père ait accepté de vous parler.

Jason se moqua ouvertement d'elle.

— Je me suis fait passer pour Gary Franklin, votre cher fiancé, qui languit sans nouvelles de vous.

Il se mit à imiter l'accent du sud des Etats-Unis.

— Nous avons eu plusieurs charmantes conversations. Il m'a tout raconté sur votre voyage avec Jack Keller jusqu'à Mexico. Il m'a même donné le nom de l'hôtel.

L'idée qu'il eût usurpé l'identité de Gary la révoltait. Mais à qui la faute? se dit-elle. Si elle n'avait pas jacassé comme une tête de linotte tout au long du trajet en bus entre Mérida et El Mirador! Il était un peu tard, désormais, pour regretter d'avoir fait tant de confidences à Jason...

— Oui, j'étais assez content de moi, déclara-t-il. Votre père est tombé dans le panneau immédiatement. Rien de tel qu'un bon vieil accent de nos belles provinces sudistes.

Il lança un coup d'œil alentour et émit un sifflement admiratif.

— Pas dégoûtante votre petite piaule!

— Je vous demande de sortir, lui dit-elle avec un air méprisant. Vous avez fait assez de dégâts comme ça.

— Pas de problème, dit Jason en se levant. Donnez-moi seulement ce qui me revient.

Lorraine crut que son cœur allait s'arrêter.

— Je ne peux pas.

— Oh, que si!

— Comment avez-vous réussi à entrer en possession des deux moitiés de l'Etoile de Kukulcan, d'abord?

Il fallait trouver un moyen de le distraire. Le téléphone était trop loin pour qu'elle pût l'atteindre. Il l'aurait plaquée au sol avant qu'elle n'eût le temps de faire un geste. Son seul espoir était d'arriver à courir jusqu'à la porte, en espérant que, dans l'intervalle, le vigile serait revenu à son poste. La chance était mince, et il faudrait jouer serré, mais elle ne voyait pas d'autre solution.

— Vous êtes au courant pour l'Etoile de Kukulcan ? lui demanda Jason d'un air vraiment surpris.

— J'ai mes petits secrets, moi aussi.

Il approuva d'un hochement de la tête.

— C'est ce qu'on dirait.

— Sincèrement, j'aimerais bien savoir, insista-t-elle, comme si elle brûlait de curiosité. J'imagine que vous n'avez pas pu réaliser un tel exploit tout seul.

Elle se demanda aussitôt si elle n'avait pas un peu forcé la note.

— Ah, mais si ! affirma-t-il fièrement. Ça m'a pris des années pour étudier à fond les œuvres du professeur Raventos. Ensuite, lorsque je lui ai écrit, il a été impressionné par ma connaissance des Mayas, et par mon interprétation du mythe de Kukulcan. Nous sommes devenus amis, et il m'a invité à participer aux fouilles. Il avait toute confiance en moi.

Elle aussi lui avait accordé sa confiance, songea-t-elle tristement.

Jason haussa les épaules.

— Malheureusement, après avoir découvert l'Etoile, j'ai dû me rendre à l'évidence : la présence de mon estimé collègue était devenue... superflue.

Lorraine frémit tandis qu'il éclatait d'un rire mauvais.

— Il y a des gens qui prétendent qu'on se trouve par hasard au bon endroit au bon moment. Mais c'est faux. La chance, ça n'existe pas. La seule chose qui rapporte, c'est l'organisation. Toutefois, il arrive que les meilleurs plans se mettent à aller de travers. Surtout quand les autres s'en mêlent...

Il s'avança vers elle d'un air menaçant.

— Donnez-la-moi, Lorraine.

Elle recula lentement, la main derrière le dos.

— J'ai déjà tué pour m'approprier cet objet. Je n'ai aucune envie de vous faire du mal, mais, si vous m'y forcez, je n'hésiterai pas.

— Comment en êtes-vous arrivé là ? lui demanda-t-elle. Vous êtes intelligent. Pourquoi en venir au meurtre ? Pourquoi voulez-vous priver un pays de son héritage culturel ? Est-ce par cupidité ?

— Cela vous paraît difficile à comprendre, n'est-ce pas ? dit-il en secouant la tête. Comment le pourriez-vous, d'ailleurs ?

— Justement ! Expliquez-moi, Jason. Comment pouvez-vous justifier un meurtre ?

Il haussa de nouveau les épaules.

— En fait, c'est la première fois qui coûte vraiment. Ensuite...

— Oh, Jason !

Il tendit brusquement le bras vers elle.

— Donnez-moi mon Etoile. Elle est à moi. J'en ai besoin pour me révéler à mon peuple. Pour que les Mayas retrouvent leur gloire d'antan.

Il était fou. Fou à lier.

— Je vous l'ai déjà dit : je ne peux pas.

Elle était prête à bondir.

Jason poussa un soupir excédé.

— Je craignais que vous ne me fassiez ce genre de réponse, Lorraine. Vous me décevez, sincèrement.

— Moi ? Alors que c'est vous qui m'avez manipulée pour que je raconte des mensonges.

Elle devait absolument continuer à le faire parler, pour distraire son attention.

— Vous avez dissimulé le produit de vos larcins dans mes affaires. Vous saviez que je n'avais pas vu mon père depuis ma petite enfance, et vous n'avez pas hésité à gâcher nos retrouvailles. Vous êtes vil et méprisable. Vous...

— Taratata... Il y a des choses plus graves que celles-ci. Ce qui pourrait vous arriver, par exemple, si vous ne me rendez pas mon Etoile.

Il la regarda d'un air de profonde pitié.

— Ce serait dommage. Car j'éprouve plutôt de la sympathie pour vous. En d'autres circonstances, nous aurions même pu devenir amis.

— Je ne le pense pas.

Il gloussa, puis secoua la tête une fois de plus.

— Croyez-moi, Lorraine : vous feriez mieux de me la rendre. Sinon, vous risquez de le regretter très sérieusement.

— Vous croire ?

Elle éclata de rire. Puis elle fit un bond jusqu'à la porte et s'enfuit.

Tout en notant que le vigile n'avait pas réintégré son poste, elle se précipita vers l'escalier de service. Sur le palier, elle découvrit le corps sans vie du jeune homme. Il avait la gorge tranchée.

Lorraine eut un haut-le-cœur. Il fallait faire quelque chose, et vite, sinon elle subirait le même sort que ce malheureux policier.

Jason courait derrière elle, mais elle avait un avantage sur lui. A l'école, elle était championne de descente de rampe d'escalier. Ce sport n'était pas sans danger, puisqu'elle s'était cassé le bras en jouant à ça. Mais avait-elle le choix ? Elle enfourcha la rampe métallique et se laissa glisser, le corps penché sur le côté, les bras tendus en avant, pour maintenir son équilibre.

Jason s'engouffra à sa suite. Ses pas claquaient sur les marches et résonnaient de façon sinistre dans l'étroite cage d'escalier. Peut-être allait-il la prendre pour cible ? Mais non : il avait besoin d'elle, vivante, pour récupérer le trésor. Ce qu'il ignorait, c'est qu'elle ne l'avait plus en sa possession.

Dès qu'elle entama sa descente, elle se mit à hurler à pleins poumons. Elle avait depuis longtemps égaré son dictionnaire de poche et ne savait comment appeler à l'aide en espagnol. De toute façon, cela n'aurait pas servi à grand-chose. Personne ne semblait l'entendre.

Elle avait un étage d'avance sur lui lorsqu'il lui cria :

— Ne m'obligez pas à employer les grands moyens !

Avec tout le vacarme qu'elle faisait, n'importe qui aurait pu penser qu'on était en train de l'assassiner. Mais personne ne venait à son secours.

Elle refusait de penser que Jason allait la tuer, mais, après avoir découvert le cadavre du garde, le doute était permis. Elle avait affaire à un dément, elle ne devait pas l'oublier.

Elle s'obligea à se concentrer sur les gestes à accomplir : l'équilibre, la glissade... Sauter sur le palier, courir jusqu'à la prochaine volée de marches. Réenfourcher la rampe.

Elle renouvela quatre, cinq fois ses prouesses, sans attirer l'attention de quiconque. Seul Jason continuait à dévaler les marches quatre à quatre, sans se lasser.

L'escalier de service aboutissait à la piscine en plein air. Des vacanciers au corps luisant d'huile solaire bronzaient tranquillement sur des transats, et sirotaient des cocktails exotiques tout en écoutant un orchestre de *mariachis*.

Lorraine déboula au milieu de la scène, s'arrêta une seconde pour évaluer la situation, et reprit sa course vers le hall de l'hôtel. Jason en avait profité pour gagner du terrain. Il était juste derrière elle.

Il fallait lui rendre cette justice : c'était un athlète accompli. Et un sacré comédien. Il se mit à rire et à l'interpeller en espagnol, avec des mots qu'elle ne comprenait pas. La plupart des gens ne firent même pas attention à eux. Indifférents au drame, ils se laissaient bercer par l'orchestre.

Jason la rattrapa entre la piscine et la réception de l'hôtel. Sans effort apparent, il la jeta en travers de son épaule et l'emmena, hurlante et tapant des poings. Il était d'une force surprenante et la portait comme s'il s'était agi d'une plume.

Elle se débattit de plus belle, folle de rage.

— Au secours ! hurla-t-elle, espérant enfin attirer l'attention de quelqu'un. A l'aide ! Il veut me tuer !

— Si vous aviez vidé mon compte en banque, j'en ferais autant, s'écria un homme, à moitié ivre, en éclatant d'un rire gras.

— Ce n'est pas une blague !

— A qui le dites-vous ! rétorqua l'homme.

A force de s'agiter, Lorraine commençait à se fatiguer. Convaincue que ses efforts étaient vains, elle finit par se calmer.

— Les petits jeux, c'est terminé. Où est l'Etoile de Kukulcan ? demanda Jason à mi-voix en lui broyant les jambes dans une poigne de fer.

— Je ne l'ai plus.

— A qui l'avez-vous donnée ?

— Au département des antiquités.

— Lorraine, si vous saviez comme vous me décevez !

— Je m'en doute. Allez-vous m'égorger comme ce pauvre garde ?

— Non.

Il quitta le hall de réception sans encombre, et sortit en direction de la rue.

— Vous m'êtes trop sympathique pour que je vous fasse ça.

Il la posa sur le trottoir en achevant d'une voix perfide :

— Et puis, j'ai promis à votre ami ici présent de lui laisser ce plaisir.

Dès que ses pieds touchèrent terre, elle se retourna d'un bloc.

Carlos lui souriait d'un air aussi peu engageant que son faciès simiesque.

— Oh, je ne vous avais pas dit que j'étais tombé sur l'un de vos amis ? susurra Jason d'une voix mielleuse.

Il allait noyer son chagrin dans une bonne bouteille de tequila, voilà ce qui lui restait à faire ! Mais, curieusement, dès qu'il fut assis à la terrasse du café, Jack n'eut plus aucune envie de se soûler. Il commanda juste une bière. Boire comme un trou ne ferait qu'aggraver sa peine.

Il se rappela le dernier bistrot dans lequel il s'était trouvé. La Ruta Maya. C'était le jour où Lorraine avait quitté le bateau, malgré son interdiction, et avait accumulé les catastrophes. Quelle chance il avait eue de la retrouver ! Et quel soulagement, aussi, bien qu'il n'en eût rien laissé paraître.

Puis il repensa à Pucuro, cette méchante petite ville avec son méchant petit embarcadère. Quoique, maintenant, il n'y avait plus d'embarcadère. Rien que l'idée le fit éclater de rire. Comme il regrettait de ne pas avoir assisté à la scène !

Plusieurs clients se tournèrent vers lui, visiblement surpris de son hilarité.

Son ultime bouteille de scotch — 15 ans d'âge ! — avait été utilisée à des fins thérapeutiques, plus précisément pour nettoyer la blessure de son épaule.

Comme Lorraine l'avait bien soigné, tout au long de ces jours noirs ! Il se rappela leurs nombreuses conversations, à propos de leurs existences respectives, de leurs expériences, de films... Il se rappela aussi la nuit où ils étaient restés allongés côte à côte, à contempler les reflets de la lune sur l'eau.

Ce que Lorraine avait su lui enseigner durant ce séjour passé ensemble, c'était sa propre capacité à s'ouvrir aux autres. Grâce à elle, il n'avait plus peur de montrer sa vulnérabilité. Il lui avait révélé de larges pans de sa vie passée et de ses antécédents de combattant, comme jamais il ne l'avait fait auparavant avec qui que ce fût.

Il était hors de question de minimiser son chagrin. La souffrance qu'il ressentait était aussi lancinante qu'une douleur physique.

Abandonner Lorraine avait été l'acte le plus difficile et le plus dangereux de sa vie. Dangereux, car il n'était pas certain de redevenir l'homme qu'il était auparavant. Sans Lorraine, sans ses vieux comportements machos et son arsenal d'idées toutes faites, qu'allait-il devenir ?

Inutile de ressasser puisque tout était terminé. Il finit sa bière, et décida de prendre un taxi pour rejoindre son hôtel. Il fit quelques pas sur le trottoir, puis il se ravisa et rebroussa chemin car il avait croisé une cabine téléphonique.

Il appela son ami Murphy, à Boothill, au Texas.

L'épouse de son meilleur ami décrocha à la troisième sonnerie.

— Jack, c'est toi ? s'écria Letty.

La liaison n'était pas des meilleures.

— Oui, c'est moi. Est-ce que Murphy est dans le coin ?

— Il est en train de vacciner les veaux, mais je suis vraiment contente que tu appelles. Il y a un dénommé Thomas Dancy qui te cherche. Il a téléphoné aujourd'hui.

— Thomas ? s'exclama Jack, surpris. Mais je lui ai parlé hier au soir.

Puis il songea qu'il n'avait pas donné à Thomas de numéro où le joindre. Il avait simplement mentionné le nom de l'hôtel de Lorraine, en oubliant de parler du sien. Heureusement que Thomas avait réussi à trouver la trace de Murphy. Il faut dire que Jack lui en avait parlé plusieurs fois, en lui décrivant le ranch de son vieil ami, dans les collines du Texas.

— Si j'ai bien compris, tu escortes sa fille hors du Mexique ?

Jack entendit un bébé pleurer, en arrière fond. Leur troisième, en quatre ans...

— Je vous en parlerai plus tard.

— As-tu l'intention de venir nous voir ? Ça ferait vraiment plaisir à Murphy. A moi aussi, d'ailleurs.

— Ce n'est pas impossible, lui répondit Jack.

Une chose était certaine : il avait besoin de quitter le Mexique pour un temps. De s'éloigner de ses souvenirs douloureux. De retrouver son équilibre.

— Embrasse les enfants pour moi, dit-il d'un ton détaché, comme s'il n'avait aucun souci au monde.

— Attends, ne quitte pas ! lui dit Letty. J'ai d'autres nouvelles pour toi.

Jack entendit le bruit du combiné qu'elle avait posé. Puis, presque immédiatement, les pleurs du bébé cessèrent. Des nouvelles ? La dernière fois que Letty avait prononcé ce mot, cela avait été pour lui annoncer l'arrivée du troisième rejeton de la famille.

— Allô, tu es toujours là ? demanda Letty en reprenant l'appareil.

— Je n'ai pas bougé.

Jack songea un instant à rappeler à Letty que la communication lui coûtait 5 dollars la minute, mais, en réalité, il s'en fichait pas mal. Letty et Murphy étaient sa véritable famille et, pendant cette période déprimante, il avait vraiment besoin d'eux pour se convaincre que des couples amoureux étaient capables de trouver le bonheur dans ce monde.

— A propos de l'appel de ton ami Nancy...

— Dancy, corrigea Jack.

— Peu importe, du moment que tu vois de qui je parle. Il se fait un sacré souci pour sa fille.

— Il n'y a pas de raison, pourtant.

— Connais-tu un certain Gary... Zut ! Impossible de me rappeler son nom de famille. Quoi qu'il en soit, il est lié à la fille de Dancy. Je ne crois pas qu'il m'ait dit comment, mais ça ne fait rien.

Jack se crispa.

— Je vois de qui il s'agit. Eh bien, que lui est-il arrivé ?

— Et bien, Dancy disait qu'il avait reçu des coups de fil de ce Gary, et que, aujourd'hui, un type tout à fait différent l'avait contacté en prétendant être le véritable Gary. Ton ami semblait très soucieux à ce propos.

Jack serra le combiné à le broyer.

— Continue.

— Je n'ai pas grand-chose d'autre à te dire. Dancy a laissé un message à l'hôtel que tu lui as indiqué, mais tu n'y étais pas inscrit, et sa fille n'était pas encore arrivée. Il n'avait aucun moyen d'entrer en contact avec toi, ce qui le mettait dans tous ses états. Il a donné un maximum de détails concernant votre séjour dans la capitale à son premier correspondant. Et maintenant, il redoute d'avoir commis une énorme gaffe.

La vérité s'imposa immédiatement à l'esprit de Jack : il ne pouvait s'agir que d'une seule personne.

Jason Applebee.

— Il faut que j'y aille, annonça-t-il d'un ton brusque.

— Ne nous oublie pas, d'accord ?

— Je vais venir bientôt. Promis.

Il raccrocha, et réfléchit à ce qu'il venait d'entendre.

L'aventure n'était pas encore terminée.

⁂

A la minute où il emprunta l'autoroute, Gary prit conscience qu'il se dirigeait vers la maison de Marjorie, alors que son intention première était d'aller au supermarché. Il tenait un excellent prétexte : l'autographe de Ken Griffey Jr, grand joueur de base-ball devant l'Eternel, que Brice mourait d'envie de voir.

Il n'aurait qu'à prétendre qu'il passait par hasard dans le coin et qu'il en profitait pour honorer la promesse faite au gamin. Même si Marjorie n'était pas dupe, Gary s'en fichait. Il voulait absolument savoir.

Depuis leur baiser, il avait été incapable de songer à autre chose. Marjorie était présente dans chacune de ses pensées et, même s'ils avaient décidé d'un commun accord d'oublier ce qui s'était passé, la réalité était tout autre. Résultat : leurs relations au bureau étaient devenues tendues. Au point que leurs collègues n'allaient pas tarder à se poser des questions. Gary avait donc décidé de tenter d'éclaircir la situation.

Ce samedi matin l'avait trouvé agité et plongé dans un dédale de contradictions.

Dès qu'il eut tourné sur l'autoroute, il s'avoua que le but de sa matinée était bien d'aller voir Marjorie, et cela depuis le début. D'accord, sa méthode manquait d'élégance. Débarquer sans prévenir, et sans y avoir été invité, ce n'était pas l'idée la plus brillante du siècle. D'un autre côté, elle apprécierait peut-être sa spontanéité. Qui pouvait savoir ?

Il se gara devant chez elle, se présenta à la porte d'entrée et sonna.

Marjorie apparut bientôt. A son expression, il vit à quel point elle était surprise.

— Gary... Bonjour.

— Bonjour.

Il résista à grand-peine à l'envie de s'excuser et de battre en retraite. Au lieu de cela, d'une voix légèrement étranglée, il demanda :

— Brice est-il là ?

On aurait dit un petit garçon demandant la permission de voir son copain, songea-t-il, passablement irrité.

— J'ai l'autographe dont je lui avais parlé. J'ai pensé qu'il aimerait peut-être le voir.

Elle ouvrit en grand la porte pour le laisser entrer.

— La carte de Ken Griffey Jr ? Je l'ai entendu en parler à ses copains.

Comme chaque fois, elle était arrivée à le mettre à l'aise, ce qui était un véritable prodige en la circonstance.

— Brice est à son entraînement de base-ball, le samedi matin.

Gary aurait dû s'en souvenir, bien entendu, d'autant que Brice en avait fait état devant lui. Mais, soyons honnêtes, ce n'était pas vraiment Brice qu'il était venu voir, n'est-ce pas ? Il se rendait parfaitement compte qu'il regardait fixement Marjorie, mais il ne pouvait détacher son regard de la jeune femme. Même dans un vieux jean usé et un maillot de corps sans manches, elle était adorable. Il s'aperçut brusquement qu'elle portait des gants de caoutchouc jaunes. D'une main, elle serrait une éponge; de l'autre, un flacon de détergent.

— J'allais justement faire une pause pour prendre

une tasse de café, dit-elle. Voulez-vous vous joindre à moi ?

Gary hocha la tête avec enthousiasme, et la suivit dans la cuisine.

— Je ne voudrais pas interrompre votre ménage.

— Au contraire, je devrais vous remercier, lança-t-elle en se dépouillant de ses gants de ménagère. C'est la tâche que j'apprécie le moins.

Il prit une chaise, ôta les journaux qui s'y trouvaient empilés, puis s'assit. Marjorie servit le café et s'installa en face de lui. Puis elle fronça les sourcils en contemplant sa tasse, comme si elle venait d'y découvrir quelque chose de bizarre.

Gary prit sa respiration. Il était temps de se jeter à l'eau. Honnêtement.

— Cet autographe n'était qu'un prétexte, je l'avoue. Je sais bien que nous avions décidé de tirer un trait sur ce malencontreux baiser...

— C'est effectivement ce que nous devrions faire, dit-elle sans oser le regarder en face.

— Je n'y arrive pas, déclara-t-il.

On ne pouvait se montrer plus franc.

— Moi non plus.

Elle avait parlé d'une voix si faible qu'il devina les mots plutôt qu'il ne les entendit.

— Mais vous êtes fiancé.

— Je le sais bien.

Il n'avait pas besoin que Marjorie le lui rappelât. Il n'avait pas reçu la moindre nouvelle de Lorraine et, quand il s'était enfin décidé à briser le silence et à appeler le Mexique, la conversation qu'il avait eue avec le père de sa fiancée l'avait totalement décontenancé. Thomas Dancy avait semblé croire qu'il avait déjà téléphoné la veille. Quand Gary lui avait assuré que non, Thomas Dancy avait eu l'air bouleversé, et il avait raccroché très vite.

— Gary, je ne pense pas que ce soit une bonne idée d'être venu.

— Croyez-vous que je ne le sache pas? marmonna-t-il. J'ai eu tort de m'arrêter... mais je n'ai pu m'en empêcher.

— Mes lasagnes étaient bonnes, je veux bien le reconnaître, Gary, mais pas à ce point.

Il sourit, et la tension qui régnait entre eux se dissipa en partie.

Il tendit la main vers elle.

— Vous êtes merveilleuse.

Elle se dégagea doucement, puis se leva et alla se poster à la fenêtre.

— Marjorie?

Elle se retourna brusquement.

— Vous êtes engagé vis-à-vis de quelqu'un d'autre. Je vous apprécie, Gary, plus qu'il ne le faudrait, mais je...

— Vous m'appréciez?

Il sentit son cœur s'emballer.

— Ne me dites pas que vous l'ignoriez!

— Mais si.

Il l'avait espéré, mais ce n'était pas la même chose.

Elle ferma les yeux et secoua la tête.

Gary en profita pour pousser son avantage. Il quitta la table et s'approcha d'elle. Comme il était fatigué de ces discussions stériles qui ne menaient nulle part! L'incroyable baiser qu'ils avaient échangé dans cette même cuisine, quelques jours plus tôt, lui apparaissait, en fait, comme un coup de veine extraordinaire. Jamais il n'avait éprouvé une telle émotion, auparavant. Ni avec Lorraine ni avec aucune autre femme. Il fallait absolument qu'il embrassât de nouveau Marjorie, pour savoir si ça lui faisait le même effet que la première fois.

— Gary ? dit-elle d'un air décontenancé, lorsqu'il l'entoura de ses bras.

— Une seule fois, s'il vous plaît !

La jeune femme eut un léger gémissement de protestation qui céda bien vite devant la fougue de Gary. Et, bientôt, ils s'embrassèrent avec une passion normalement réservée à des amants.

Marjorie avait agrippé la chemise de Gary, comme si elle avait eu besoin d'un soutien pour ne pas s'effondrer. Quand ils se séparèrent, elle était en train de pousser des petits cris plaintifs, et Gary sentait ses genoux trembler. Ils se regardèrent un long moment.

Marjorie avait les lèvres gonflées par l'explosion de sensualité qui les avait jetés l'un vers l'autre. Il caressa son visage avec une infinie tendresse. Elle leva les yeux et lui sourit d'un sourire lent, empreint d'une extrême douceur. Ce fut ce qui causa leur perte à tous deux. Cette fois, leur baiser fut aussi tendre que le précédent avait été violent. Gary fut stupéfait de découvrir que l'effet était aussi sensuel, et même peut-être davantage.

— Assez, murmura-t-elle d'une voix brisée, tout en se détournant.

Elle laissa retomber son front contre le torse de Gary.

Il voulut dire quelque chose, mais il était à bout

de souffle. Si leurs baisers produisaient déjà un tel effet, songea-t-il dans un état second, il osait à peine imaginer ce que donneraient leurs ébats amoureux. Il était, d'ailleurs, persuadé qu'elle se posait la même question.

Passant outre ses faibles protestations, il déboutonna son caraco et dégrafa son soutien-gorge. Ses seins jaillirent, ronds et pleins. Elle poussa un nouveau gémissement lorsqu'il en agaça la pointe entre ses dents.

Quand il s'attaqua à la ceinture de son jean, elle l'arrêta d'un geste.

— Non, dit-elle.

C'était un « non » bien peu convaincant, en fait.

Il la regarda d'un air interrogateur.

— Vous en avez envie autant que moi, n'est-ce pas ?

— Oui, mais... non.

Elle sembla soudain reprendre ses esprits et, d'une main plus assurée, reboutonna son corsage.

— Je pense qu'il vaut mieux que vous partiez.

Il cligna des paupières, certain d'avoir mal entendu. Mais, lorsqu'il la vit filer vers la porte d'entrée et lui tenir le battant ouvert, le doute n'était plus permis.

— Marjorie ?

Elle maîtrisait ses larmes à grand-peine.

— Ecoutez, je suis désolé.

— Pas autant que moi, Gary, je vous le promets.

— Il faut que nous en parlions.

Il avait envie de partir comme de se pendre.

— Ce n'est pas possible : nous sommes incapables de communiquer.

— Ce n'est pas du tout mon opinion.

Quelques secondes auparavant, ils avaient pu constater le contraire, d'après lui.

— Je vous en prie, n'insistez pas.

Après avoir franchi le seuil, il voulut tenter une dernière fois de la faire changer d'avis. Elle ne lui en laissa pas le temps.

— Ma lettre de démission sera sur votre bureau lundi matin, murmura-t-elle, les yeux brillants de larmes.

Puis elle referma doucement la porte derrière elle.

15.

En voyant la lueur meurtrière dans le regard de Carlos, Lorraine n'eut aucun doute sur le plaisir qu'il prendrait à la supprimer. Et, avec une clarté confondante, elle comprit qu'il allait la torturer et la violer d'abord.

Jason l'avait poussée sur la banquette arrière d'une voiture et lui avait attaché les mains en un temps record.

— Non, je vous en prie, ne faites pas ça ! supplia-t-elle.

Jason haussa les épaules d'un air indifférent.

— C'est votre faute : vous n'auriez pas dû vous débarrasser de mon Etoile. Allons, vous saviez bien que je chercherais à la récupérer.

— L'Etoile de Kukulcan ne vous appartient pas.

— Ah, mais si ! C'est vous qui n'aviez aucun droit d'en disposer. Et cela ne vous a pas empêchée de le faire, sale petite peste !

Carlos se glissa derrière le volant, puis les deux hommes échangèrent quelques mots brefs en espagnol, et Jason monta devant.

A peine avait-il claqué la portière que le véhicule

bondissait dans un hurlement de pneus. Lorraine fut ballottée d'un côté à l'autre, tandis que la voiture fonçait dans la circulation.

L'hôtel était situé à la lisière de Mexico, plus près de l'aéroport que du centre-ville. Secouée comme elle l'était, Lorraine n'apercevait que le haut des gratte-ciel, les néons et les publicités qui clignotaient.

La seule fois où elle réussit à reprendre son équilibre et à jeter un coup d'œil par la vitre, elle eut l'impression d'apercevoir Jack. Son cœur se gonfla d'un espoir fou, mais cela ne dura que quelques secondes. De fait, elle avait eu la brève vision d'un homme qui portait la même chemise que Jack. C'était insensé de sa part d'avoir cru un seul instant qu'il pourrait venir à son secours. Il lui avait fait ses adieux, et il n'avait aucun moyen de savoir qu'elle se trouvait en difficulté. Si jamais elle survivait à ce nouveau coup du sort, ce serait uniquement grâce à sa débrouillardise. Prisonnière d'un véhicule qui roulait à tombeau ouvert, les mains liées par une corde serrée, elle avait très peu de chances de s'en sortir. Mais cela ne l'empêchait pas de tirer des plans sur la comète pour s'évader.

— N'y a-t-il aucun moyen de négocier pour me sortir de là ? demanda-t-elle à Jason, en pensant qu'il lui resterait peut-être un vague sens de l'honneur.

Cela faisait déjà une demi-heure qu'ils étaient en route.

— Je n'ai rien fait pour attirer la colère de Carlos, reprit-elle.

— Si, vous l'avez humilié.

— Ce n'était pas mon intention. Dites-lui que j'en suis désolée.

Jason traduisit le message, et Carlos y répondit par un rire tonitruant.

— La seule chose qui intéresse Carlos, en ce qui vous concerne, c'est la vengeance.

— Où m'emmène-t-il ?

Elle constata qu'ils avaient quitté la ville et qu'ils roulaient dans une zone de bidonvilles affreusement misérables, qui s'étendait sur des kilomètres. Une heure au moins s'écoula avant qu'ils n'atteignent une route à deux voies, fraîchement goudronnée, qui piquait droit sur la jungle.

Jason avait sûrement une idée de ce que Carlos comptait faire. Lorraine l'interrogea de nouveau.

— Je n'en sais fichtre rien, répondit-il avec une désinvolture marquée.

— Je sais qui a l'Etoile.

— Trop tard, Lorraine, répliqua Jason avec un air blasé. Le temps des négociations est largement dépassé.

Il la foudroya d'un regard noir.

— Vous avez osé donner mon Etoile. Mon bien le plus précieux.

— Jason, je vous en conjure...

Carlos quitta la route pour une piste de terre. Un panache de poussière se forma derrière eux. Ils avaient roulé sur cinq cents mètres environ quand il freina brutalement. Lorraine fut projetée en avant, et son visage heurta le dossier du siège. Elle ressentit une vive douleur, et son nez se mit à saigner abondamment.

Jason hurla quelque chose à Carlos — sans doute à propos de sa manière de conduire —, qui lui rétorqua sur le même ton. Lorraine n'eut pas besoin de son dictionnaire pour reconnaître le mot *bastardo*, à plusieurs reprises.

Le sang continuait à couler à flots de son nez. Carlos sortit de la voiture, rabattit le siège du conducteur et la tira par le bras sans ménagement. Elle trébucha et s'effondra sur le sol, ce qui eut le don d'exaspérer Carlos. Il se pencha sur elle et lui envoya un coup au visage. Il avait frappé du revers de la main, et le choc la laissa abasourdie. Puis le goût du sang emplit sa bouche et elle s'aperçut que sa lèvre avait éclaté.

— Hé ! protesta Jason.

Il l'aida à se remettre sur pied.

Avec une grimace de douleur, Lorraine pressa la langue sur la commissure de ses lèvres.

— S'il vous plaît, murmura-t-elle en l'implorant du regard.

Un nez qui saignait et une lèvre fendue paraissaient de bien minces blessures comparées à ce qu'ils avaient l'intention de lui faire subir. Ça, elle en était certaine.

— Je vous aiderai à récupérer l'Etoile, murmura-t-elle.

A présent, elle tremblait de peur. Son unique espoir d'échapper au pire reposait sur Jason.

Carlos envoya Jason valdinguer d'une brusque bourrade, et fondit sur elle. La force du coup sur son œil gauche la renvoya mordre la poussière.

« Bon sang ! se dit Lorraine. Je ne vais tout de même pas me laisser traiter comme un vulgaire punching-ball ! »

Elle se remit debout avec une vivacité qui l'étonna elle-même, et courut sur l'ennemi, les épaule baissées, comme elle l'avait vu faire sur les terrains de rugby.

Carlos ne s'attendait pas à la voir résister, et elle le prit par surprise, de plein fouet.

Il s'effondra, les quatre fers en l'air, puis se releva prestement, en jouant des poings. Lorraine se baissa et lui envoya un coup de genou bien placé. De toutes ses forces.

Jason s'écroula de rire contre le capot de la voiture.

— Fichtre, quelle bagarreuse !

Elle ne perdit pas sa salive à répondre. Et accorda à peine un regard à Carlos qui était plié en deux de douleur. C'était le moment ou jamais de tenter quelque chose. Si elle arrivait jusqu'à la route, peut-être pourrait-elle héler une voiture ou trouver de l'aide. Ses mains liées ne lui facilitaient pas la tâche, mais elle s'élança droit devant elle, au pas de course.

Le rire de Jason retentit à ses oreilles. Il ne semblait pas avoir l'intention de se lancer à sa poursuite, et elle lui en fut reconnaissante.

Carlos hurla quelque chose, et elle entendit un coup de feu. Elle jeta un coup d'œil en arrière, et poussa un cri d'horreur.

Carlos avait tiré sur Jason, en pleine tête. Son sang avait aspergé le capot de la voiture, et il s'était écroulé sur le sol, en position assise, les yeux grands ouverts, fixant l'espace dans sa direction.

La balle suivante lui siffla aux oreilles.

Elle se mit à hurler de terreur. Puis, sans ralentir, elle fit un crochet, quitta la piste et s'enfonça dans la végétation. La jungle était dense, et sa course devint malaisée. Elle fit appel à toute sa volonté pour se concentrer, un pas après l'autre, avancer, éviter les souches, continuer, écarter les lianes sans penser aux serpents, reprendre son souffle, sauter par-dessus les racines. Surtout ne pas perdre pied, sinon ce serait la fin.

Vite. Il fallait faire vite. Trouver un moyen d'échapper à ce maniaque. Se montrer plus maligne que lui. Sauver sa peau... Mais comment ?

Dans un instant de découragement, elle songea que s'il l'abattait traîtreusement d'une balle dans le dos, au moins n'aurait-elle pas à endurer l'outrage d'un viol ni à subir de vengeance sadique.

Mais, le mieux, c'était encore de rester en vie et de lui échapper. Son instinct le plus profond le lui criait. Vivre ! Se battre. Refuser de s'avouer battue.

Une deuxième balle fit voler des éclats sur un tronc d'arbre voisin, la manquant de peu. La peur la stimula, et elle reprit sa course de plus belle à travers le fouillis du sous-bois. Avec une énergie renouvelée, elle esquiva les obstacles et s'appliqua à garder l'équilibre, malgré tout.

Elle apercevait maintenant une route pavée. Mais était-ce une bonne chose ? Elle avait plutôt intérêt à rester à couvert, maintenant que Carlos la prenait pour cible.

Au moment où ses pieds touchèrent la chaussée, elle eut l'impression de voler. Elle traversa la route, puis obliqua brusquement et s'enfonça de nouveau dans la jungle sans même ralentir. Elle entendit le ronronnement d'un moteur se rapprocher derrière elle, et adressa une muette prière au ciel pour que la voiture détournât l'attention de Carlos et l'empêchât de repérer l'endroit précis où elle avait disparu.

Hélas, une minute plus tard, Lorraine s'aperçut qu'elle avait commis une erreur fatale ! Elle avait à peine fait deux ou trois cents mètres quand elle déboucha sur le haut d'une falaise.

Le souffle court, elle contempla l'à-pic vertigineux qui dominait une rivière aux eaux tumultueuses. D'énormes rochers dépassaient çà et là des tourbillons furieux. Une chute, et c'était la mort assurée.

— Non, non, dit-elle entre deux sanglots.

Elle bifurqua, et se remit à courir, parallèlement à la corniche, cette fois-ci. Elle fonçait droit vers le soleil, espérant que sa lumière aveuglante gênerait Carlos autant qu'elle.

Elle courait avec l'énergie du désespoir, clignant des paupières, luttant contre l'épuisement, l'asphyxie et la terreur. Son arcade sourcilière gauche s'était mise à enfler, ce qui limitait son champ de vision.

Ce fut probablement ce qui l'empêcha de voir Carlos à temps. Lorsqu'elle le repéra, il la tenait en joue, son revolver à bout de bras.

Lorraine stoppa net. Elle dut se pencher, tête baissée, les bras gauchement tirés vers l'arrière, pour reprendre sa respiration. Ce qui la stupéfiait, c'était son calme intérieur. Elle ne ressentait aucune émotion. Peut-être l'avait-il déjà tuée ? Peut-être ne s'en était-elle pas encore rendu compte ?

Puis Carlos eut ce sourire suffisant qu'elle lui connaissait si bien. Et elle comprit qu'elle faisait encore partie du monde des vivants. Plus pour longtemps, sans doute...

⁂

Marjorie Ellis retourna dans sa cuisine et s'effondra sur une chaise. Elle avait parlé sérieusement en prévenant Gary qu'il trouverait sa lettre de démission sur son bureau dès le lundi. Pourtant, elle n'avait aucune envie de lâcher ce travail, alors qu'elle commençait à connaître le succès et qu'elle s'y était fait de nouveaux amis. Sans parler de son salaire confortable... Vraiment, c'était trop bête !

Mais comment faire autrement ?

Elle enfouit son visage dans ses mains et tenta d'analyser la situation. A quel moment les choses avaient-elles commencé à dérailler ?

Cette attirance pour Gary Franklin avait débuté très tôt, elle devait le reconnaître. Pratiquement le jour où elle était entrée dans l'entreprise.

Après le décès de Mark, elle avait continué à travailler à la banque, mais plusieurs de ses collègues, ayant remarqué ses dons pour la communication, lui avaient conseillé d'essayer la vente. Elle avait hésité pendant plus d'un an avant de trouver le courage de lâcher la sécurité de son emploi et ses horaires réguliers. Elle avait essuyé plusieurs refus à l'issue d'entretiens d'embauche négatifs avant de décrocher le poste chez Med-X. Immédiatement, elle s'y était plu. Non seulement elle s'était bien adaptée, mais elle avait réussi au-delà de toute espérance. Tout le monde l'avait aidée.

Surtout Gary Franklin.

Oui, elle avait éprouvé pour lui une sympathie immédiate. Les premières semaines, il lui avait paru un peu coincé. Elle avait bataillé dur pour lui arracher son premier sourire et, lorsqu'elle y était parvenue, elle avait éprouvé la même ivresse que si elle avait conclu une vente d'un million de dollars. A compter de ce jour-là, les sourires de Gary étaient venus plus facilement, et plus souvent.

Elle n'avait découvert que récemment qu'il était fiancé. Et cela avait été un choc pour elle. Elle s'était sentie complètement découragée.

Curieusement, Gary ne parlait jamais de sa fiancée. Silence radio sur toute la ligne. Elle s'était donc persuadée qu'il était le genre d'homme à dresser une frontière infranchissable entre sa vie privée et son milieu professionnel.

Puis elle avait appris que la mystérieuse fiancée, qui jouait décidément les arlésiennes, était partie en voyage à l'étranger. Au Mexique, d'après les bruits de couloir. Marjorie n'en était pas revenue. Comment pouvait-on partir seule, aussi loin, quand on était sur le point d'épouser Gary Franklin ?

Marjorie était consciente d'avoir commis une erreur en invitant Gary à dîner et en le présentant à Brice. Les deux lascars s'étaient immédiatement entendus comme larrons en foire.

Quant à elle, elle s'était jetée tête baissée dans la gueule du loup. A ce moment-là, rien ni personne n'aurait pu l'arrêter.

Néanmoins, lorsqu'elle avait renvoyé Gary, elle avait été étonnée, puis bouleversée, de le voir aussi perdu, comme anéanti. Car c'était un sentiment qu'elle connaissait bien. Elle avait aimé son mari, elle l'avait pleuré sincèrement, et elle se sentait terriblement seule.

Elle avait reconnu cette même solitude chez Gary et, sur le moment, le fait de l'inviter à dîner lui avait paru un simple mouvement de gentillesse. Un moyen de le remercier pour toute l'aide qu'il lui avait apportée. Bien sûr, tout au fond d'elle-même, elle n'était pas vraiment dupe : son invitation représentait davantage qu'un échange de bons procédés, davantage qu'un geste de politesse ou de compassion.

Il était fiancé. Cet élément aurait dû mettre un frein à son enthousiasme, à son désir de le fréquenter. Au lieu de cela, elle avait tout fait pour gagner son amitié, pour se rapprocher de lui.

Pendant une matinée entière, elle avait débattu intérieurement de l'opportunité de cette invitation, et puis elle avait fini par se jeter à l'eau. La balle étant dans son camp, c'était à lui de refuser, s'était-elle dit un peu perfidement. La rapidité surprenante avec laquelle il avait accepté avait calmé ses appréhensions. Si, de son côté, il ne voyait aucun inconvénient à dîner chez elle, pourquoi s'en serait-elle fait une montagne ?

Lorsqu'il l'avait embrassée, ce soir-là, elle avait cru défaillir de surprise. Et aussi de plaisir. Elle avait tenté de se rappeler à l'ordre : c'était indigne de sa part. Et Brice ? Avait-elle songé à lui dans tout ça ? Méritait-il de subir la déception qui ne manquerait pas de survenir ? Gary et lui avaient parlé base-ball pendant tout le dîner et, depuis, Brice faisait constamment référence à son nouvel ami.

— On devrait se marier avec lui, avait-il déclaré, le soir même, très sérieusement, au moment où elle l'avait bordé dans son lit.

— Brice, je le connais à peine.

— Tu n'as qu'à l'inviter une autre fois.

La séduction, le mariage, ce n'était pas plus difficile que cela pour un petit garçon de neuf ans, et c'était une affaire à mener tambour battant.

— Il est déjà fiancé, lui avait-elle avoué pour calmer son enthousiasme.

Brice avait ouvert de grands yeux.

— Tu veux dire qu'il va épouser quelqu'un d'autre ?

— Ça m'en a tout l'air.

— Mais, m'man, tu dois faire quelque chose.

— Tu as des suggestions ?

Brice l'avait regardée d'un air pensif.

— Tu n'as qu'à lui faire la cuisine. Il adore tes lasagnes.

En y repensant, Marjorie ne put s'empêcher de sourire...

— M'man ! M'man !

Brice pénétra en trombe dans la maison. Il était de retour de son entraînement de base-ball.

— Où t'es, m'man ?

Marjorie lança un coup d'œil surpris à l'horloge. L'entraînement avait-il fini plus tôt que d'habitude ? Non, il était déjà 11 h 30.

— Je suis là ! cria-t-elle.

— Tu devineras jamais !

— C'est probable, dit-elle en se forçant à sourire.

— J'ai vu Gary devant la maison.

— Gary Franklin ?

— Il était assis dans sa voiture et il avait l'air plutôt triste. Vous vous êtes disputés ou quoi ?

Marjorie esquiva.

— Euh, pas vraiment.

— Je lui ai dit d'entrer. Il m'a répondu qu'il ne

pouvait pas. Je voulais qu'il me lance quelques balles, mais il fallait qu'il rentre chez lui. Alors, tu sais ce qu'il a fait ? Devine !

Les yeux de Brice brillaient d'excitation.

— Il m'a donné son autographe de Ken Griffey Jr. Tu te rends compte, m'man ? Donné !

Le gamin brandissait la carte comme s'il s'était agi d'un trésor.

— Tu trouves pas ça génial ?

— T'a-t-il dit en quel honneur il te faisait un tel cadeau ?

— Non. Seulement que ça lui faisait plaisir que je l'aie.

Brice resta silencieux un long moment, puis il ajouta d'un air pensif :

— Je trouve toujours qu'on devrait l'épouser. J'aimais papa, tu sais, et il me manque beaucoup, mais je suis sûr que, lui aussi, il trouverait Gary sympa.

Marjorie était entièrement d'accord avec son fils.

— Tu veux bien ? demanda Brice en levant les yeux sur elle. L'épouser, je veux dire.

Heureusement, le téléphone sonna à ce moment précis. Brice s'élança à travers la pièce comme si le fait de décrocher avant la seconde sonnerie avait été une question de vie ou de mort.

Il écouta d'abord, puis tendit le combiné à sa mère.

— C'est pour toi.

— Allô ! dit-elle en regrettant de n'avoir pas fait signe à Brice de noter le numéro afin qu'elle pût rappeler la personne plus tard.

Elle ne se sentait vraiment pas d'humeur à bavarder avec l'une de ses amies.

Son « allô » à peine aimable fut accueilli par un long silence, à l'autre bout du fil. Puis elle entendit enfin une voix douce et grave.

— C'est Gary.

A présent, c'était son tour de rester silencieuse.

— Ecoutez..., commença-t-il.

Elle entendait les bruits de la circulation : il devait l'appeler depuis sa voiture.

— ... Je ne souhaite pas que vous quittiez Med-X. Si vous refusez de continuer à travailler avec moi, ce que je peux comprendre, vous pouvez très bien changer de service. Je...

— Ce n'est pas de cela qu'il s'agit.

— Je demanderai un transfert lundi matin. Vous n'aurez plus affaire à moi.

Marjorie éprouva immédiatement un sentiment de perte. Elle ne voulait pas travailler avec quelqu'un d'autre ; elle considérait Gary comme un allié et un ami. Son attirance pour lui n'avait rien à voir avec le travail. L'idée de rester à Med-X en étant privée de son soutien était tout simplement au-dessus de ses forces. Elle lui devait, en fait, une grande partie de son succès.

— Ne faites pas cela, Gary, murmura-t-elle.

Brice, avec son intuition enfantine, comprit qu'il valait mieux quitter la cuisine.

— Pourrions-nous en parler ? demanda Gary.

— Je... je ne pense pas.

Marjorie ne voyait pas ce qui pourrait sortir de bon d'une nouvelle entrevue. Elle n'avait qu'une envie, c'était qu'il l'embrassât, et elle ne se sentait pas capable de dissimuler ses sentiments.

— Je me sens stupide, dit Gary. Si vous saviez comme je suis désolé.

— Non, pas vous. C'est moi qui suis désolée.

— Je n'aurais jamais dû vous embrasser.

Marjorie ferma les yeux.

— Au contraire, je le souhaitais.

A la vérité, elle en rêvait depuis des semaines.

— Sincèrement ?

— Je pense que nous devrions cesser de nous voir. Je vous ferai parvenir ma lettre de démission, comme promis.

— Vous voulez réellement partir ?

— Oui, ma décision est prise.

— Même si c'est moi qui change de département ?

La tentation de rester était grande, mais elle ne voulait pas qu'il mît son existence sens dessus dessous à cause d'elle. Gary faisait partie de l'entreprise depuis beaucoup plus longtemps qu'elle. Il était donc logique que ce fût elle qui s'en aille.

— Alors, il n'y a rien à faire ? Si vous pensez à une autre solution, dites-le-moi, je vous en prie.

— Oh, Gary...

Elle était sur le point d'éclater en sanglots.

— Je ne peux vraiment rien faire ? répéta-t-il.

— Non, chuchota-t-elle.

Et, sans rien ajouter, elle raccrocha doucement.

Jack avait été témoin de scènes horribles au cours de son existence ; il avait lu la peur sur des visages, parfois à cause de lui. Mais aucun de ces événements passés n'aurait pu le préparer au choc qu'il ressentit en découvrant Lorraine terrorisée, zigzaguant follement sur la route, les bras attachés derrière le dos.

Dès qu'il avait appris de la bouche de Thomas la manière dont Jason Applebee s'était joué de lui et lui avait soutiré toutes ces informations sur Lorraine, Jack avait tenté de joindre la jeune femme dans sa chambre d'hôtel. N'obtenant pas de réponse, il était revenu sur ses pas. Grâce à un incroyable coup de chance, il l'avait aperçue à l'arrière d'une voiture noire. Deux hommes étaient assis à l'avant. Un regard, même fugace, lui avait appris que le chauffeur du véhicule n'était autre que Carlos. L'autre devait être Jason. Pris de folie, il s'était jeté sur la première voiture venue et avait convaincu son propriétaire de la lui louer pour un prix astronomique.

Puis il avait suivi Carlos un moment, et il avait fini par le perdre dans les bidonvilles qui ceinturaient la cité. Il s'était mis alors à rouler au hasard. A un moment, sans savoir pourquoi, il avait emprunté la route qui menait dans la jungle. C'était là qu'il était tombé sur Lorraine. Carlos n'était pas loin derrière elle. Jack le vit s'enfoncer à sa suite, sous les arbres, un peu plus en amont.

Il abandonna la voiture et courut après Carlos. Il n'avait aucune arme. Pas même un couteau. Mais son instinct lui soufflait de faire vite. Une seconde de trop pouvait s'avérer fatale pour Lorraine. S'il devait, pour la défendre, combattre à mains nues dans un duel inégal, et même y trouver la mort, eh bien, tant pis.

La jungle était incroyablement dense et, bientôt, Carlos fut hors de vue. Jack découvrit alors ce que Lorraine avait dû constater avant lui : très vite, la végétation cédait la place à une corniche surplombant une rivière encaissée, semée de rochers déchiquetés. Jack, qui était sujet au vertige, fit un bond en arrière.

Mais lorsqu'il entendit Lorraine pousser un cri, il s'élança de nouveau.

Carlos l'avait faite prisonnnière et la maintenait à terre en pesant sur elle de tout son poids. Malgré les efforts de la jeune femme qui se débattait férocement, il avait réussi à lui arracher son chemisier tout en faisant pleuvoir une grêle de coups sur elle. Le visage ensanglanté, les yeux tuméfiés, elle continuait à se défendre héroïquement.

Devant ce spectacle, Jack éprouva pour elle un amour incommensurable, doublé d'une admiration sans bornes.

Il poussa un véritable hurlement, et se lança à l'assaut.

Aussitôt, Carlos se retourna et leva sur lui le canon d'un revolver. A cet instant, Lorraine, libérée d'une partie du poids de son assaillant, se redressa et donna un violent coup de tête, si bien que l'arme échappa des mains de Carlos et alla atterrir dans un fourré.

Jack ne perdit pas un instant : il se lança sur Carlos. Mais le choc lui coupa la respiration car sa blessure à l'épaule n'était que fraîchement refermée.

Carlos grogna de rage et balança son poing dans l'épaule bandée de son adversaire.

Une douleur atroce assaillit Jack qui tomba à genoux. Un voile noir lui obscurcit le regard tandis qu'il luttait pour ne pas sombrer.

— Espèce de brute ignoble ! cria Lorraine, horrifiée.

N'écoutant que sa témérité, elle se jeta sur Carlos et réussit à lui faire perdre l'équilibre.

Il vacilla, mais il eut le temps d'attraper Lorraine et de l'envoyer percuter un tronc voisin. Elle s'effondra, inconsciente. Mais son geste désespéré avait permis à Jack de rassembler partiellement ses esprits, et il se jeta de nouveau dans la bagarre.

Carlos n'attendit pas qu'il fût sur lui pour attaquer, et il l'arrêta d'un direct bien placé. Il avait la force de son côté, certes, mais Jack, lui, se battait pour la vie de Lorraine autant que pour la sienne.

A présent, ils tournaient l'un autour de l'autre. Jack ne quittait pas son ennemi du regard. Le message était clair : il s'agissait d'un duel à mort. L'un d'eux y laisserait sa peau. Il n'y avait pas de compromis possible.

Jack savait que Carlos avait l'avantage sur lui. Si ce salopard avait le dessus, il tuerait Lorraine.

Carlos attaqua le premier, et ils se retrouvèrent dangereusement proches du bord de la falaise. Jack entendit le roulement furieux des eaux, en contrebas. Un faux mouvement, et c'était le plongeon vers une mort certaine.

Du coin de l'œil, il vit que Lorraine avait repris connaissance et qu'elle était déjà à la recherche du revolver.

Le dos tourné au précipice, Jack avait du mal à évaluer la distance qui le séparait du bord. Il sut brusquement ce qu'il devait faire. Il n'y avait pas d'autre moyen pour sauver Lorraine. Pas d'alternative pour arrêter la folie meurtrière de Carlos.

Déjà, il sentait ses forces diminuer.

Il décida d'agir sans attendre, poussé par une inébranlable volonté. Par son amour infini.

Il se colla contre Carlos et, dans un effort surhumain, il l'entraîna vers le gouffre.

Carlos battit des bras dans un geste désespéré. Mais c'était trop tard. Après un bref instant d'incertitude, les deux hommes basculèrent dans le vide.

Le hurlement d'horreur de Lorraine accompagna Jack tout au long de sa chute vertigineuse.

Ce fut la dernière chose qu'il entendit.

16.

Les services de secours mexicains travaillèrent fiévreusement pendant des heures. Plusieurs secouristes avaient été treuillés jusqu'en bas de la falaise. Ils étaient à présent en train d'examiner les corps.

Mais aucun être humain ne pouvait survivre à une chute aussi vertigineuse. Lorraine en avait été persuadée dès l'instant où elle avait vu les deux hommes gisant sur la grève, à des mètres et des mètres en contrebas. Carlos avait atterri sur les rochers. Jack reposait sur le dos, au bord de la rivière. Lorraine avait l'impression que son cœur allait s'arrêter de battre, chaque fois qu'elle risquait un regard dans sa direction. Finalement, elle tomba à genoux, terrassée par le chagrin.

Après avoir vu Jack et Carlos basculer du haut de la corniche, elle avait couru d'un trait jusqu'à la grand-route, au risque de se faire écraser par une voiture qui arrivait à toute allure. Dieu merci, les jeunes gens qui étaient à bord parlaient assez bien l'anglais pour comprendre qu'un terrible accident s'était produit, et ils avaient alerté les autorités.

— Mademoiselle, mademoiselle, nous voudrions vous poser quelques questions.

Le policier, dont le badge précisait qu'il s'agissait de l'officier de Oro, s'accroupit auprès d'elle. Il lui parlait d'une voix douce et inquiète.

— Pouvez-vous parler, maintenant? S'il vous plaît, ajouta-t-il. Il y a beaucoup de questions.

— Je veux savoir s'il est vivant. Je l'aime.

Sa voix s'étrangla, mais elle refusa de quitter son poste d'observation. D'une façon irrationnelle, elle pensait qu'en restant là, elle pourrait aider Jack à survivre, grâce à son amour.

— Personne ne peut sortir vivant d'un tel plongeon.

C'était évident, et elle se contenta de secouer la tête sans répondre. Les mots de l'inspecteur de Oro donnaient corps à ses pires angoisses.

— Comment est-ce arrivé?

Lorraine ne voyait pas par quel bout commencer.

— Je voudrais que mon père vienne, murmura-t-elle dans un sanglot, en donnant le nom de Thomas. J'ai besoin de mon père. Pouvez-vous l'appeler, s'il vous plaît?

— Oui, nous arrangerons ça un peu plus tard, répondit le policier. Qui est l'homme mort, de l'autre côté de la route? Pouvez-vous au moins nous renseigner sur ce point?

— Jason Applebee.

— Un Américain?

Elle fit signe que oui.

— C'est lui qui a volé l'Etoile de Kukulcan.

Sa réponse fit sensation. Immédiatement, l'inspecteur de Oro bondit sur ses pieds et appela un autre officier. Ils échangèrent des propos à voix basse, puis le second agent se précipita vers la voiture de patrouille pour passer un message radio.

— Il ne possède plus l'Etoile, précisa Lorraine d'une voix faible.

— Alors, où est-elle ?

— Au département des antiquités.

— Comment pouvez-vous en être aussi sûre ?

— Parce que je la leur ai restituée ce matin.

Dieu tout-puissant, était-ce seulement le matin de ce même jour ?

— Avez-vous le nom de la personne à qui vous l'avez donnée ?

— Le Dr Marcos Molino.

Il la quitta pour aller de nouveau s'entretenir avec l'autre inspecteur. Elle remarqua que l'activité au pied de la falaise s'intensifiait. L'un des secouristes, en contact radio avec l'équipe du bas, courut vers la voiture de patrouille qui servait de Q.G.

Lorraine essayait désespérément de comprendre ce qui se passait.

— Alors, lança-t-elle à de Oro, dès qu'il revint dans sa direction, qu'a-t-il dit ?

— L'homme sur les rochers est mort.

Carlos était mort, mais elle n'en ressentait aucun soulagement. Elle ne pensait qu'à Jack. Elle s'attendait au pire.

Il avait donné sa vie pour elle. Pour la sauver. Il l'aimait. Ni l'un ni l'autre n'avaient prononcé ces mots. Mais Jack l'avait aimée. Elle ne pouvait plus en douter. Et elle découvrait qu'elle l'aimait, elle aussi, au-delà de tout ce qu'elle aurait pu imaginer.

Qu'allait-elle devenir ? Comment continuer à vivre sans lui ? La tâche lui parut brusquement au-dessus de ses forces.

Le secouriste équipé de la radio passa un autre

message à l'officier de police et, aussitôt après, le mouvement s'accéléra. On descendait de nouveaux jeux de cordes, avec des brancards assemblés à la hâte au milieu de cris et d'instructions diverses.

— Que se passe-t-il ? demanda Lorraine, le cœur plein d'espoir.

Elle se remit debout tant bien que mal et secoua l'officier par la manche de sa veste.

— Dites-moi, dites-moi ce qui se passe.

— L'autre homme est vivant.

Lorraine faillit s'évanouir.

— Mais sa vie ne tient qu'à un fil, ajouta-t-il.

— Vite, à l'hôpital ! Il faut le transporter au plus vite. Je vous en prie ! Chaque seconde compte. S'il vous plaît !

Jack était vivant ! Il y avait donc une chance, une toute petite chance... Lorraine était portée par ce mince espoir, et elle dut se retenir pour ne pas sauter au cou de l'homme qui venait de lui annoncer l'incroyable nouvelle.

Déjà, l'ambulance se mettait en place. L'un des membres de l'équipe de secours tenta d'entraîner Lorraine à l'écart pour faire soigner ses blessures, mais elle refusa tout net de s'éloigner du bord de l'abîme.

— Il est vivant ! répétait-elle entre deux sanglots. Vivant.

— Mademoiselle, mademoiselle, il faut voir le médecin, maintenant !

— Non. Pas avant que Jack ne soit remonté.

— Mais, mademoiselle...

— Je répondrai à toutes vos questions plus tard, promit-elle.

Elle garda le regard fixé sur Jack, tandis qu'on le hissait le long de la paroi rocheuse. Une demi-douzaine d'hommes s'activaient sur la berge, et autant en haut, du côté des poulies.

La jeune femme était stupéfaite qu'un sauvetage aussi périlleux pût être accompli avec un ensemble aussi parfait. Elle prit garde à ne pas gêner les sauveteurs dans leurs efforts.

Dès que le brancard où reposait Jack arriva à destination, il fut libéré de ses sangles et glissé à l'arrière de l'ambulance. L'équipe des sauveteurs, le visage rouge et congestionné par l'effort fourni, s'écarta alors du véhicule.

Avant que quiconque pût protester, Lorraine bondit dans l'ambulance avec l'infirmier.

Une fois à l'intérieur, elle put enfin poser les yeux sur le rescapé. En qualité d'infirmière, elle avait travaillé aux urgences et prodigué les premiers secours à bon nombre de victimes, mais Jack était sans doute le patient le plus touché qu'elle eût jamais vu. Elle fut horrifiée par l'étendue de ses blessures. C'était véritablement un miracle qu'il fût encore en vie. Elle tâta son pouls à la veine jugulaire, mais il était trop faible pour qu'elle pût sentir quelque chose. Jack avait visiblement un grand nombre de fractures. Quant aux lésions internes, elles devaient également être importantes. A première vue, sa colonne vertébrale avait été touchée.

L'ambulancier s'activa pour mettre Jack sous perfusion et combattre les effets du choc. Lorraine se contenta d'observer, tout en serrant dans la sienne la main inerte de Jack. Elle l'observait et elle priait.

La sirène se mit en marche au moment où ils atteignirent la route goudronnée.

⁂

Les deux jours suivants se fondirent dans une sorte de brouillard. Jack fut descendu au bloc opératoire dès son arrivée. L'étendue et la gravité de ses blessures étaient aussi considérables que ce que Lorraine avait craint. Avec des risques de complications. Le diagnostic des chirurgiens était plus que réservé.

Lorraine refusa de quitter son chevet, même à l'arrivée de son père. Dès qu'il posa les yeux sur elle, Thomas Dancy fut bouleversé : elle avait les deux yeux au beurre noir, le nez cassé, et la plaie à l'arrière de son crâne avait nécessité une quinzaine de points de suture. Le plus curieux, c'est qu'elle n'avait pas souffert une seule seconde de ses blessures, à partir de l'instant où Jack s'était jeté du haut de la falaise.

La moindre parcelle d'énergie qu'elle possédait encore était réservée à Jack. Ses dernières forces, sa volonté, son attention sans relâche, tout ce qu'elle pouvait donner était pour lui.

— Raine ?

Son père était enfin là, au pied du lit où Jack gisait, inconscient.

Elle s'effondra dans ses bras. Elle avait tellement besoin de son soutien.

— Je l'aime tant, murmura-t-elle d'une voix entrecoupée de sanglots.

Elle comprenait qu'elle n'avait jamais été amoureuse, auparavant. Ce que Gary et elle avaient partagé s'apparentait davantage à l'amitié qu'à la passion. Ils étaient amis et bons compagnons ; ils s'appréciaient mutuellement. Mais ils n'étaient pas amoureux au sens fort du terme. D'une certaine manière, Gary avait été le choix de sa mère plutôt que le sien.

— Peux-tu me parler de ce qui est arrivé? demanda doucement Thomas.

— Non, pas maintenant.

— Bon, viens te reposer à l'hôtel. Il faut que tu dormes un peu.

— Non, répondit Lorraine en secouant la tête. Je ne lui ai jamais dit que je l'aimais, tu comprends... Je ne peux pas le laisser.

— Et lui, il t'aime aussi? demanda Thomas d'un ton légèrement hésitant.

— Oh, oui! murmura la jeune femme sans hésiter, tout en sachant qu'il n'existait pas de mots pour décrire ce qui les unissait.

Elle n'avait jamais douté de l'amour qu'ils éprouvaient l'un pour l'autre, mais cet amour, ils n'avaient pas pu l'exprimer.

Si Jack mourait maintenant, ils auraient tout perdu.

Thomas s'assit près de sa fille. Après un premier feu roulant de questions destinées à calmer ses inquiétudes, il ne lui demanda plus rien, et elle lui en fut reconnaissante. Elle eut l'impression qu'il comprenait son attitude : elle irait jusqu'au bout. Quelle que fût l'issue de l'histoire.

L'hôpital s'enfonçait dans le silence. La nuit s'installait doucement. A présent, Lorraine était seule au chevet de Jack. Elle tenait sa main dans les siennes et lui embrassait de temps à autre l'intérieur du poignet.

— Quand tu seras sorti d'ici, lui dit-elle, je te promets que...

Elle n'eut pas le temps de finir. Le moniteur cardiaque se mit à retentir, ce qui provoqua les galopades effrénées de l'équipe médicale dans les couloirs de l'unité de soins intensifs.

L'écran affichait une ligne droite ininterrompue.

L'arrêt cardiaque.

Gary Franklin avait décidé de refuser la lettre de démission de Marjorie, tout en cherchant à se convaincre qu'il le faisait dans l'intérêt de l'entreprise. Med-X avait investi beaucoup d'argent dans la formation de Marjorie Ellis, et son départ aurait été un coup dur pour le département des ventes.

Comme il s'y attendait, en ce lundi matin, il trouva sa lettre de démission sur sa table de travail. Aussitôt, il se rendit dans le bureau de la jeune femme.

— Je ne peux accepter ceci, annonça-t-il en brandissant l'enveloppe.

— Vous ne pouvez pas, ou vous ne voulez pas ? rétorqua-t-elle d'un ton de défi.

— Les deux.

Il commença par lui exposer le point de vue de l'entreprise.

— Je propose d'assurer la formation de la personne qui me remplacera, dit-elle alors.

Il hésita.

— Vous ne pouvez pas me forcer à rester dans la société, reprit-elle.

Elle marquait un point.

— Non, mais je vous serais personnellement reconnaissant de ne pas quitter l'entreprise sur un coup de tête. Il ne faut pas oublier que vous vous en sortez magnifiquement sur le plan professionnel : nous n'aimerions pas du tout vous perdre.

Marjorie se tassa sur sa chaise. Il remarqua qu'elle avait déjà vidé la moitié de ses tiroirs.

— J'aimerais beaucoup que vous reconsidériez votre décision.

Elle évitait de croiser son regard.

— Je ne peux pas... Je ne le souhaite pas.

— Si c'est votre dernier mot, soit, mais...

Il n'arrivait pas à trouver les mots pour lui dire à quel point il était essentiel qu'elle restât chez Med-X. C'était assez normal puisque, en fait, s'il tenait tant à la garder, c'était pour des raisons purement égoïstes.

— Pourquoi est-ce si crucial pour vous de partir ?

Au début, il avait supposé que c'était à cause de ses avances. Puis il avait repassé dans sa mémoire les fameuses scènes de baisers, et analysé les quelques remarques qu'elle avait pu faire. Il avait alors compris qu'elle les désirait autant que lui, ces fameux baisers passionnés.

— Pourquoi ?

Elle avait relevé la tête, et fixait sur lui un regard lourd de reproches.

— Vous projetez d'épouser une autre femme. Ne comptez pas sur moi pour enterrer votre vie de garçon, Gary. Je ne suis pas intéressée par une aventure.

— Une aventure ?

Il faillit s'étrangler.

— Eh bien, comment faut-il appeler cela? demanda-t-elle, sur la défensive. C'est bien ce que nous étions sur le point de partager, non?

Certes, Gary ne pouvait nier l'attirance qu'ils éprouvaient l'un pour l'autre ni le fait qu'ils eussent été tout près de se précipiter dans la chambre à coucher.

— Vous avez raison, dit-il, sans même se rendre compte qu'il parlait tout haut.

— Je ne veux pas causer de tort à cette femme qui s'est engagée à devenir votre épouse...

— Lorraine...

— Lorraine, oui, puisque c'est son nom. Je refuse de participer à une telle trahison. Je refuse les cinq à sept sordides que vous ne manqueriez pas de me proposer.

Il eut l'impression de recevoir une gifle en pleine figure.

— Je... Jamais je n'aurais été capable de...

Il était trop troublé pour aller au bout de sa pensée.

— Erreur ! Vous en étiez tout à fait capable. Nous en étions capables tous les deux.

— D'accord, reconnut-il, en opérant un virage à 180 degrés. Mais, à présent que nous sommes avertis du danger, nous veillerons à ne pas retomber dans les mêmes pièges. Avant de lâcher un emploi aussi prometteur, je vous suggère de prendre quelques jours de délai, pour y réfléchir à fond.

Elle eut l'air de prendre ses paroles en considération.

— Il n'est pas toujours facile de résister à ses sentiments, reprit-il, mais vous êtes devenue quelqu'un d'important pour cette entreprise.

« Et pour moi », ajouta-t-il en silence.

Marjorie se mordillait la lèvre d'un air soucieux.

— Je vous donnerai ma réponse définitive dans une semaine, dit-elle finalement.

— Parfait.

Gary eut alors l'impression qu'on venait de le débarrasser d'un lourd fardeau. Il lui rendit sa lettre de démission et retourna dans son bureau.

De nombreuses affaires importantes requéraient son attention, mais il était incapable de se concentrer. Ses pensées l'assaillaient sans relâche. Tout ce qu'avait dit Marjorie était vrai. Il était fiancé. Et la tentation d'embrasser une autre femme n'aurait même pas dû l'effleurer. Or, il avait bel et bien embrassé Marjorie, et il y avait pris un plaisir infini.

Bien sûr, Lorraine lui avait manqué. Au début, surtout. Mais elle était partie depuis si longtemps qu'il ne savait plus très bien que penser. Même son père n'avait pu lui préciser à quel moment elle comptait revenir.

Une chose était claire : dans l'état actuel de la situation, il ne pouvait pas l'épouser.

Cette évidence, qui s'imposait brusquement à lui, le laissa stupéfait. Comment n'y avait-il pas pensé plus tôt ? S'il aimait véritablement Lorraine, aurait-il été tellement attiré par Marjorie ? Non. Certainement pas.

Il quitta son fauteuil et remonta le couloir d'un pas martial vers le bureau de la jeune femme. Quand il vit qu'elle était occupée au téléphone, il ressentit un intense désappointement. Eh bien, il n'aurait qu'à revenir plus tard.

A midi, il déjeuna avec l'un de leurs principaux

concessionnaires. Et il dut consacrer l'après-midi à rédiger un rapport pour le directeur général.

Bref, avant qu'il eût le temps de s'en rendre compte, la journée était terminée.

Ce n'est qu'une fois installé au volant de sa voiture qu'il songea à s'arrêter chez elle, sur le chemin du retour. Il n'aurait sans doute pas dû le faire, mais comment résister à la tentation de la voir ?

Brice sortit de la maison en courant, à l'instant où il se garait.

— Comment ça va, mon grand ? demanda Gary en lui enfonçant la visière de sa casquette sur les yeux.

— Super ! Tu viens voir maman ?

— Oui. Elle est là ?

— Ouais.

Inquiet à l'idée qu'elle n'appréciât pas son arrivée inopinée, il demanda à l'enfant :

— Ça t'ennuierait de la prévenir que je suis ici ?

— Non, j'y vais. Elle va être rudement contente.

Brice remonta les marches du perron et fila à l'intérieur de la maison. Trente secondes plus tard, Marjorie apparut sur le seuil. Il perçut aussitôt sa nervosité, son trouble et son hésitation.

— Salut, Gary.

— Bonsoir, Marjorie.

Elle s'était plantée sur la plus haute marche, les bras croisés devant elle, dans une attitude défensive.

— Je ne vous demande qu'un instant, dit-il sans avancer davantage. J'ai pris une décision, aujourd'hui, et comme elle vous concerne aussi, j'aimerais vous en parler.

— Une décision me concernant ? De quoi s'agit-il ?

— Comme vous l'avez souligné, je suis fiancé. Mais j'ai compris que ce projet était totalement remis en question. Lorraine et moi, je... Comment vous dire ? Elle est merveilleuse. C'est une fille vraiment bien. Nous sommes sortis ensemble un bon moment, et j'ai plus ou moins décidé qu'il était temps de nous marier. Elle n'était pas contre. Voilà comment les choses se sont passées. Seulement, aujourd'hui, j'ai décidé de rompre les fiançailles.

— Est-elle rentrée du Mexique ?

— Non.

Il y avait bien pensé. Si elle s'était trouvée à Louisville, il lui aurait parlé le jour même.

— Ainsi, elle n'est pas au courant ? demanda Marjorie.

— Pas encore. Mais je ne pense pas qu'elle sera déçue.

— Comment pouvez-vous dire une chose pareille ? répliqua Marjorie sur un ton tellement scandalisé que Gary fit machinalement un pas en arrière.

— Il n'y avait pas de passion entre nous. Pas d'étincelles.

Il n'en avait pris conscience que le jour où il avait embrassé Marjorie. Le courant était si fort entre eux qu'il avait mis le feu aux poudres. Et, depuis ce moment-là, la vie de Gary avait totalement changé.

— Des étincelles ? répéta la jeune femme en haussant les sourcils.

— Je ne suis pas un homme volage, Marjorie, je tiens à ce que vous le sachiez.

Elle resta de glace.

— Vous voulez rompre vos fiançailles à cause de moi ?

Gary ne sut d'abord que répondre. Puis, songeant que la vérité était le meilleur des arguments, il répondit en la regardant droit dans les yeux, sans chercher à dissimuler plus longtemps l'intensité de ses sentiments pour elle :

— Oui. Je vous ai attendue toute ma vie. Je refuse de vous laisser filer.

— Oh, Gary !

Cette fois, elle pleurait.

— Invite-le à dîner, m'man, lui souffla Brice qui était resté posté près de la porte.

— C'est gentil, Brice, mais il faut que j'y aille.

Gary tourna les talons et se dirigea vers sa voiture.

— Gary !

Il se retourna.

Marjorie était en train de s'essuyer les yeux d'un revers de manche.

— Accepteriez-vous de rester dîner ?

Seigneur, il ne rêvait que de ça !

— Aimeriez-vous que je reste ?

Elle lui fit signe que oui en souriant, puis elle lui tendit la main.

Gary n'attendit pas une seconde invitation.

Jack n'avait aucune idée de l'endroit où il pouvait se trouver. Il entrouvrit les paupières, et une lumière aveuglante l'agressa. Il se demanda s'il était mort, puis il songea qu'il souffrait beaucoup trop dans son corps pour que ce fût le cas. La souffrance était un signe... encourageant, en quelque sorte. Elle signifiait qu'il était encore vivant.

Un médecin et une infirmière se tenaient à son chevet.

— Docteur ? demanda Jack en espagnol.

Le praticien tourna la tête et sembla extrêmement soulagé que Jack eût repris connaissance.

— Alors, vous avez enfin décidé de revenir parmi les vivants ?

— Depuis combien de temps suis-je ici ?

— Une semaine.

Le dernier souvenir de Jack remontait à l'instant fatal de son plongeon vertigineux vers la mort, cramponné à Carlos, dans la certitude absolue de leur fin imminente à tous deux.

— Comment vous sentez-vous, monsieur Keller ?

— Comme si j'étais tombé du haut d'une falaise.

Le médecin sourit.

— Et l'autre homme ?

— Malheureusement, les secours n'ont pu que constater le décès de M. Applebee et de M. Caracol. Vous et votre femme, vous êtes les seuls survivants.

Jack n'eut pas le courage de le détromper, mais il tourna la tête de l'autre côté, préférant ne pas penser à Lorraine.

— Votre épouse n'a pas quitté votre chevet depuis le moment où vous avez été admis en réanimation, déclara l'infirmière.

— Comment va-t-elle ?

La mémoire de Jack avait beau être encore floue, il se rappelait que Lorraine avait été sévèrement malmenée.

— Où est-elle ?

— En train de déjeuner avec son père, répondit le médecin. Contre sa volonté, je dois le dire. Et, en ce qui concerne ses blessures, elle se remet doucement. Mais elle ira beaucoup mieux dès que je lui aurai annoncé que vous avez repris connaissance.

Jack ferma les yeux.

— Vous nous avez donné des frissons, récemment.

— Vraiment ?

Jack battit des paupières.

— Vous avez fait un arrêt cardiaque, il y a deux jours. Et, depuis, vous avez été entre la vie et la mort. On peut dire que vous avez un instinct de survie farouche, monsieur Keller.

— C'est à cause de sa femme, précisa l'infirmière. Elle a dit qu'elle refuserait de vous laisser mourir.

Jack sourit. C'était bien Lorraine, ça !

— Depuis des jours et des jours, elle ne vous a pas lâché. Elle vous a parlé sans arrêt, elle vous a encouragé. Elle n'a pas cessé d'évoquer votre avenir. Elle dit qu'elle veut un enfant de vous.

Le sourire de Jack s'évanouit. Apparemment, Lorraine avait décidé de demander le divorce. A cause de lui, elle allait gâcher sa vie. Il voyait d'ici les dégâts. Elle allait rentrer à Louisville pour les formalités et briser deux existences. Jack ne pouvait pas la laisser agir ainsi à cause de lui.

— Docteur, dit-il dans un murmure.

Il avait à peine la force de parler. Dans son désir d'être entendu et d'appuyer sa requête, il s'accrocha à la manche du médecin.

— Voulez-vous davantage de calmants ?

— Non.

— Je vais chercher votre épouse, dit l'infirmière.

— Non !

— Du calme, monsieur Keller. Quel que soit le problème, nous allons nous en occuper.

Jack en doutait.

— Cette femme n'est pas mon épouse.

Il vit le médecin et l'infirmière le regarder d'un air stupéfait.

— Mais elle porte une alliance, dit l'infirmière comme s'il s'agissait d'un argument imparable.

— Elle vous aime, ajouta le médecin, en fronçant les sourcils. Pendant cette interminable semaine, elle a refusé de vous abandonner un seul instant. Nous avons dû ruser pour qu'elle accepte de quitter la chambre, tout à l'heure, et c'est uniquement grâce à...

— Cette alliance lui a été donnée par un autre homme.

Le médecin et l'infirmière continuaient à le dévisager, sans comprendre.

— Si vous dites à Lorraine que je suis vivant, vous serez responsables d'un mariage brisé, d'une famille détruite.

Il serra plus fort le bras du médecin.

— Comprenez-vous ce que je vous dis ?

Le praticien ne le quittait pas du regard.

— Je l'aime, moi aussi, murmura Jack.

Il sentit le voile noir qui menaçait de recouvrir sa conscience.

— Que voulez-vous que je fasse ?

— Dites-lui que je suis mort.

— Monsieur Keller, c'est tout à fait impossible.

— Dites-lui que je suis mort ou je ruinerai son existence.

Il avait de plus en plus de mal à prononcer les mots, à maîtriser les mouvements de sa langue.

— Vous l'aimez à ce point ?

— Oui.

— Monsieur Keller...

— Promettez-moi... s'il vous plaît.

Il n'était pas homme à supplier ni à mendier, habituellement, mais, cette fois, il y était réduit.

— Elle a un mari. Un homme bon qui l'aime et qui ignore tout de mon existence.

Le médecin demeura silencieux un long moment. Puis il prit sur lui et acquiesça d'un signe de tête.

— Merci, chuchota Jack.

A présent, il pouvait se reposer. Fermer les yeux et sombrer dans un oubli bienheureux.

Il entendit le doux chuintement des semelles de crêpe qui s'éloignaient de son lit de douleur.

Puis il perdit le sens du temps. Un peu plus tard, il fut tiré de sa torpeur par le cri déchirant de Lorraine.

— Non, non ! Mon Dieu, non, par pitié !

Son chagrin lui brisa le cœur. Puis elle se mit à pleurer, et ses sanglots étaient empreints d'un tel désespoir que nul ne pouvait l'entendre sans en être profondément touché.

Jack garda les yeux clos. Si seulement il avait pu aussi se boucher les oreilles...

Dorénavant, se dit-il, juste avant de se laisser engloutir par le néant, il était mort pour Lorraine, comme elle était morte pour lui.

17.

Lorraine mit six mois à recouvrer le sommeil. Toutes les nuits, elle se réveillait, étreinte par une tristesse insondable dont il lui semblait impossible de sortir. Pendant ses longues insomnies, elle restait allongée sur son lit, plongée dans l'obscurité, silencieuse vestale entretenant la flamme sacrée du souvenir. Oh, Jack...

Désormais, elle faisait sienne la devise du poète : « Je préfère avoir aimé, et perdu mon adorée, plutôt que de n'avoir jamais connu l'amour. »

Un an auparavant, elle n'aurait pas manqué de trouver ridicule une telle déclaration. Ce n'était plus le cas. Même en sachant qu'elle aurait échappé à sa peine présente si elle n'avait pas connu Jack, elle ne regrettait rien, et elle aurait sans hésiter recommencé l'expérience. Ces deux semaines passées avec lui étaient les plus précieuses de son existence. Elle en chérissait chacune des journées et chacune des heures.

Certes, elle souffrait comme une damnée, mais, en même temps, elle éprouvait de la reconnaissance.

— Tu as changé, lui dit Gary, lorsqu'ils se rencontrèrent pour déjeuner en ce début du mois de novembre.

Elle était d'accord avec lui.

— Tu as l'air plus résistante.

— En parlant de changement, dit-elle en lui retournant le compliment, je reconnais à peine l'homme que tu es devenu.

Ils étaient installés dans un restaurant thaï, l'un de ceux qu'ils fréquentaient souvent, à l'époque où ils sortaient ensemble.

Gary eut la bonne grâce de rougir.

— C'est le miracle de l'amour, dit-il.

Si elle n'avait pas connu Jack, la phrase de Gary l'aurait blessée, mais, curieusement elle le comprit. L'amour de Jack l'avait transformée, elle aussi.

Son ex-fiancé avait épousé Marjorie Ellis dans le mois qui avait suivi son retour. A l'époque, plongée dans les affres de son deuil, elle était trop bouleversée pour réagir. Plus tard, elle éprouva une sorte d'amertume mêlée de soulagement et de regret. Elle était heureuse, c'est vrai, pour Gary et Marjorie, mais elle ne pouvait s'empêcher de ressentir une légère rancune : elle avait essayé de respecter un certain code de l'honneur vis-à-vis de leur relation, alors que Gary ne l'avait pas traitée avec la même considération.

Puis, au fil du temps, elle surmonta ses réticences et se sentit simplement heureuse que son ami fût tombé amoureux. Elle avait toujours apprécié la présence de Gary. Sincèrement. Mais sans l'aimer passionnément, de la manière dont elle avait aimé Jack. Ses sentiments pour Gary ne pouvaient se comparer en rien avec ce qu'elle éprouvait pour l'homme qui avait donné sa vie pour la sauver.

Gary posa le menu sur la table. Lorraine se demanda pourquoi il prenait la peine de le consulter. Aussi loin que remontent ses souvenirs, Gary avait toujours pris le même plat, chaque fois qu'ils étaient venus au Jardin Thaï.

— Marjorie devrait être là d'une minute à l'autre.

Lorsqu'il avait prononcé le prénom de sa femme, ses yeux s'étaient illuminés.

Lorraine avait rencontré Marjorie à plusieurs reprises, et elle la trouvait charmante. Elle admirait la métamorphose qu'elle avait su provoquer chez Gary. Il était plus détendu, plus spontané, et infiniment plus attentif aux autres.

— Désolée d'être en retard, dit Marjorie en les rejoignant.

Elle ôta ses chaussures et prit place sur les coussins rembourrés, devant la table basse de leur petit salon particulier.

— Le médecin était en retard et...

Elle s'interrompit brusquement, comme si elle avait fait une gaffe.

Lorraine mit un moment à comprendre.

— Vous attendez un bébé ! dit-elle en les regardant tous les deux.

Gary et Marjorie semblaient pétrifiés, dans l'attente de sa réaction.

— Mais c'est merveilleux ! Je me réjouis pour vous.

Lorraine était sincère. Elle serra chaleureusement la main de Marjorie.

— Depuis combien de temps ?

— Trois mois, annonça Marjorie.

Gary, qui n'avait jamais montré un enthousiasme délirant pour la paternité, rayonnait de bonheur.

— Nous ne voulions pas attendre trop longtemps, vu que Brice a déjà neuf ans, précisa-t-il.

— Nous n'avions pas envie d'attendre, un point c'est tout, rectifia Marjorie.

Elle posa la paume de sa main sur son ventre.

— Le bébé a été une surprise, mais une bonne surprise.

Lorraine comprenait maintenant pourquoi Gary l'avait invitée à déjeuner.

— Tu seras un père merveilleux, lui dit-elle.

— Je suis un peu inquiet à l'idée de ce bébé, mais Brice m'a assuré qu'il me donnerait un coup de main pour assumer mon rôle de père.

— Gary est fantastique avec Brice, dit Marjorie en se tournant vers Lorraine.

— C'est parce qu'il a enfin trouvé quelqu'un de son âge pour jouer avec lui, répliqua Lorraine.

Les deux femmes éclatèrent de rire, et Gary se joignit à elles.

De fait, Lorraine ne pensait pas être si éloignée que cela de la vérité. Gary était un fan de base-ball, une passion qu'il partageait apparemment avec Brice. Lorraine était passée les voir récemment, un dimanche après-midi, et elle avait trouvé Gary et Brice, scotchés devant la télévision, devant la retransmission d'un match des World Series. Ils se tapaient dans la main à chaque nouveau point marqué par leur équipe favorite, et manifestaient bruyamment leurs encouragements, sans ménager les sifflets pour les coups ratés. Devant le chahut, Marjorie et Lorraine avaient dû battre en retraite et se réfugier dans la cuisine.

— Je préfère penser que Brice est mûr pour son âge, marmonna Gary.

La serveuse vint prendre la commande. Son regard allait de Gary à Lorraine, comme si elle avait du mal à comprendre la situation. C'était une réaction que leur petit groupe provoquait souvent lorsque Marjorie venait les rejoindre. Ils étaient sortis si longtemps ensemble que les gens les avaient naturellement pris pour un couple.

— Qu'est-ce que tu fais pour Thanksgiving ? demanda Marjorie.

Seigneur, on était déjà à Thanksgiving ? Lorraine avait peine à le croire. Depuis des mois, elle s'était traînée, jour après jour, priant le ciel d'avoir la force et le courage de continuer, seule. Seule. C'était le mot qui résumait toute son existence, désormais.

Elle s'était réjouie que la maison de sa mère n'eût pas été vendue, finalement. Peu après son retour du Mexique, elle s'y était installée, et avait apprécié le réconfort d'un univers familier.

— Nous aimerions beaucoup que tu viennes dîner avec nous, ce soir-là, dit Marjorie.

Lorraine ne prêta pas beaucoup d'attention à la proposition de ses amis, et elle ne dit rien. Jusqu'au moment où elle s'aperçut que Marjorie et Gary attendaient sa réponse. Ils la regardaient tous deux d'un air soucieux, et elle comprit que le remords, autant que l'amitié, les avaient poussés à la convier à ce repas de famille. Mais ce n'était pas nécessaire : ils n'avaient pas besoin de se sentir coupables vis-à-vis d'elle. Si Gary n'avait pas pris les devants, c'est elle qui aurait rompu leurs fiançailles.

— Je... je ne sais pas encore, balbutia-t-elle.

— Iras-tu voir ton père ? demanda Gary.

— Non.

Sa réponse avait claqué sèchement, révélant la profondeur de sa colère sur ce sujet sensible. Elle refusait de penser à Thomas Dancy ; elle ne voulait pas se trouver confrontée aux émotions qui l'assaillaient chaque fois que l'on prononçait son nom.

Il aurait dû lui dire la vérité dès le départ, à propos d'Azucena. C'était sans doute le point le plus douloureux : Thomas l'avait trahie, de la même manière qu'il avait trahi sa mère, auparavant. Durant toutes ces années, Virginia l'avait aimé, pour ne pas dire idolâtré. Sa fidélité avait été sans faille. Pas une fois elle ne s'était autorisée à lever les yeux sur un autre homme. Jamais elle ne s'était montrée déloyale envers sa mémoire.

Lorsque Jack avait été transporté d'urgence à l'hôpital, elle s'était tournée vers son père, en mendiant son soutien moral, mais elle le regrettait, après coup. Il avait bien essayé de la réconforter lorsque le médecin était venu leur annoncer la mort de Jack, mais elle était inconsolable.

Dès que les choses avaient pu s'organiser, elle était retournée à Louisville, chez elle. Son père lui avait écrit plusieurs fois, depuis, mais elle ne lui avait jamais répondu. D'ailleurs, qu'aurait-elle pu lui répondre ?

Thomas Dancy avait refait sa vie, avec une nouvelle épouse, d'autres enfants. Pour lui, Lorraine faisait partie d'un passé douloureux : elle était le vivant rappel de son mariage brisé et d'une femme qu'il avait trahie. Il valait mieux pour tout le monde qu'elle restât étrangère à son univers.

— Lorraine ? Nous parlions de Thanksgiving.

La voix de Gary l'interrompit dans ses méditations.

— Oui, excuse-moi, murmura-t-elle. Je vous donnerai ma réponse plus tard, d'accord ?

— Es-tu prête à parler de ce qui est arrivé au Mexique ?

C'était Marjorie qui avait posé la question avec sa gentillesse et sa douceur coutumières. Sans que Lorraine n'eût jamais évoqué le sujet, Marjorie avait deviné qu'elle avait subi un traumatisme important.

— Non, balbutia-t-elle d'une voix éperdue. Pas encore.

Serait-elle jamais prête, d'ailleurs ? Elle n'avait parlé de Jack à personne. Ni à Gary ni à Marjorie ni à ses amis et collègues de travail.

Gary avait raison. Elle était différente, et elle le serait à tout jamais après avoir aimé et perdu Jack. D'ailleurs, qu'aurait-elle pu leur dire ? Comment leur expliquer que, quelque part, elle était morte, ce jour-là, au bord de la falaise, dans la jungle mexicaine ? Comment leur révéler qu'elle ne vivait plus qu'un semblant d'existence ? Qu'elle se débattait pour redonner un vague sens à son univers quotidien, qu'elle luttait pour retrouver un peu de sérénité dans un monde qui paraissait en être singulièrement dépourvu ?

Jack traversa six mois d'enfer. Physiquement et psychologiquement.

Il avait tant souffert sur son lit d'hôpital que le sommeil l'avait fui. Mais, d'une certaine manière, il en était venu à accepter ses révoltantes souffrances physiques car elles lui permettaient de ne pas penser à Lorraine continuellement.

Il s'était fracturé la colonne vertébrale lors de sa chute, le médecin le lui avait confirmé. Jack n'en avait pas été surpris. Pas plus que de ses cinq autres fractures, ni de ses lésions internes. Les éminents membres du corps médical avaient, d'ailleurs, réservé leur pronostic quant à ses possibilités de remarcher un jour. La plupart d'entre eux semblaient surtout stupéfaits qu'il eût survécu. Et Jack partageait leur étonnement.

A la vérité, il avait appelé la mort de ses vœux. Plus d'une fois. Il aurait volontiers abandonné le combat. Aujourd'hui encore, il maudissait le sort de lui avoir joué un tour aussi pendable. S'il avait espéré une quelconque récompense pour avoir eu le courage de renvoyer Lorraine vers son époux légitime, eh bien, il était servi !

La deuxième semaine de novembre, Jack se tint debout pour la première fois depuis son arrivée à l'hôpital. Debout, mais sans pouvoir faire un pas. Son front était trempé de sueur, tant l'énergie qu'il devait déployer pour rester droit était gigantesque.

Quelqu'un applaudit son exploit derrière lui.

Jack n'osa pas tourner la tête, de peur de rompre son fragile équilibre.

— A la bonne heure !

— Murphy ?

Jack n'en croyait pas ses oreilles. Ses genoux cédèrent, et il s'effondra en arrière dans son fauteuil roulant. Toutes ses forces l'avaient déserté d'un seul coup. Sinon, c'eût été avec un plaisir non dissimulé qu'il aurait fait pivoter son fauteuil pour chasser son ami d'une bordée de jurons bien sentis. Car il n'était pas d'humeur à supporter la compagnie.

Et la pitié d'autrui, encore moins.

Jack détourna résolument le regard.

— Qu'est-ce que tu fiches ici ? dit-il d'un ton rogue.

— Qu'est-ce que tu crois ? Je suis venu te voir, vieux.

Jack refusait toujours de croiser le regard de Murphy.

— Alors, tu as fait le voyage pour rien.

Son ami décrivit un cercle autour de lui, en hochant la tête.

— On peut dire que tu t'es mis dans un drôle d'état, cette fois-ci.

Jack ne releva pas. Il savait que Letty et Murphy s'étaient tenus régulièrement informés de sa santé, qu'ils avaient appelé au moins une fois par semaine le Dr Berilo et son équipe. Jack avait toujours refusé de leur parler, et il espérait que ses amis avaient capté le message. Apparemment, ce n'était pas le cas.

— Berilo dit que tu pourras quitter le service bientôt, dit Murphy en venant se placer en face de Jack.

— Oui, c'est ce que j'ai cru comprendre.

— Sais-tu où tu vas aller ?

— Non.

Jack préférait éviter de penser à l'avenir. Son unique décision avait été de vendre le *Scotch on Water*. Il n'aurait pas pu retourner sur le cabin-cruiser. Toutes les nuits, il aurait été hanté par le souvenir de Lorraine et des heures qu'ils y avaient vécues ensemble.

— Tu penses rejoindre le bateau ?

— L'est vendu, marmonna Jack.

— Tu as vendu le *Scotch on Water* ?

Murphy n'en revenait pas.

— Mais tu aimais tant ce bateau !

— C'est une époque révolue.

Il n'était pas question qu'il en dît davantage. Murphy n'avait pas à connaître ses véritables motivations.

— Tu ne crois pas qu'il aurait été plus sage d'attendre un peu avant de prendre une décision aussi radicale ?

— Fiche-moi la paix ! aboya Jack.

Murphy s'assit sur une chaise voisine.

— C'est pour ça que tu es là ? reprit Jack d'un ton sarcastique. Pour prendre des nouvelles du bateau ?

— Non. C'est Letty qui m'envoie. J'ai ordre de te ramener.

Jack réagit immédiatement.

— Il n'en est pas question !

— Hé, vieux, on voit que tu ne connais pas vraiment ma femme. Plus entêtée qu'elle, ça n'existe pas. Alors, quand elle me dit de te ramener à la maison, j'ai intérêt à le faire, tu sais.

Jack se sentait épuisé d'avance à l'idée de discuter, mais il ne comptait pas pour autant mettre Murphy et Letty à contribution.

— Je suis assez grand pour m'occuper de moi, déclara-t-il d'un ton sec.

Murphy fit comme s'il n'avait rien entendu.

— Letty m'a demandé de retaper la vieille maison du régisseur. Elle a tout repeint et nettoyé à fond. Puis elle a loué un lit médicalisé, et quelques autres bricoles suggérées par le Dr Berilo. Avant que j'aie le temps de dire ouf, elle m'a fait agrandir les ouvertures de portes pour ton fauteuil roulant.

— J'ai l'intention de remarcher.

— Evidemment, dit Murphy rapidement. C'est juste en attendant que tu aies retrouvé ton autonomie. Je te le répète : tu ne connais pas encore réellement cette femme, Jack. Une fois qu'elle a décidé quelque chose, je ne vois pas ce qui pourrait l'arrêter. Crois-moi : jamais je n'oserais rentrer sans toi.

Eh bien, Letty allait pourtant devoir se faire une raison, songea Jack.

— Autre chose. Letty et Francine ont engagé un kinésithérapeute qui va débarquer en avion pour venir s'occuper de ta rééducation.

— On me met devant le fait accompli, c'est ça ?

Jack était profondément touché du mal que Letty et Francine — la femme d'un ex-collègue mercenaire — se donnaient pour lui, mais il n'avait pas l'intention de quitter le Mexique.

— J'ai essayé d'expliquer à Letty que tu refuserais tout net. J'ai fait de mon mieux, Jack, je t'assure, mais elle m'a rétorqué que tu avais besoin d'une famille autour de toi, et que nous étions ta seule famille.

— Je ne suis pas un cas social.

— Ah, ça non ! assura Murphy. Crois-moi, les honoraires du kiné, tu vas les sentir passer.

— Letty n'a pas le temps de s'occuper de tout ça.

— Je le sais bien. Avec trois gamins en dessous de quatre ans, elle à suffisamment à faire sans se mettre ça sur le dos, mais elle est persuadée que tu récupéreras plus vite au ranch que n'importe où ailleurs.

Jack préféra ne pas gaspiller son énergie en vaines protestations. Murphy pouvait bien raconter ce qu'il voulait : il n'avait pas l'intention de laisser ses vieux amis jouer les nounous avec lui.

Cependant, trois jours plus tard, Jack fut transporté à bord d'un avion privé, spécialement équipé, et entreprit le long voyage entre Mexico et Boothill, au Texas. Il était loin d'être ravi d'avoir à s'en remettre à Murphy et de se laisser prendre en charge. Mais, tout bien pesé, quel autre choix avait-il ?

Il avait besoin d'une longue rééducation et de gens de bonne volonté autour de lui. Il avait besoin de temps, aussi. D'énormément de temps. Car la route de la guérison serait longue et semée d'embûches. Il ne lui restait qu'une certitude : il ne serait plus jamais le même, ni physiquement ni moralement.

Le vol jusqu'au ranch acheva de l'épuiser, et il eut du mal à rester conscient jusqu'à son installation dans la maison du régisseur.

Comme l'avait décrit Murphy, la bâtisse, autonome par rapport au corps de bâtiment principal, avait été transformée en hôpital de campagne, avec lit médicalisé, fauteuil roulant, déambulateur et autres accessoires. Il sombra dans le sommeil à la seconde où il rabattit les couvertures sur lui.

Ses rêves tournèrent tous autour de Lorraine. Elle était allongée contre lui, parlant de ses films préférés, tandis qu'il se retenait à grand-peine pour ne pas la couvrir de baisers. Ou alors, ils se retrouvaient enlacés sur sa couchette de fortune, sur le pont supérieur du *Scotch on Water*, bras et jambes mêlés. Il admirait les reflets de la lune et le scintillement des étoiles, avant de s'endormir comme quelque moderne Tristan serrant chastement son Iseult.

Il entendit son rire cascader, comme une mélodie lointaine à son oreille, puis sentit la douceur satinée de sa peau contre la sienne. Les sensations étaient si réelles...

Il battit des paupières et entrouvrit les yeux. Quelqu'un était assis sur le rocking-chair à haut dossier, près de son lit, et s'y balançait doucement.

— Lorraine ? chuchota-t-il.

Ce ne pouvait être que Lorraine. Seigneur Jésus, jamais il n'aurait la force de la renvoyer une seconde fois ! Comment l'avait-elle retrouvé ? Qui lui avait donné son adresse ?

— C'est Letty, murmura la jeune femme en cessant de se balancer.

La déception le crucifia littéralement.

— Il faut vite te rendormir, lui dit-elle.

Il voulut lui expliquer qu'il n'avait fait que cela pendant six mois et que, s'il y avait la moindre justice sur cette terre...

Les élucubrations de Jack furent interrompues par l'arrivée de quelqu'un dans la pièce.

— Comment va-t-il ? demanda Murphy.

— Il s'est réveillé, et il m'a prise pour une autre femme, une dénommée Lorraine. Mais j'ai l'impression qu'il est en train de se rendormir.

Jack se serait volontiers dressé sur son séant pour les surprendre tous les deux, mais il n'en eut pas le courage. Le simple fait d'ouvrir les paupières représentait déjà pour lui un effort considérable.

— T'a-t-il parlé d'elle ? demanda Letty.

— Pas un mot. Il le fera lorsqu'il jugera que c'est le moment.

Letty sembla réfléchir à ce que venait de dire son mari.

— Il s'en remettra.

— Oui, c'est aussi l'avis du Dr Berilo.

— Psychologiquement, je voulais dire, précisa Letty. Il aimait Marcie, mais il a réussi à se reprendre après leur séparation. Il en sera sûrement capable, cette fois encore.

Là, elle s'avançait un peu trop, songea Jack. De son point de vue, Letty n'avait pas tort ; il avait aimé Marcie. Mais ce qu'il ressentait pour Lorraine dépassait tout. Sans hésiter, il avait renoncé à une large part de lui-même — son cœur, son âme, sa vie — en demandant au Dr Berilo de lui annoncer qu'il était mort.

Cela avait été un geste noble et chevaleresque de sa part. Mais, sur le moment, il ne s'était pas rendu compte de l'étendue de ce renoncement. Sans Lorraine, il trouvait bien peu de raisons de vivre. Il avait l'impression d'être vide et perdu. Une sorte de vaisseau fantôme sans gouvernail ni équipage, errant dans le brouillard.

Il avait voulu mourir pour lui sauver la vie. A présent, il se trouvait devant une tâche autrement difficile à accomplir.

Apprendre à vivre sans elle.

— Il doit l'aimer aussi fort que je t'aime, dit Murphy à sa femme.

A cet instant, Jack comprit pourquoi il considérait Murphy comme un membre de sa famille. Murphy le connaissait mieux que personne.

— Oui, murmura Letty d'une voix émue.

Ils avaient raison l'un et l'autre. Jack aimait Lorraine avec la même intensité. Au point de renoncer à elle. Au point de transformer sa propre vie en enfer car elle ne serait plus jamais à ses côtés.

Thomas resta dans la classe vide après le départ de ses élèves, comme il le faisait souvent, ces derniers temps. Assis au bureau du maître, il consultait son emploi du temps, mais ses pensées étaient loin de son travail.

Jack était mort et, d'une certaine manière, Lorraine semblait le lui reprocher. Sinon, pour quel motif aurait-elle refusé de répondre à ses lettres ?

Six mois auparavant, il avait reçu son appel au secours déchirant. Il avait immédiatement quitté l'école pour la rejoindre au chevet de Jack, à l'hôpital de Mexico.

Ils avaient veillé jour et nuit, tandis que leur ami se débattait entre la vie et la mort. Il avait harcelé l'équipe médicale pour glaner le plus possible d'informations, et il avait compris la gravité de la situation. Il avait alors tenté de préparer Raine au pire.

Quand l'inévitable s'était produit, sa fille s'était mise à sangloter comme jamais il ne l'aurait cru possible. Brisée par le chagrin, elle s'était effondrée dans ses bras. En la voyant souffrir le martyre, Thomas avait pris une nouvelle fois conscience de l'étendue de son amour pour sa fille. La douleur de Raine avait presque été plus difficile à supporter pour lui que la perte de son ami.

C'était lui qui s'était occupé des obsèques, avec l'aide du médecin. Il n'avait eu qu'une vision fugitive du corps de Jack, par le hublot de la salle de réanimation ; il n'aurait pas pu en supporter davantage. Plus tard, ce même jour, il avait essayé de convaincre Raine de rentrer avec lui. Elle avait poliment mais fermement décliné son offre, ce qui avait achevé de le décontenancer.

Et maintenant, comme sa mère l'avait fait avant elle, elle refusait de répondre à ses lettres. Chaque jour qui passait sans apporter de nouvelles d'elle lui brisait un peu plus le cœur.

La situation lui paraissait encore plus cruelle que lors de l'abandon de Ginny. Il avait accepté la décision prise par sa femme, tout en la suppliant de révéler la vérité à Raine lorsqu'elle serait majeure, afin de la laisser libre de se forger sa propre opinion.

Mais, lorsque Raine avait découvert cette vérité, elle avait choisi de le rejeter. Elle avait refusé son amour.

Pour Thomas, c'était un coup dur. Peut-être le plus dur de son existence.

— Thomas ?

Azucena se tenait sur le seuil de sa classe. En la voyant seule, sans les enfants, ce qui lui arrivait rarement, il craignit le pire.

— Est-il arrivé quelque chose ? Les enfants ?

— Tout va bien, lui dit-elle en entrant. Ils sont avec Consuela.

Azucena était très réservée, et peu de gens la trouvaient jolie au premier coup d'œil. Lui-même, au début, était passé à côté de sa beauté et, pendant des années, il l'avait lâchement utilisée pour fuir son propre enfer. Comme il aimait toujours Ginny, il s'imaginait qu'il faisait l'amour à son épouse lorsqu'il tenait la jeune femme dans ses bras.

Mais c'était Azucena qui dormait à son côté, nuit après nuit, Azucena qui le réconfortait lorsque ses cauchemars le laissaient pantelant, anéanti. Azucena qui lui avait insufflé une nouvelle énergie vitale et lui avait donné trois fils magnifiques.

Azucena, son épouse légitime, à présent.

Elle était, de loin, la femme la plus magnifique qu'il connaîtrait jamais, et son cœur se gonfla d'amour lorsqu'il la vit. Il voulut aller à sa rencontre, mais elle l'arrêta d'un geste.

— Ne bouge pas, lui dit-elle.

— Comment cela ?

— Je voudrais que tu écrives une lettre pour moi.

— Tu n'as pas besoin de moi pour écrire tes lettres.

— Une lettre en anglais.

Cette précision éveilla la curiosité de Thomas.

— A qui ?

Le doux sourire d'Azucena le bouleversa.

— A ta fille.

Sa réponse le prit complètement au dépourvu. Il aurait voulu lui dire que ça ne servirait à rien. Il avait lui-même vidé son cœur dans les nombreuses lettres qu'il avait envoyées à Raine. Son silence prolongé le déconcertait autant qu'il le faisait souffrir.

Il s'empara, néanmoins, d'une feuille de papier vierge et d'un stylo, tandis qu'Azucena sortait de sa poche une missive pliée en quatre.

— J'aimerais que tu traduises ceci pour moi, dit-elle en lui tendant sa lettre.

Thomas la lut et fronça les sourcils. Il la parcourut une seconde fois et la posa lentement.

Il aimait Azucena, certes, mais cela ne l'empêchait pas d'être conscient que sa jeune épouse était une femme humble, et sans instruction. Elle n'avait guère reçu d'éducation, et sa connaissance des usages était modeste.

— Je ne crois pas...

— Si tu m'aimes, fais-le.

Il était très rare qu'elle lui demandât quelque chose, et Thomas sentit qu'il n'avait pas le choix. Et puis, après tout, qu'avait-il à perdre ? Lorraine n'avait pas répondu à ses lettres et, sincèrement, il doutait qu'elle portât davantage d'intérêt à celle d'Azucena.

« 21 novembre

» Chère Lorraine Dancy,

» Si je pouvais vous prendre dans mes bras et vous consoler, je le ferais. Votre chagrin doit être si grand. Vous avez perdu votre mère, et puis Jack, et maintenant vous ne répondez plus aux lettres de votre père. J'imagine que vous êtes déçue par l'homme qu'il est devenu. Etant sa femme, je sens que je dois prendre sa défense.

» Votre père est un homme bon. Il vous aime et il aimait votre mère très fort. Souvent, c'était son nom qu'il criait dans notre lit. Je faisais semblant de ne pas m'en apercevoir. Quand il a su que je portais son enfant, il s'est enfin décidé à me parler de vous. Il l'a fait avec tellement de tendresse que mes peurs se sont envolées. Car, voyez-vous, jusqu'à cet instant, je ne savais pas comment votre père réagirait devant ma grossesse. J'ai alors compris qu'il aimerait aussi notre enfant, même s'il n'aimait pas la mère. Du moins, pas à cette époque. Maintenant, les choses ont changé, ses sentiments aussi, et nous avons trois fils. Vos frères.

» Thomas a l'impression que vous lui en voulez à cause de la mort de Jack, et que c'est la raison pour laquelle vous ne répondez pas à ses lettres. Je crois, moi, qu'il existe une autre raison. Je pense que vous le rejetez à cause de moi. Et, par bien des côtés, je peux le comprendre. Ma peau est plus foncée que la vôtre, je ne parle pas votre langue, et je suis loin d'être la beauté qu'était votre mère. Mais mon plus grand tort, à vos yeux, c'est sans doute que j'aime Thomas.

» Mais vous, Lorraine Dancy, vous l'aimez aussi. Je le sais. Vous n'auriez pas fait un si long voyage pour le revoir, dans un pays étranger, si ce n'était pas par amour. A la mort de votre mère, vous l'avez recherché. Vous aviez besoin de lui, à ce moment-là, mais je me demande si vous vous rendez compte à quel point vous avez besoin de lui, maintenant. Quand Jack était à l'hôpital, vous vous êtes tournée vers votre père. Il a couru vous rejoindre, et c'est lui qui vous a serrée dans ses bras, qui vous a consolée, et qui a pleuré avec vous. Vous ne pouvez pas vous passer de votre père, pas plus qu'il ne peut se passer de vous.

» Vous aimez Thomas. Nous l'aimons toutes les deux. Et lui, il nous aime en retour.

» Vous faites partie de notre famille, et nous sommes la vôtre. Je vous supplie de ne pas le chasser hors de votre vie. Pour votre bien et pour le sien.

Azucena Dancy. »

Thomas relut la lettre deux fois pour en faire une traduction aussi fidèle que possible. Lorsqu'il eut terminé, il prit la main d'Azucena et la porta à ses lèvres.

— Je remercie Dieu de t'avoir pour femme, murmura-t-il.

Elle lui entoura les épaules de son bras et attira sa tête contre son ventre d'un geste tendre.

— Tu vas rentrer à la maison, maintenant? demanda-t-elle.

Thomas acquiesça. Quand il s'attardait à l'école, c'était pour éviter d'assombrir l'atmosphère de son foyer avec sa mauvaise humeur, et pour ne pas faire porter à sa famille son sentiment d'échec et son impuissance.

— Bon, dit-elle simplement.

Main dans la main, ils marchèrent jusqu'au petit bureau de poste pour jeter la lettre dans la boîte. Toutefois, après ces longs mois de silence, Thomas n'espérait guère recevoir de réponse.

Cette nuit-là, il prit Azucena dans ses bras, et ils firent l'amour pour la première fois depuis des semaines. Ensuite, il la garda serrée contre lui, tout en songeant qu'il devait laisser Raine agir à sa guise. Il ne voulait plus se faire souffrir à coups de remords et de regrets. Il avait une nouvelle famille, désormais, et Raine était la bienvenue si elle souhaitait se joindre à eux. Mais il ne l'aimerait pas moins si elle préférait mener sa propre existence sans eux. Le choix lui appartenait.

A sa grande surprise, ils reçurent une lettre de Raine, huit jours avant Noël.

18.

L'initiative d'Azucena se révéla décisive pour Lorraine en l'incitant à réviser le jugement qu'elle portait sur son père. Elle se sentait plus triste que jamais, à l'approche de Noël. Partout, les familles se réunissaient pour célébrer joyeusement les fêtes de fin d'année. Or, Lorraine n'avait pas de famille. Et le seul homme qu'elle eût jamais aimé était mort.

Elle s'était sauvée avant l'enterrement, et elle le regrettait profondément. Mais, sur le moment, elle avait manqué de courage pour affronter une telle épreuve. Elle avait même refusé de voir le corps. Elle avait pris la fuite, tout simplement...

Elle réussit à grand-peine à trouver l'énergie nécessaire pour acheter un sapin de Noël. Mais il resta dans un coin pendant une semaine avant qu'elle se décidât à le décorer.

Elle était en train d'enrouler une guirlande dorée aux branches et d'accrocher quelques boules rouges, sans grande conviction, lorsqu'elle se rendit compte que, décidément, elle n'avait pas le cœur à l'ouvrage. Elle s'arrêta, s'installa devant son ordinateur et, sans plus réfléchir, se mit à rédiger une lettre pour son père et Azucena.

« 14 décembre

» Cher Papa, chère Azucena,

» En me retrouvant seule devant mon sapin de Noël, j'ai soudain éprouvé l'envie de vous écrire. Je dois reconnaître aussi que la lettre d'Azucena m'y a encouragée.

» Elle a raison, j'ai besoin de toi.

» J'aurais préféré qu'il en fût autrement. J'ai vécu sans toi pratiquement toute ma vie ; j'aurais dû pouvoir continuer à prétendre que tu étais mort. Mais, je n'y arrive pas.

» Tu as refait ta vie, fondé une nouvelle famille. Aujourd'hui, ma propre solitude m'aide à comprendre ce que tu as dû ressentir, privé de ta femme et de ta fille. Au début, je t'ai jugé durement ; j'ai eu l'impression que tu avais trahi tes vœux de fidélité envers maman, mais je ne le pense plus, désormais.

» Azucena, merci de m'avoir ouvert les yeux. Merci d'avoir trouvé le courage de m'écrire et de défendre mon père. Il est vrai que c'est un homme bon.

» Papa, je ne t'en veux pas pour la mort de Jack. Comment le pourrais-je ? Sache que je te suis reconnaissante — et je le serai éternellement — de m'avoir confiée à Jack, ce fameux soir.

» Tu vois, mon amour pour cet homme m'a aidée à comprendre les choix de maman.

» A partir du jour où j'ai découvert que tu étais vivant, une question n'a cessé de me tarauder : pourquoi maman m'avait-elle menti ? Pourquoi m'avait-elle dit que tu étais mort, alors que son amour pour toi était tellement évident ? La photo de votre mariage n'a jamais quitté sa table de nuit ; elle l'avait sous les yeux au moment de s'endormir, et c'était la première chose qu'elle voyait en s'éveillant le matin.

» A présent, j'ai l'impression de la comprendre un peu mieux. Maman était le genre de femme qui n'aime qu'une fois. Elle n'a jamais divorcé, elle ne s'est jamais remariée, car elle t'avait donné son cœur pour toujours. Pourquoi s'est-elle entêtée à me cacher la vérité ainsi ? Cela, je ne saurais le dire, mais je n'ai aucun doute sur l'amour qu'elle éprouvait pour toi. Car c'est le même amour qui m'unissait à Jack. Et pourtant, Dieu sait que je l'ai trouvé antipathique, la première fois que je l'ai vu ! D'ailleurs, c'était réciproque. Aujourd'hui, ça me paraît incroyable.

» Comme je portais l'alliance de maman, il en a déduit que j'étais mariée, et je ne l'ai pas détrompé. Je l'ai bien regretté, ensuite. Mais je n'arrivais pas à trouver les mots pour lui avouer la vérité, et quand j'ai essayé de le faire, plus tard, c'est lui qui a refusé de m'écouter. Je ne m'en suis pas inquiétée : je pensais naïvement que j'aurais tout le loisir de m'expliquer dès que j'aurais mis les choses au point avec Gary.

» Vois-tu, papa, Jack et moi n'étions pas amants, et pourtant, nous avons partagé une intimité que je n'imagine pas pouvoir retrouver avec un autre homme. Il est le seul homme que j'aimerai. Sur ce point, je ressemble bien à ma mère, n'est-ce pas ?

» Voilà pourquoi, papa, je suis loin de t'en vouloir pour cette belle et tragique aventure avec Jack.

» Au contraire, et comme je te l'ai déjà dit, je te serai toujours reconnaissante de nous avoir réunis.

» Azucena, merci encore, du fond du cœur, pour votre lettre.

» Joyeux Noël à tous, avec mes plus affectueuses pensées.

Raine. »

« 2 janvier

» Chère Raine,

» Tu n'imagines pas le bonheur que nous avons éprouvé, Azucena et moi, en recevant ta lettre. C'est mon plus beau cadeau de Noël. Le temps que nous avons passé ensemble au printemps dernier a été beaucoup trop court, à mon goût. J'avais tant de choses à te dire, tant d'explications à te donner.

» Aussi vais-je essayer de répondre à quelques-unes de tes questions, maintenant, pour t'aider à comprendre ce qui s'est passé entre ta mère et moi.

» J'aimais Ginny. Je l'aime toujours et, au plus profond de mon cœur, je sais qu'elle a continué de m'aimer jusqu'à la fin. Jamais je n'ai douté de l'amour que nous nous portions l'un à l'autre. Mais, comme je te l'ai dit le fameux jour où nous nous sommes rencontrés, ta mère a choisi de rester aux Etats-Unis parce qu'elle voulait ce qu'il y avait de meilleur pour toi. Et j'étais du même avis qu'elle. Vois-tu, pour nous, c'est toi qui passais en premier. Ginny exigeait que tu reçoives la meilleure éducation, les meilleurs soins médicaux. Et elle n'a pas voulu t'arracher à tes grands-parents qui t'adoraient. J'ai eu la bêtise de gâcher mon existence, et j'ai refusé que ta mère et toi en payiez le prix.

» Comme je te l'ai déjà dit aussi, pendant les années 70, jusqu'à ce que tu aies neuf ans, ta mère est venue me rendre visite à plusieurs reprises. Elle te confiait alors à cette amie que tu appelais tante Elaine. Les séjours de Ginny étaient courts et, chaque fois, c'était un véritable crève-cœur pour elle de devoir repartir. Plusieurs fois, je l'ai suppliée de me laisser rentrer aux Etats-Unis et d'accepter la sentence qui m'y attendait. Il me semblait qu'aucune peine de prison ne serait pire que l'enfer que je vivais, ainsi séparé de vous deux. Mais Ginny a toujours réussi à m'en dissuader. Je n'ai pas eu la force de caractère suffisante pour accomplir ce qui me paraissait juste. Il est trop tard, à présent. Azucena et nos trois fils ont besoin de moi.

» Lorsque tu avais cinq ans, ta mère et moi, nous avons décidé de te dire que j'étais mort. C'est une décision que nous avons prise ensemble. Tu commençais à poser des questions sur ton père. Les circonstances de mon départ étaient trop complexes à expliquer à un enfant. Néanmoins, j'ai toujours vécu dans la crainte que quelqu'un fasse un jour le lien entre nous, et te présente ton père comme un traître, et pire encore. L'idée que l'on vous traîne dans la boue, à cause de moi, m'était intolérable. Heureusement, sur ce point, il semble que je me sois fait du souci inutilement.

» Ce que je n'avais pas prévu au moment où on t'a parlé de ma "mort", c'est que ta mère finirait par croire elle-même à ce mensonge. Je ne vois pas d'autre explication à son comportement. Probablement était-il plus facile pour elle de couper les ponts avec moi, si elle pouvait se convaincre que j'étais réellement mort. Au fil du temps, elle a cessé de venir au Mexique, et elle n'a plus répondu à mes lettres. A cette époque, j'errais de ville en ville, comme un réprouvé, avec le sentiment d'être davantage prisonnier que si je m'étais trouvé derrière des barreaux. Ce n'est qu'au moment où j'ai accepté cet emploi de professeur, ici, à El Mirador, et où j'ai rencontré Azucena, que j'ai pu commencer une seconde vie. Ne me blâme pas pour cette faiblesse, Raine.

» Quant à ton cher Jack, je ne le remercierai jamais assez pour son amitié, et il me manque beaucoup. C'était un homme d'honneur et un véritable héros. Il a donné sa vie pour toi et, sans le savoir, il m'a aussi sauvé. Ses visites m'ont souvent permis de ne pas sombrer, à une époque où j'étais au bord de la folie et du désespoir. Il a été pour moi un ami incomparable. Et je suis fier que ma fille unique ait donné son cœur à un homme tel que lui.

» Tu guériras, Raine. Cette effroyable souffrance s'atténuera peu à peu, au fil du temps. Cela ne veut pas dire que tu oublieras Jack ou que tu l'aimeras moins. Mais, tu verras, ma chérie, un jour, de nouveau, tu seras capable d'aimer. Je te le promets.

Ton père qui t'aime tendrement. »

Pendant quatre mois, Lorraine et son père échangèrent une correspondance suivie. Chaque soir, elle triait son courrier avec impatience, et elle lui écrivait elle-même de longues lettres dans lesquelles elle se montrait totalement sincère. Pour la première fois, elle avait l'opportunité de découvrir ce père perdu et retrouvé, et elle appréciait son esprit et son intelligence. Il lui donnait très souvent des nouvelles de ses fils, Antonio, Hector, et le petit Alberto. Les deux aînés joignaient au courrier des photos prises spécialement pour leur grande sœur. Lorraine les collait sur la porte de son réfrigérateur, et elle souriait toujours avec bonheur lorsqu'elle les croisait du regard.

Thomas l'encourageait à revenir, à donner une seconde chance au Mexique. Elle ne disait pas non. Un jour, oui, elle viendrait les voir, promis. A mesure que les mois passaient, elle songeait de plus en plus souvent à sa promesse. Puis, le jour anniversaire de la mort de sa mère, Alberto tomba gravement malade. Lorraine eut alors la révélation de ce qu'elle devait faire, mais elle voulait d'abord en parler avec sa mère.

Au début du mois de mai, elle se rendit au cimetière, avec un beau bouquet de fleurs printanières. Elle disposa les tulipes et les jonquilles sur la tombe, et se tint debout près de la pierre gravée du nom de Virginia Dancy.

— Bonjour, m'man, murmura-t-elle, en baissant les yeux sur la pelouse parfaitement entretenue.

Sa dernière visite remontait à quelques jours avant Noël. Elle sentit l'émotion l'envahir, et les larmes lui montèrent aux yeux.

— Je t'en ai voulu pendant un moment, reprit-elle d'une voix aux accents voilés. Mais je comprends tes choix, maintenant.

Elle demeura un moment silencieuse et pensive ; elle voulait prendre son temps pour réfléchir.

— J'ai changé, en un an. Je ne suis plus la même personne.

Lorraine savait qu'elle avait acquis de la maturité

et une sorte de sagesse. Elle était plus tolérante, plus réfléchie, plus courageuse. Elle se sentait meilleure. Grâce à son amour pour Jack, bien sûr, mais aussi à cause des liens qui se tissaient entre Thomas, Azucena et elle. Extérieurement aussi, elle avait changé. Elle avait adopté une coupe de cheveux plus courte qui convenait mieux à sa vie active. Elle avait l'impression que Jack aurait approuvé ce changement. Petit à petit, elle avait abandonné sa garde-robe B.C.B.G. pour des pantalons de coton et des T-shirts décontractés. Elle récoltait maintenant des légumes dans le modeste potager qu'elle cultivait dans un coin du jardin et, l'hiver dernier, elle s'était mise au tricot. Sa première œuvre était une ravissante couverture jaune destinée au bébé de Marjorie.

— J'ai grandi, tu sais, ajouta-t-elle doucement. Papa et moi, nous nous écrivons plusieurs fois par semaine. Sa femme est douce et bonne, et leurs trois fils sont magnifiques. Je sais que tu aimerais le savoir heureux, c'est pourquoi je t'en parle. Et il l'est. Heureux. Pour la première fois depuis des lustres. Il a cette merveilleuse famille, et il a fait la paix avec son passé. Bien sûr, il est toujours contre la guerre, mais il regrette sincèrement sa participation à l'attentat.

Elle marqua une pause avant d'aborder le sujet qui l'avait amenée, ce jour-là, sur la tombe de sa mère.

— J'ai décidé de mettre la maison en vente, dit-elle. J'ai attendu parce que... eh bien, parce que cette maison m'aidait à accepter ton départ et celui de Jack. J'aurais sans doute continué à y vivre si Alberto n'avait pas été victime d'une sérieuse angine à streptocoques, le mois dernier. Il n'y a pas de centre médical à El Mirador, et papa a fini par emmener le bébé et Azucena à Mérida, pour consulter un médecin. Le temps d'y arriver, la température d'Alberto était montée à 41° , et il a attrapé la scarlatine. Il a failli mourir. Le village a vraiment besoin d'un centre de soins et d'un bon généraliste. Tu vois où je veux en venir, m'man ? Tu comprends ce que je veux faire ?

J'ai décidé d'utiliser mon héritage pour fonder une petite clinique à El Mirador. Il y a déjà beaucoup de gens qui veulent m'aider. Gary a obtenu de Med-X qu'ils nous fournissent du matériel, et même le groupe Wellness souhaite faire une donation. Si tu n'y vois pas d'inconvénient, je souhaiterais baptiser la clinique du nom de quelqu'un que tu n'as pas connu, quelqu'un dont je t'ai déjà parlé. Il s'appelait Jack Keller.

Tu ne l'aurais probablement pas apprécié, reprit-elle avec un petit sourire triste. Au début, ça a été la même chose pour moi, mais j'ai appris à l'aimer, et je pense qu'à la longue, toi aussi tu l'aurais aimé.

Lorraine se sentait envahie par un sentiment de paix. Signe qu'elle avait pris la bonne décision. Plus rien ne la retenait à Louisville, dorénavant. Sa famille l'attendait dans un village mexicain de la presqu'île du Yucatan. Elle y bâtirait un mémorial en l'honneur de Jack, et elle referait sa vie, à l'exemple de son père.

— Jack, Jack.

Le petit garçon de six ans traversa en courant le

jardin blanchi par le givre automnal pour rejoindre Jack à la barrière. Ensemble, ils observèrent la troupe de lamas qui se trouvait dans la prairie.

— Comment ça va, Andy ?

L'enfant était le portrait tout craché de Tim Mallory. Il sauta sur le premier rondin de la clôture et croisa les bras sur le poteau.

— Hé, tu marches sans ta canne !

— Ouais.

Sa réponse désinvolte ne trahissait rien de l'effort gigantesque et de la patience soutenue qu'il avait fallu pour accomplir ce miracle. Jack avait vécu au Texas, chez Murphy et Letty, pendant presque une année, le temps nécessaire pour recouvrer sa santé et réapprendre à marcher. Jamais il n'aurait pensé rester aussi longtemps, mais sa rééducation avait été un travail de titan.

Quelque temps auparavant, Cain et sa femme, Linette, étaient venus le voir depuis leur ranch du Montana. Ils avaient amené leurs deux filles qui étaient pratiquement du même âge que les enfants de Murphy, et toute cette jeune classe avait joyeusement fait les quatre cents coups. Cain espérait pouvoir réunir les anciens membres de Deliverance Company, mais Tim et Francine n'avaient pas pu quitter leur ferme de Vashon Island, dans l'Etat de Washington. L'élevage de lamas de Tim Mallory prospérait et réclamait sa présence constante.

Dès qu'il avait été capable de voyager seul, Jack s'était offert une petite visite chez Tim et Francine. Son intention première était d'y passer quelques jours, mais il s'était épris de la magnifique vue sur le Puget Sound, ce grand fjord de la côte américaine du

Pacifique. Le paysage marin lui rappelait le Mexique, les années passées à bord du *Scotch on Water*, et ces deux trop brèves semaines avec Lorraine.

— Maman dit qu'un jour, personne ne saura plus que tu marchais avec une canne, dit Andy.

Il posa son menton sur ses mains croisées et poussa un gros soupir.

— Hé, regarde, voilà Bubba ! s'exclama-t-il en voyant un gros lama arriver du fond du pré.

— Bubba ? répéta Jack avec un sourire.

— Papa et lui, ils ne sont pas très copains, mais j'ai remarqué que papa donnait toujours à Bubba une ration supplémentaire.

— Tu lui as demandé pourquoi ?

— Oui.

— Et qu'est-ce qu'il t'a répondu ?

Andy haussa les épaules.

— Que Bubba lui avait rendu service, dans le temps, et qu'il ne l'avait jamais oublié.

Jack savait, lui, en quoi consistait ce service. Six ans plus tôt, la nuit même où Andrew Mallory était né, deux tueurs à gages avaient débarqué à Vashon Island. Leur mission était d'éliminer Tim et Francine. L'apparition soudaine de l'énorme lama leur avait sauvé la vie à la dernière seconde.

— Et ta mère, qu'a-t-elle dit d'autre à propos de mes progrès ? demanda Jack.

A une certaine époque, Francine avait été la meilleure physiothérapeute de la côte ouest. C'était elle qui avait supervisé sa rééducation depuis le début.

— Elle a dit...

Andy fit une pause et soupira longuement...

— ... que ça prendrait plus longtemps pour guérir ton cœur. Est-ce que ton cœur a été blessé quand tu es tombé de la falaise, oncle Jack ?

Il tourna la tête vers Jack pour l'interroger d'un regard perplexe.

— D'une certaine manière, oui.

— Qu'est-ce que ça veut dire ?

— C'est pas facile à expliquer.

Jack n'avait pas envie de parler de Lorraine et, d'ailleurs, il s'en était abstenu jusqu'à présent. Pas un mot, ni à Murphy ni à Tim, encore moins à leurs épouses. Mais cela ne signifiait pas pour autant qu'elle était loin de ses pensées. Bien qu'il se fût déjà écoulé un an et demi, il ne s'était pas passé une journée sans qu'il pensât à elle avec une immense tristesse.

Des lambeaux de souvenir lui venaient aux moments les plus inattendus, généralement quand il n'était pas sur ses gardes. Et il ne pouvait s'empêcher de s'interroger sur ce qu'elle était devenue après son retour aux Etats-Unis.

Etait-elle heureuse ? Avait-elle parlé de lui à son mari ? Comment Gary Franklin avait-il réagi ? Avait-elle oublié Jack pour avoir cet enfant qu'elle désirait tant, au point d'en parler à l'assistante du Dr Berilo ? L'image de Lorraine portant l'enfant d'un autre lui brisait le cœur. D'autant plus qu'à force de voir ses amis avec leurs gamins, il s'était rendu compte à quel point il aurait aimé avoir des enfants lui-même...

— Andy n'est pas en train de te casser les oreilles, j'espère ? demanda Tim en les rejoignant.

— Absolument pas.

Jack adorait la compagnie du jeune garçon, et il appréciait leurs conversations à bâtons rompus.

— Il y a de terribles tempêtes qui sévissent en ce moment, déclara Tim en jetant un regard sur le ciel d'un bleu profond avec ses quelques nuages d'altitude.

— Ah, bon ? En tout cas, ça ne m'empêche pas d'aimer ce pays, répliqua Jack.

De fait, il était tombé amoureux de l'Etat de Washington, au point de songer à y acheter quelques acres, au bord de l'eau, de préférence. Un an auparavant, sur un coup de tête, il s'était débarrassé du *Scotch on Water*. Il savait qu'il serait incapable de vivre de nouveau sur le bateau sans être hanté par Lorraine. Mais il n'avait pas réalisé, à l'époque, qu'il lui serait impossible de vivre où que ce fût sans penser constamment à elle.

— La météo ne m'a pas l'air menaçante, ajouta-t-il.

— Je parlais de ce qui est arrivé à Louisville, dans le Kentucky.

— Louisville ?

L'endroit où Lorraine et Gary habitaient...

— Tu n'as pas entendu les nouvelles ?

— Non.

Il tenta tant bien que mal de dissimuler son intérêt.

— Des tornades se sont abattues dans la région. La ville a subi d'énormes dégâts. Ils ont montré des images impressionnantes, à la télé.

Tim hocha la tête.

— C'est terrible de voir les ravages qu'une tempête peut causer.

— Y a-t-il eu des victimes ?

— Cinq personnes, jusqu'à présent, mais ils vont sûrement en découvrir d'autres sous les décombres.

— C'est beaucoup, ça, dit Andy en se joignant à la conversation des adultes.

— La ville n'a pas été la seule à souffrir des intempéries, précisa Tim. D'après le commentateur, les villages des environs ont également été atteints.

Ce soir-là, Jack veilla tard et regarda tous les reportages qu'il put voir sur le sujet. Ensuite, il lui fut impossible de trouver le sommeil. Dès qu'il fermait les yeux, l'image de Lorraine apparaissait. Et, s'il somnolait, elle envahissait ses rêves. Il se voyait en train de la chercher fiévreusement, sans jamais arriver à la retrouver. Sa voix devenait de plus en plus faible, une plainte déchirante qui appelait au secours. Dans un autre cauchemar, il la découvrait sous un monceau de décombres, mais il avait beau s'agiter frénétiquement, il ne pouvait la dégager des gravats. Il se réveilla, inondé d'une sueur glacée.

Quand l'aube se leva sur les prairies et sur l'océan, et qu'un pâle soleil de novembre fit scintiller le givre alentour, Jack avait déjà fait ses bagages et retenu un avion-taxi pour se rendre à Louisville.

— Tu pars ? s'écria Francine d'un air stupéfait, en lui versant une tasse de café.

Jack hocha la tête.

— Une raison particulière ? demanda Tim.

Il accrocha les bretelles de sa salopette, et échangea un regard avec sa femme.

— Oui, dit Jack sans donner d'autres précisions.

— Est-ce important ? insista Francine en beurrant un toast qu'elle ajouta à la pile qui se trouvait déjà devant elle.

— Oui.

En fait, sa question était une manière de lui signaler qu'il n'était sans doute pas raisonnable d'affronter les aléas d'un voyage dans son état. Malgré les mois qui avaient passé, il était aussi faible que l'un des bébés lamas de Tim. Il était malade, et fatigué de l'être.

— Où vas-tu ? demanda Tim, dévoré par la curiosité. Au Kentucky ?

Jack fut stupéfait d'avoir été démasqué si vite.

— Peut-être bien, grommela-t-il.

Tim et Francine prirent place à table, en face de lui.

— Elle vit là-bas ? demanda Francine.

Personne, ici, ne connaissait l'existence de Lorraine. Et pourtant, ils semblaient tous au courant. Jack se demandait par quel miracle.

Les yeux fixés sur lui, ses amis attendaient sa réponse.

— J'ignore où elle se trouve exactement, mais il se pourrait que ce soit à Louisville, avoua-t-il de mauvaise grâce.

— Et tu vas t'en assurer, souligna Tim d'un air de conspirateur, comme s'il révélait la conclusion romantique à laquelle tout le monde s'attendait depuis longtemps.

Jack répugnait à briser leurs illusions, mais il valait mieux le faire tout de suite.

— Je veux simplement m'assurer qu'il ne lui est pas arrivé malheur. Qu'elle n'a besoin de rien.

— Tu lui parleras, n'est-ce pas ?

— Non.

— Et pourquoi ? demanda Tim.

— Parce qu'il faudrait probablement que je parle aussi à son mari.

Sa réponse les tétanisa, et Jack songea alors qù'il aurait dû leur raconter toute l'histoire depuis longtemps.

Il partit le matin même, et rallia Louisville quatre heures plus tard. Heureusement, l'aéroport n'avait pas souffert des intempéries. Il loua une voiture sans tarder, et prit une chambre d'hôtel. Dès son arrivée, il sortit l'annuaire téléphonique de Louisville du tiroir de la table de nuit.

— Gary Franklin, murmura-t-il en s'arrêtant à la page des F.

Il descendit la colonne de noms et posa son index sur celui qu'il cherchait : il n'y avait qu'un seul Franklin G. Lorraine n'avait mentionné le nom de son mari qu'une fois, mais il s'était gravé dans la mémoire de Jack. Souvent, il s'était répété ce nom, en pensant à l'homme qui avait la chance de partager sa vie.

Jack inscrivit l'adresse sur une feuille de papier. Il était sincère en déclarant à Tim et à Francine qu'il ne comptait pas parler à Lorraine. C'était hors de question. Mais, pour se tranquilliser, il avait besoin de s'assurer qu'elle était en vie.

Jack était épuisé par son long trajet en avion, et il savait qu'il eût été plus sage d'attendre le lendemain pour s'aventurer dans la ville. Mais la patience n'était pas son fort et, de toute façon, son inquiétude l'aurait empêché de se reposer.

Il saisit les clés de la voiture et sortit. A l'aide d'un plan de Louisville, et des indications du portier, il arriva sans trop d'encombre dans le secteur où vivait Lorraine. Lorsqu'il découvrit la pancarte qui annonçait Dogwood Lane, il sut qu'il approchait.

Il roula au pas en descendant la rue jusqu'au numéro qu'il cherchait : le 323. Aussitôt, il remarqua que la maison, ainsi que son entourage immédiat, avait échappé à la colère de l'orage. Son soulagement fut immense. A présent qu'il avait vu ce qu'il voulait, il pouvait rentrer et tenter d'oublier définitivement le passé.

Mais, au lieu de cela, il se gara le long du trottoir, de l'autre côté de la rue, coupa le moteur et resta dans sa voiture.

La maison, à un étage, était plutôt banale. Peinte en jaune pâle, sur le même modèle que des milliers d'autres bâties peu après la seconde Guerre Mondiale. Le genre de maisonnette avec une clôture blanche et des ribambelles d'enfants qui jouent dans le jardin.

Une décapotable était garée dans l'allée menant à la maison. Jack aperçut quelque chose de jaune sur le siège arrière. Il plissa les yeux pour mieux voir, se rappelant que le jaune était la couleur préférée de Lorraine.

C'était une petite couverture, posée sur un porte-bébé.

Lorraine avait dû avoir un bébé récemment. Un bébé. Celui de Lorraine et de Gary. Jack ferma les yeux et tenta de lutter contre l'insoutenable douleur qui lui serrait le cœur comme dans un étau. Et pourtant, songea-t-il, c'était le bonheur qu'il lui avait souhaité...

Il déglutit péniblement, et tourna la clé de contact. Il avait ses réponses. Il avait vu ce qu'il voulait voir.

Il était temps, à présent, de reprendre le cours de son existence, en oubliant ce voyage à Louisville.

Il venait de déboîter pour continuer son chemin lorsqu'un projectile vint s'écraser sur son pare-brise et le fracassa net.

19.

— Ça va, m'sieur ?

Deux jeunes garçons étaient accourus et observaient Jack d'un air inquiet par la fenêtre côté passager.

— Ça allait mieux il y a deux secondes, marmonna Jack, quelque peu étourdi.

— Brice ? appela une voix d'homme.

L'un des enfants se retourna et dit :

— C'est mon père !

— C'est toi qui as lancé la balle, déclara l'autre. Moi, je me taille.

Sur ce, le courageux copain de Brice s'enfuit en courant.

Jack se gara et descendit pour constater les dégâts. Un homme traversa la rue à sa rencontre. Un homme d'affaires, à en juger par son costume sombre.

— Que s'est-il passé ? demanda-t-il à Brice.

Le gamin avait visiblement du mal à soutenir le regard accusateur de son père.

— Todd et moi, on s'entraînait, et j'ai voulu voir à quelle distance je pouvais envoyer de la main gauche, mais...

Il s'interrompit et baissa les yeux.

— La balle a atterri sur mon pare-brise, conclut Jack à sa place. En dehors du verre brisé, il n'y a pas de mal.

— Ça devait être un sacré lancer, dit le père de Brice en examinant l'état du pare-brise.

— Je suis désolé, dit Brice d'une voix tremblante.

Son père posa les mains sur ses épaules et regarda Jack.

— Bien entendu, nous vous rembourserons tous les dégâts.

Jack hocha la tête, pensant qu'il valait mieux remplir les papiers pour l'assurance rapidement. Il n'avait aucune envie de traîner dans le coin et de risquer de croiser Lorraine.

— Avez-vous été blessé ?

— Non. Si vous me donnez les coordonnées de votre assurance, je ferai le nécessaire.

L'homme lâcha les épaules de son fils et lui donna une tape amicale dans le dos.

— D'accord. Et je vous remercie de votre indulgence. C'était un accident. Ça ne se reproduira pas. N'est-ce pas, Brice ?

— Promis !

Jack sourit, touché par les liens affectueux qui semblaient unir le père et le fils.

— Gary Franklin, annonça l'homme en tendant la main vers Jack.

Jack sursauta violemment.

— Vous êtes Gary Franklin ?

— Oui, pourquoi ? Vous me connaissez ?

Jack secoua la tête.

L'arrivée d'une femme, portant un bébé dans les bras, le dispensa de répondre.

— Que s'est-il passé ? demanda-t-elle en regardant son garnement de fils d'un air sévère.

A son expression, on voyait qu'elle avait compris ce dont il s'agissait, mais sans doute tenait-elle à ce que Brice le lui expliquât.

— Ma balle de base-ball a frappé la voiture de monsieur...

Il attendait que Jack donnât son nom.

— Jack Keller, dit-il, sans pouvoir détourner les yeux de la jeune femme.

Gary avait dû remarquer l'insistance de son regard car il la lui présenta aussitôt.

— Mon épouse, Marjorie, dit-il en entourant les épaules de la jeune femme d'un geste tendre. Et notre fille, Alana.

Le sentiment de soulagement qui envahit Jack était difficile à expliquer. Encore plus difficile à comprendre. Visiblement, il ne s'agissait pas du Gary Franklin qu'il cherchait. Mais pourquoi le fait d'apprendre que ce bébé n'était pas celui de Lorraine lui apportait-il un tel soulagement ?

Il avait rendu sa liberté à Lorraine ; il l'avait renvoyée vers ce mari qu'elle avait suffisamment aimé pour l'épouser, longtemps avant de le rencontrer, lui.

— Quelle ravissante petite fille ! dit-il. Quel âge a-t-elle ?

— Huit mois, répondit Marjorie. Mais voulez-vous entrer un instant, monsieur Keller ? Nous serons mieux dans la maison pour régler tout cela.

— Jack Keller, répéta Gary lentement. C'est

curieux... J'ai entendu parler d'un homme qui portait le même nom. Personnellement, je ne l'ai jamais rencontré, mais ce que l'on m'a raconté à son sujet m'a donné envie de le connaître.

— C'est un nom assez courant, dit Jack en traversant le jardin avec eux.

La maison était remplie d'un désordre plutôt sympathique. La présence du bébé était visible partout. Une petite balancelle près du canapé. Des jouets et des peluches ici et là. Un biberon vide sur la table basse.

Jack avait accepté l'invitation sans réfléchir, alors qu'il n'avait besoin que du contrat d'assurance de ce M. Franklin. Et pourtant, de façon étrange, il se sentait attiré par le jeune couple. Même si ce Gary Franklin n'était pas celui de Lorraine. Ou, justement, parce qu'il ne l'était pas. Allez savoir !

— Vous voulez voir la photo de votre nom ? demanda soudain Brice.

Devant l'air surpris de Jack, il alla chercher un cadre posé sur le poste de télévision, au milieu de divers bibelots.

— Brice, dit sa mère pour prévenir son geste. Je ne crois pas que ce soit une bonne idée.

— Pourquoi ? demanda l'enfant.

— Parce que ce Jack Keller a disparu.

— Oh ! dit Brice en remettant le cadre à sa place.

— Ça ne fait rien, s'écria Jack qui se sentait dévoré par la curiosité.

Le garçon reprit la photo et la lui tendit.

Ce fut un choc pour Jack, le genre de choc qui ne vous laisse pas indemne. Ce n'était pas la photo d'un homme, comme il s'y attendait, mais celle d'une femme souriante et magnifique.

Lorraine !

Dès qu'il la vit, son cœur se mit à battre follement. Sur le cliché, elle se tenait devant une construction en adobe, un bâtiment flambant neuf et, de ses bras bronzés, elle entourait les épaules d'Antonio et d'Hector Dancy. Tous trois riaient en regardant l'objectif.

Pendant un bref instant, il avait hésité à la reconnaître. Elle portait un bermuda kaki et une chemisette sans manches. Ses cheveux étaient plus courts. Quant à son regard... on pouvait y lire la joie, et aussi une certaine tristesse. Il se demanda si elle avait pleuré autant que lui au long des dix-huit mois qui venaient de passer. Avait-elle fini par atteindre une certaine sérénité, tout comme lui, malgré tout ?

Il ne lui était resté que ses souvenirs pour l'accompagner tout au long de ces mois d'épreuves. Il n'avait même pas une photo d'elle ni un seul objet lui rappelant leur aventure commune. Mais c'était un luxe dont il n'avait eu aucun mal à se passer tellement la jeune femme était vivante dans sa mémoire. Pourtant, cette image d'elle, survenue de façon brutale et inattendue, le mettait à la torture autant qu'elle le réjouissait.

Apparemment, il ignorait beaucoup de choses à son sujet.

Lorsqu'il réussit à détacher son regard de la jeune femme, ce fut pour recevoir un nouveau choc. Une pancarte de bois était suspendue au-dessus de la porte d'entrée du bâtiment. En regardant de plus près, il déchiffra :

« Fondation Médicale Jack Keller. » C'était écrit en anglais et en espagnol.

— Ça ne vas pas ? demanda Gary.

Jack leva les yeux et secoua lentement la tête.

— On dirait que vous avez vu un revenant.

— C'est exactement l'impression que j'ai, répondit Jack, énigmatique. Nous avons beaucoup plus de sujets de discussion que je ne le pensais.

Lorraine vivait à El Mirador depuis six mois, et elle avait l'impression d'avoir toujours fait partie de la petite communauté. Son espagnol était encore rudimentaire, mais elle y travaillait. Antonio et Hector étaient fiers de lui apprendre de nouveaux mots et, en retour, elle pratiquait l'anglais avec eux.

Dès qu'elle eut annoncé son intention de créer un centre de soins à la mémoire de Jack, elle reçut, de la part de la population d'El Mirador, d'innombrables offres pour l'aider à accomplir son projet. Le centre fut bâti en un temps record. Il y avait aussi un appartement pour son usage personnel.

La construction des locaux ne fut que le début de l'aventure. Ses amis du groupe Wellness, à Louisville, collectèrent pour 25 000 dollars de fonds, et Med-X fournit tout l'équipement médical, avec la promesse d'assurer le renouvellement du matériel l'année suivante.

Le dernier obstacle à franchir fut, pour Lorraine, d'obtenir l'autorisation d'exercer au Mexique. Avec l'aide de son père, qui s'occupa de remplir les nombreux formulaires, et l'assistance du gouvernement, reconnaissant pour la restitution de l'Etoile de Kukulcan, elle put ouvrir les portes au public deux mois après l'achèvement des travaux.

Le premier jour, elle fut impressionnée par le nombre de patients qui se présentèrent. La file d'attente se prolongeait jusque dans la rue.

A la fin de la première semaine, Lorraine sut qu'elle ne s'était pas trompée. Avant cette expérience, son existence lui avait semblé vaine et inutile. A El Mirador, elle pouvait faire des miracles. Et elle avait découvert que porter secours aux autres, c'était aussi s'aider soi-même, tout comme son père l'avait compris dès qu'il avait commencé à enseigner au Mexique.

Ainsi, Lorraine avait peu à peu fait la paix avec son passé, et elle acceptait maintenant l'avenir qui l'attendait.

La jeune femme fut bientôt capable de dormir toute une nuit sans être victime d'insomnies. C'était une première, depuis la mort de Jack. Et puis, elle se surprit à passer une journée entière sans penser à lui. Et si jamais son image surgissait inopinément, elle n'était plus terrassée par cet affreux sentiment d'accablement. Au fond de son cœur, elle était persuadée qu'il aurait approuvé son installation à El Mirador et l'ouverture du centre.

Parfois, surtout à la fin d'une longue journée de travail, elle aimait à se délasser dans son fauteuil, les pieds posés sur la table, les yeux clos. Dans ces moments-là, elle regrettait particulièrement qu'il ne pût être témoin, d'une manière ou d'une autre, de sa transformation. Comme elle était différente de la jeune femme pudibonde, persuadée d'incarner la perfection et la vérité suprême, qui jugeait si sévèrement les autres lorsqu'il l'avait rencontrée ! Oui, elle avait véritablement changé, elle s'en rendait compte depuis peu de temps.

Une phrase qu'aimait à répéter sa mère lui était revenue à la mémoire, à propos des compensations qu'offrait la vie.

« Quand une porte se ferme, une autre s'ouvre. » Tels étaient les propres termes de Virginia. Lorraine n'y avait guère prêté attention jusqu'au moment où elle s'était rendu compte à quel point elle aimait ses trois demi-frères.

Elle avait perdu Jack, certes, mais son cœur débordait d'amour, malgré tout. Antonio, Hector et Alberto lui rendaient cet amour au centuple. Les deux aînés avaient pris l'habitude de venir passer du temps avec elle, en fin d'après-midi. Et, bien souvent, ils l'entraînaient chez eux pour le dîner.

Plus elle fréquentait Thomas, plus elle l'appréciait et le respectait. Et plus elle regrettait ces longues années de séparation. Arriverait-elle jamais à pardonner entièrement à sa mère de leur avoir imposé une telle frustration ?

Avec Azucena, elle avait également tissé des liens d'affection très forts.

Alberto, le benjamin, avait complètement recouvré sa santé, et la vue du bambin joufflu la réjouissait toujours. D'ailleurs, dès qu'il apercevait sa demi-sœur, son petit visage rond s'illuminait, et il courait vers elle avec des yeux brillants comme des étoiles.

Parfois, même, Lorraine avait l'impression que les trois gamins étaient ses propres enfants. Ceux qu'elle n'aurait jamais avec Jack. Il lui avait révélé tout l'amour que contenait son cœur et, à présent, ses trésors d'affection pouvaient s'exprimer librement.

Dans le calme retrouvé du crépuscule, Lorraine, assise à son bureau, achevait de remplir quelques documents administratifs. Elle entendit la porte s'ouvrir et, se doutant qu'il s'agissait d'Antonio et d'Hector, elle interrompit ses travaux d'écriture.

— Je suis dans mon bureau, annonça-t-elle en espagnol.

Comme elle n'obtenait pas de réponse, elle quitta sa table et gagna la porte. Elle tâchait de s'imposer des horaires assez réguliers, mais elle n'hésitait jamais à voir un patient en dehors des heures d'ouverture.

Elle déboucha dans la salle d'attente et remarqua un homme qui se tenait sur le seuil. Il était immobile, auréolé par les rayons rasants du soleil. Et cet homme était un être immatériel. Un revenant.

Le fantôme de Jack Keller !

Il lui ressemblait tellement que la jeune femme dut se retenir pour ne pas courir se jeter dans ses bras. Elle chercha une chaise à tâtons, et prit appui sur le dossier pour ne pas s'effondrer.

Dieu tout-puissant, il avait l'air si réel !

Son cœur s'emballa. Elle avait peur, soudain, pour sa santé mentale. Sa passion pour Jack n'était-elle pas en train de la faire basculer de l'autre côté du miroir ?

A moins qu'elle se fût épuisée au travail. Ces derniers mois avaient été tellement remplis ! Peut-être avait-elle passé trop de temps cloîtrée au centre, en négligeant de prendre du temps pour s'occuper d'elle-même ?

Doux Jésus, une telle hallucination ! A moins que le ciel se fût aperçu de son injustice et n'eût renvoyé Jack dans le monde des vivants pour réparer son erreur ?

Elle brûlait de prononcer son nom à haute voix. De l'appeler, de donner corps à son rêve le plus fou. En même temps, elle n'osait parler de peur de le voir s'évanouir.

Encore un peu. Je vous en prie. Ne me l'enlevez pas tout de suite. Par pitié !

L'apparition ne bougeait toujours pas. Elle risqua finalement le tout pour le tout, car elle ne supportait plus l'incertitude.

— Jack ?

Ses lèvres tremblèrent lorsqu'elle prononça son nom.

Immédiatement, elle vit le visage de l'homme reprendre vie. Ses yeux se mirent à briller tandis qu'il franchissait les quelques pas qui les séparaient. Avec une tendresse infinie, il posa la main sur sa joue. C'était une main tiède et ferme et, pendant une fraction de seconde, Lorraine eut l'impression qu'elle allait s'évanouir.

Elle s'empara de sa main et la porta à ses lèvres pour y déposer un tendre baiser.

— Oh, Raine !

Il la saisit par les épaules et posa sa bouche sur la sienne avec une hâte qui ne pouvait plus souffrir de délai.

Elle avait tant rêvé de retrouvailles qu'elle ne savait plus de quel côté se trouvait la réalité. S'il s'agissait d'un songe, alors elle n'avait pas l'intention de le quitter de sitôt.

Elle le prit par la nuque et, se lovant contre lui, elle lui rendit son baiser. Désir, passion, urgence, amour. Tout se mêla en une spirale qui les hissa au-dessus d'eux-mêmes, au-delà de toute pensée rationnelle.

Tendus l'un vers l'autre, ils s'embrassèrent avec une fougue dévorante. Elle entremêla ses doigts dans sa chevelure et le tint serré, comme s'il risquait encore de lui échapper.

— Est-ce un rêve ? demanda-t-elle dans un souffle, mendiant une réponse et la redoutant en même temps.

Il éloigna son visage du sien et ferma les yeux.

— Non, Raine, c'est la réalité. Je suis là. Vivant.

Secouée de hoquets et de sanglots, elle s'abattit contre lui, et enfouit son visage au creux de son épaule. Comment était-ce possible ? Le Dr Berilo lui avait pourtant annoncé la mort de Jack. Il s'était même assis près d'elle pour la réconforter.

La présence de Jack, à cet instant, à cet endroit, défiait toute compréhension.

— Je suis désolé, répétait Jack entre deux baisers. Si tu savais, mon ange... Pardon, lui murmurait-il encore et encore.

— Que s'est-il passé ? demanda-t-elle finalement, en reprenant son souffle.

Aussi redoutable qu'elle fût, Lorraine voulait connaître la vérité. Ici et maintenant. Malgré la peur qui la paralysait.

— Dis-moi, insista-t-elle. Je veux savoir.

Il la guida vers une chaise, la fit asseoir et s'agenouilla devant elle. Un long moment, il la contempla, muet, puis il lui prit le visage entre ses mains.

— Jack, je t'en prie. Dis-moi !

Il hésita encore un moment avant de prendre la parole.

— Je croyais que tu étais mariée.

Cela n'expliquait pas pourquoi le Dr Berilo lui avait affirmé que Jack était mort.

— Tu m'aimais, murmura-t-il. Crois-tu que je l'ignorais ?

Elle se sentait perdue dans un épais brouillard. Elle ne comprenait pas où elle avait fait fausse route ni comment tout cela avait pu se produire. L'amour, justement, aurait dû les réunir, plutôt que les séparer de la sorte. L'amour était censé être le lien le plus fort entre les êtres, non ?

— Et je t'aimais suffisamment pour convaincre le Dr Berilo de te dire que j'étais mort.

— Oh, Seigneur !

Elle ferma les yeux pour ne plus voir la pièce tournoyer follement autour d'elle.

— Je t'aimais assez pour refuser de gâcher ta vie.

— Tu m'aimais, as-tu dit ? Pourquoi parles-tu au passé ?

Elle ne savait plus si elle devait s'accuser elle-même d'avoir menti, ou si elle devait blâmer Jack de s'être montré si effroyablement vertueux.

Pour toute réponse, Jack l'attira pour un nouveau baiser.

— Passé, présent, futur... je t'aime à tous les temps, dit-il en riant. Tu comprends, je voulais t'empêcher de commettre la plus grosse bêtise de ton existence.

— Mais je ne suis pas mariée ! affirma-t-elle.

— Je ne le savais pas, à l'époque.

Oui, elle avait été coupable de ne pas l'avoir détrompé.

— Comment aurais-je pu deviner ? reprit-il. Tu

portais une alliance. Avoue qu'il y avait de quoi se tromper !

Elle avait été jusqu'à prononcer le nom de Gary lorsqu'il l'avait interrogée sur son mari. Seigneur ! La gravité de son acte lui sauta soudain aux yeux. Dire qu'à cause d'un tout petit mensonge, ils avaient perdu dix-huit mois de bonheur !

Puis elle songea que lui aussi, par son mensonge, les avait dépossédés de tout ce temps qu'ils auraient dû passer ensemble. Néanmoins, Lorraine accepta d'endosser toute la responsabilité. Elle avait eu tort, ô combien !

Ses sanglots redoublèrent, venant du plus profond d'elle-même. Elle pleura comme si elle n'allait jamais pouvoir s'arrêter, tant le remords et la peine la torturaient.

— Je sais, je sais, ma chérie, lui chuchotait-il en la berçant contre lui.

Elle pleura tout son soûl, et il essuya patiemment ses larmes, semant sur ses joues mouillées mille petits baisers, lui caressant les cheveux avec une infinie douceur.

Ils restèrent enlacés un long moment, puis Jack reprit finalement la parole.

— A propos de cette histoire de mari...

— Oui ?

— Nous pourrions arranger ça... le plus rapidement possible. Qu'en penses-tu ?

20.

Lorraine relut son texte une seconde fois, en s'efforçant de maîtriser ses pensées vagabondes. Elle avait du mal à se concentrer sur ses études, car elle attendait avec anxiété le retour de Jack.

La merveilleuse nouvelle à propos du bébé la gonflait d'une joie débordante qui la faisait sourire, et même rire toute seule. Elle ne pouvait rien y faire, c'était au-delà de sa volonté, et pourtant, elle devait rester le nez dans ses cours, car un important examen de chimie l'attendait le lendemain même.

Fidèle à sa promesse, Jack l'avait conduite à l'autel, moins d'une semaine après son arrivée à El Mirador. Le père Garcia avait célébré la cérémonie dans sa modeste église blanchie à la chaux. Thomas et Azucena avaient été leurs témoins, et tout le village d'El Mirador s'était joint aux festivités.

Deux ans plus tard, Lorraine avait encore du mal à réaliser. La plupart des habitants de la petite ville côtière étaient extrêmement pauvres matériellement, mais la richesse de leur cœur et leur générosité n'avaient pas de limites. Ils avaient saisi l'opportunité du mariage de Jack et de Lorraine pour montrer à la jeune femme à quel point ils appréciaient leur nouveau centre médical.

Sur la place du village, ils avaient aligné des tables croulant sous les victuailles. Des petites filles aux nattes tressées de rubans blancs, un petit orchestre local de *mariachis*, des colliers de fleurs, des corbeilles de fruits, tout était marqué du sceau de la perfection.

Les mariés avaient été couverts de cadeaux. La fête s'était poursuivie tard dans la soirée, et Jack avait été forcé d'enlever sa femme sous les applaudissements et les rires du village tout entier.

Leur lune de miel avait été un pur enchantement. Chaque fois qu'elle y repensait, Lorraine ne pouvait s'empêcher de sourire. Seigneur, quelle semaine ! Jack avait jeté l'ancre de son nouveau cabin-cruiser dans la petite crique d'une île déserte du Yucatan, non loin d'El Mirador. Ils avaient passé leurs journées à se baigner, à faire de la plongée, explorant les récifs de coraux et les fonds sous-marins peuplés de poissons exotiques et multicolores. Quant à leurs nuits, ils les avaient passées à s'explorer l'un l'autre.

Pouvoir ainsi s'étreindre et s'aimer passionnément, après la douloureuse épreuve de leur séparation, c'était un miracle renouvelé pour deux êtres qui avaient un temps renoncé à l'idée même du bonheur.

Au début, leurs ébats amoureux avaient été frénétiques, comme s'ils redoutaient d'être de nouveau séparés. Jack gardait Lorraine serrée contre lui, après avoir fait l'amour, et ils demeuraient ainsi enlacés jusque dans le sommeil. Très souvent, elle pleurait dans ses bras, des sanglots qui disaient simplement l'intensité de sa joie et de son émotion. Jack semblait comprendre son besoin de s'épancher de la sorte. Il savait qu'elle pleurait aussi sur les longs mois qu'ils avaient gâchés. Les larmes finissaient toujours dans les rires, car les mots étaient impuissants pour remercier le ciel du prodigieux cadeau d'être enfin réunis.

Dans les semaines qui suivirent leur voyage de noces, ils eurent de longues discussions concernant l'avenir. Lorraine avait pris conscience qu'El Mirador avait besoin d'un véritable médecin qualifié. Jack l'avait peu à peu convaincue de reprendre ses études interrompues.

C'était Gary qui lui avait parlé d'un généraliste sur le point de prendre sa retraite, et qui souhaitait s'engager comme bénévole. Il avait même songé à rejoindre le Peace Corps, l'organisation américaine de coopération et d'aide aux pays en voie de développement. Lorraine lui avait écrit à propos du centre médical — rebaptisé, Fondation Virginia Dancy —, et il était venu lui rendre une visite de deux semaines, avec son épouse. Dès l'instant où elle avait rencontré le Dr Samuel Wetmore, Lorraine avait compris qu'il était l'homme de la situation pour la remplacer pendant qu'elle étudierait afin de décrocher ses diplômes. Après une cession de cours intensifs en espagnol, Samuel Wetmore s'était installé à El Mirador, et ils avaient travaillé ensemble de façon fructueuse. Jusqu'au moment où Lorraine avait reçu sa lettre d'acceptation en troisième année de médecine, à l'université du Kentucky.

A présent, ses études touchaient à leur fin. Et elle était enceinte. L'arrivée du bébé n'aurait pas dû les surprendre outre mesure, mais Lorraine avait quand même été bouleversée en l'apprenant.

Elle se demandait comment elle pourrait se concentrer sur ses chères études alors qu'elle n'avait qu'une envie : danser de joie autour de l'appartement.

Elle entendit la porte s'ouvrir. Jack était enfin de retour.

Il n'avait pas encore passé le seuil de l'entrée qu'elle vint se jeter dans ses bras. Sans lui laisser le temps de dire un mot, elle le plaqua contre la porte et entreprit de le dévorer de baisers.

— Qu'est-ce qui me vaut un tel accueil ? demanda-t-il en haussant les sourcils d'un air comique. Ce n'est pas que je me plaigne, mais...

Lorraine sema une pluie de baisers sur son visage.

— Parce que tu es merveilleux.

— C'est vrai, ronronna-t-il.

— Et viril, ajouta-t-elle en se mettant à déboutonner sa chemise.

— C'est vrai aussi.

— Et tout-puissant.

— Oui, c'est ce qu'on dit.

Il réfléchit un instant, puis demanda :

— Qu'entends-tu exactement par tout-puissant ?

Lorraine l'entraîna dans la chambre à coucher.

— Tu ne sais pas ?

Elle ne lui laissa pas le loisir de répondre, préférant lui clouer la bouche d'un baiser à damner un saint, tout en continuant à le déshabiller. De son côté, il ne perdait pas son temps et lui enlevait ses derniers sous-vêtements.

Bientôt, ils furent sur le lit, s'embrassant voracement, se caressant avec une fièvre grandissante. Jack se hissa au-dessus de la jeune femme sans la quitter des yeux. Lorraine s'ouvrit à lui avec un bonheur infini. Son cœur, sa vie, tout son être, lui appartenaient. Elle poussa un immense soupir comblé tandis qu'il pénétrait en elle. Elle savoura le contact de sa peau sur ses seins épanouis et sur son ventre. En dépit de ses graves blessures, les muscles de son dos et de ses épaules demeuraient fermes. Du bout des doigts, elle traça des cercles sur sa peau, soulignant doucement ses cicatrices dont chacune était un témoignage de son courage surhumain.

Quand ils furent redescendus sur terre, Jack la garda blottie dans le berceau de ses bras, puis il lui murmura au creux de l'oreille :

— Alors, petite cachottière, tu m'expliques ?

— Tu veux dire que tu n'as pas encore compris ?

Elle sourit d'un air mystérieux.

— Lorraine ?

Il marqua une pause et regarda sa femme d'un air extrêmement sérieux.

— Veux-tu dire que... Enfin, y aurait-il une chance que tu sois enceinte ?

— Gagné ! Oh, Jack, tu ne trouves pas ça merveilleux ?

Il ne répondit pas.

— Ne me dis pas que tu n'avais pas deviné !

— C'est vrai, je n'avais pas deviné.

Il semblait sous le coup de la nouvelle, comme sonné.

— Oh, Jack, je suis si heureuse !

Il enfouit son visage au creux de son cou.

— Je n'arrive pas à y croire.

Il l'embrassa avec infiniment de tendresse.

— Et tes études ? Et ton travail à la clinique ? Nous n'avions pas prévu un bébé aussi tôt.

— Les meilleures surprises sont celles auxquelles on s'attend le moins.

Il éclata de rire.

— Comme c'est sagement parlé !

— Tu sais, j'ai pensé à tout, dit-elle en se pelotonnant contre lui.

— Je voudrais bien que tu termines ta médecine.

Il posa la main sur son ventre plat d'un geste tendre et accueillant pour le petit être qui grandissait dans son sein.

— C'est promis. Tu sais, j'ai hâte d'entrer à l'internat, et ensuite de travailler à la fondation.

— Je te donnerai un coup de main pour le bébé.

— J'y compte bien. Quand nous irons nous installer à El Mirador, Azucena pourra le surveiller dans la journée. Et je suis sûre que le Dr Wetmore ne fera pas de difficulté pour prolonger son séjour d'un an ou deux. Quant à toi, tu pourras lancer le chantier de construction navale dont tu rêves.

Jack éclata de rire.

— Tu as déjà tout prévu, n'est-ce pas ?

— Oh, j'ai quelques autres projets, mais nous en discuterons plus tard.

— Tu veux dire que ce n'est pas tout ?

Il rit de plus belle et l'embrassa dans le cou.

— Le mariage, avec toi, ça devient une sacrée aventure !

Dans la bouche d'un ex-mercenaire, il n'y avait pas de plus grand compliment.

L'enfance outragée

Meg O'Brien

Auteur comblé, Carrie Holder s'est habituée à offrir aux caméras un visage lisse, qui ne laisse rien paraître du drame qu'elle porte en elle. Nul ne se douterait que, derrière cette façade de romancière rompue aux interviews, se cache une petite fille blessée, victime d'abus sexuels dans son enfance. Carrie elle-même s'efforce de l'oublier. Or voilà que, de passage dans sa ville natale du New Jersey pour promouvoir son dernier roman, Carrie a la surprise de revoir son bourreau d'autrefois transformé en célèbre animateur de show télévisé pour enfants : Christopher Breen semble aujourd'hui intouchable – on songe même en haut lieu à lui confier une mission d'utilité publique ! Mais cette fois, Carrie est décidée à se battre. Pour tous les enfants que Breen fascine pour mieux les piéger. Et aussi contre les démons de son propre passé, qui l'empêchent de saisir le bonheur. Car elle sait qu'elle n'aura sans doute pas de deuxième chance...

BEST-SELLERS N°124

À PARAÎTRE LE 1ER JANVIER 2001

JUSTE CAUSE

Lynn Erickson

Lorsque Robbie Childress est accusé du meurtre de sa femme puis acquitté, tout le pays crie à l'injustice. Pour la famille de la victime, c'est carrément le choc. Un choc d'autant plus violent que Robbie se montre peu après au festival du vin organisé à Aspen par son ex-beau-père, Lawrence Bergen. Du reste, il ne s'y montre pas longtemps : il est abattu au milieu de la foule d'une balle à bout portant.

Principal suspect, Lawrence Bergen est arrêté. Mais l'arme du crime demeure introuvable, cachée par sa fille, Tess Bergen, qui l'a subtilisée et fait disparaître. Désormais, il revient à la jeune femme de prouver l'innocence de son père, avec l'aide d'un enquêteur, Dan Hadley, qui est tombé amoureux d'elle. Hélas, comment révéler à Dan qu'elle a dissimulé l'arme du crime ? Un tel aveu compromettrait aussitôt son père ; et si elle garde le silence, c'est sa passion naissante qu'elle met en péril. Tess est prise entre deux feux, jusqu'au jour où le hasard décide pour elle...

BEST-SELLERS N°125

À PARAÎTRE LE 1ER JANVIER 2001

Catherine Lanigan

LES PORTES DU DESTIN

Lorsque M.J. Callahan accepte de participer à une expédition en Equateur, dans la forêt amazonienne, elle croit juste mettre sa compétence de géologue au service d'une société pétrolière. Merveilleuse escapade, songe-t-elle, que celle qui lui permettra de fuir son propre passé et de se plonger dans les profondeurs d'une contrée sauvage et inconnue. En réalité, l'existence de la jeune citadine de San Francisco va se trouver totalement bouleversée...

Avec ses deux coéquipiers, un aventurier entreprenant et un jeune industriel plus réservé, M.J. découvre avec ravissement la beauté exotique du paysage... et le charme singulier de ces deux hommes radicalement différents. Mais la jungle n'est pas qu'un terrain d'aventures excitantes ; il renferme aussi un terrible secret, depuis une lointaine expédition dont personne n'est revenu. Et, tandis que les trois compagnons de route approchent du cœur de la jungle, des vérités se font jour, des trahisons sont dévoilées. Confrontée à ses propres démons, M.J. ne peut plus fuir, si elle veut empêcher que l'histoire ancienne se répète...

BEST-SELLERS N°126

À PARAÎTRE LE 1ER JANVIER 2001

Réédition

Nora ROBERTS

Coupable Innocence

Innocence... Une petite ville isolée, non loin du Tennessee. C'est là que Caroline, violoniste célèbre, épuisée par ses tournées, est venue oublier les bruits citadins, un amant sans envergure, et aussi l'omniprésence de sa mère, son mentor et bourreau. Si elle a choisi Innocence, c'est pour renouer avec ses racines rurales, pour rouvrir la maison de ses grands-parents décédés, pour se guérir, enfin, du mal de la grande ville. Accueillie dès son arrivée avec chaleur et bonhomie, elle ne doute pas de trouver parmi ces gens simples le havre de paix dont elle a si profondément besoin. Hélas, un spectacle atroce la surprend peu après dans le bayou jouxtant sa propriété : un corps de femme affreusement mutilé. Choc, horreur... et stupeur quand Caroline apprend par le shérif que c'est le troisième crime du genre dans la région. Seigneur ! Qui, à Innocence, serait donc capable de telles atrocités ? Quelqu'un qu'elle aurait déjà croisé ? Le beau Tucker, par exemple, avec qui la victime a eu des mots peu avant sa mort ? A mesure que les jours passent, Caroline, devinant qu'Innocence, plus encore que Baltimore, permet de voir surgir les instincts les plus refoulés et les passions inassouvies, se sent devenir elle-même une victime... Victime en puissance du monstre qui rôde dans la région ; victime aussi, peut-être, de ses propres pulsions...

BEST-SELLERS N°38

À PARAÎTRE LE 1ER JANVIER 2001

Composé sur le serveur d'Euronumérique, à Montrouge
par les Éditions Harlequin
Achevé d'imprimer en octobre 2000
sur les presses de l'Imprimerie Bussière
à Saint-Amand-Montrond (Cher)
Dépôt légal : novembre 2000
N° d'imprimeur : 1934 — N° d'éditeur : 8400

Imprimé en France